西西弗的石头

XIXIFU DE SHITOU

〔张学东 著〕

黄河出版传媒集团
阳 光 出 版 社

图书在版编目（CIP）数据

西西弗的石头 / 张学东著. -- 银川：阳光出版社，2021.9
ISBN 978-7-5525-6082-4

Ⅰ. ①西… Ⅱ. ①张… Ⅲ. ①长篇小说－中国－当代 Ⅳ. ①I247.5

中国版本图书馆CIP数据核字(2021)第193707号

西西弗的石头　张学东　著

责任编辑　谢　瑞　陈建琼
封面设计　张　宁
责任印制　岳建宁

黄河出版传媒集团
阳光出版社　出版发行

出版人　薛文斌
地　址　宁夏银川市北京东路139号出版大厦（750001）
网　址　http://www.ygchbs.com
网上书店　http://shop129132959.taobao.com
电子信箱　yangguangchubanshe@163.com
邮购电话　0951-5047283
经　销　全国新华书店
印刷装订　宁夏凤鸣彩印广告有限公司
印刷委托书号　（宁）0021820

开　本　710 mm × 1000 mm　1/16
印　张　16.5
字　数　200千字
版　次　2021年9月第1版
印　次　2021年12月第1次印刷
书　号　ISBN 978-7-5525-6082-4
定　价　48.00元

目 录

小引

坦率地说，故事并不新鲜，甚至可以说有些司空见惯，可正是在这些司空见惯的琐事当中，蕴藏着生活的意义。意义，从来都是人们活下去所需要的力量和信心，尽管很多时候总是被大家忽略。设若一切都没了意义，活着也许就会变得更加乏味和无聊，心思重者甚至会陷入焦虑和忧郁。一座城市有一座城市的意义，一片乡村有一片乡村的意义，一个人不论长在乡下，或是待在城里，都有它内在的逻辑。逻辑往往会告诉人们，这就是我们要过的日子，是我们一生都无法回避的吃喝拉撒和鸡毛蒜皮，至于生活的轻与重、苦与甜、得与失，最好还是留给回忆吧。

故事中的这座城市，它在城里人眼中同样司空见惯，街道、楼宇、商厦、喧嚣的车流、嘈杂的人群以及方兴未艾的商业活动，似乎无时无刻不在提醒着人们生活的全部意义。单从每天的晚报日报消息报就能或多或少触摸到这座城市的脉搏，民生、楼盘、车市、股票、教育、医改、就业、供给侧，等等。当然，还有整版整版的娱乐资讯，尽管明星们的隐私轶闻离人们的生活十分遥远，但这丝毫不影响每个人茶余饭后津津乐道，因为人类习惯于忽略身边的人和事，而是一味地去追寻那些八竿子也够不到的东西。

如果非要归纳一下这座城市的特点，或许以下几点可供参考。其一，这里四季分明，春夏秋冬风霜雨雪往复更迭，春秋极短暂，而盛夏与隆冬又出奇得漫长，大自然最煎熬人的时节从不缺席，零上三十度至零下十八九度也是常有的事，冷热悬殊通常会在骨子里造就人性格中的某些差异，易冷淡也易热情，易欢喜更易悲伤，总是让人在两极中撕扯和纠结。其二，这里虽为首府之城，却因地理位置等诸多因素，跟北上广深等千万人口城市不可同日而语，它位于西北内陆，有种被周边区域团团围困的错觉，甚至有种叫人喘不上气来的压抑感。在这个意义上，它又是那么的狭窄渺小和微不足道，生活在这里的人存在感并不那么强。自身的体量小，致使这里更像一个熟人社会，社区里街道上随处遇见的人，似乎都有张似曾相识的面孔，每个人都要活得清清楚楚正正经经，因为在一个熟人群体里，律己比什么都重要。其三，也是最为关键的，那就是这里的生活节奏不是马不停蹄只争朝夕式的，人们工作之余会有些闲暇，跳舞、遛狗、逛街、爬山、唱戏……山是石头山，戏是老秦腔，都是有风骨的玩意儿，山石粗粝，曲调铿锵，当人们一口气爬到最西边的笔架山上，发出一声吼唱，再回首身后的城市，突然觉得它是那么小，小得仿佛不存在了，但麻雀虽小五脏俱全，生活的脚步一刻也不会停歇。

当然，这大约只是城里人的一些偏见，而那些来自乡下的人，自会有他们的一套见识，尤其是生活在几百公里之外大山深处的人，不论是通过考学就业的，还是外出务工的，他们大多数人都是喜欢这座城市的，道理简单而且朴素，因为这毕竟是一座首府城市，来了便不想走，非要把根扎下来，过梦寐以求的好日子。这种时候，城市就显示出兼容并包的特质，它需要各种各样的人，需要各行各业的人，在这一点上，城市的移民性格凸显出来，天南地北南腔北调来者不拒。大街小巷商铺酒肆，开车的、做饭的、卖菜的、装修的、保洁的、美发的、按摩的、修脚的……到处都是外来者的身影，他们夜以继日地在这个城市周旋忙碌。更多时候，这些人似乎不需要什么梦想，至少不会做白日梦，他们要做的就是埋头苦干，就像过去在泥土里刨食，只为糊口和谋生。

也许有人要讲，上述种种并非这座城市最核心的东西，每个城市千差万别又大同小异，城市就像一个饱经沧桑的老者，它有过健全的体魄和绰约的风姿，自然也会有疲惫不堪和萎靡不振的一刻，生活在其中的人们难免要受城市的感染，升迁了，罢职了，结婚了，离散了，得意了，失意了，彷徨了，抑郁了，总之，人非圣贤，都吃着五谷杂粮，均有着喜怒哀乐，染病在所难免。城市几乎每天都在起高楼筑大厦，烂尾的工程也不少，道路扩建自然也是家常便饭，你方唱罢我登场，今天这里开挖了，明日那里合拢了，修修补补，拆拆建建，旧的不去，新的不来。人的身体也好比这城市，自然需要不断供血和建造，不能淤塞，不能破败，不能得过且过，更不能不破不立，头脑身心金贵，凡事都要打这金贵处通过，就像城里的万千车流，任尔东西南北，某一时刻都要按秩序规规矩矩穿越十字路口。

红绿灯就是这座城市的眼睛，每个人的表情皆被电眼瞬间捕捉并看得一清二楚，我们无处躲藏，我们随波逐流，我们乐此不疲，我们别无选择，不论车里的人或车外的人，城里人或乡下人，老年人或青年人，男人或女人……这是现实的所有内容，也是生活的全部意义，假如这世界还存在意义的话。

第一部

前不久我才跟佟欣分的手。

这事本来没甚可说，结了婚就有可能会离婚。假如某个人对婚姻抱着买张彩票试试手气的想法，建议他最好抛开这种愚蠢而不切实际的念头，因为中奖的概率几乎为零，仅有的那一点点运气也只够蜜月那几天挥霍的。况且，老早老早以前，一个叫拜伦的外国人断言，蜜月之后，总有“不幸之月”等着你。连我唯一的铁哥们黄莺同志也预言过，她说像你这种人，根本就不应该结婚。我当时还梗着脖子跟人家嘴硬：别瞎扯了，我是哪种人，我自己还没弄清楚呢，你又不是我肚里的蛔虫。

其实，我俩在一个部门共事多年，黄莺算是最懂我的人。可我已然都离了婚，她却至今还没把自己嫁出去，资深王老五一个。论长相，黄莺不属于婀婀娜娜的那类美人，她个头中等，身材略微偏瘦，举手投足间，自带那么一股文化女性的干练和自信，有时会显得盛气凌人，偶尔也难免会斤斤计较，但更多时候会让人觉得优雅从容。凭良心讲，若不是黄莺平时嘴巴刻薄不饶人，追她的人应该不在少数。我觉得长得好看的女人，说话通常都有些尖刻，那种笨嘴拙舌的，多数又都相貌平平，可见世上没有两全的事。

有一次，我私下里问黄莺，喂，你怎么还不嫁人？她翻了翻漂亮的双眼皮说，皇帝不急太监急！我说，我可不是哪壶不开提哪壶的人，只是出于革命友谊嘛。黄莺沉吟了一会儿，才故作神秘地说，别急，我要嫁的那个人，就快出现了。问题是，我到现在也没弄懂她的意思。

我母亲对我也颇有微词。她说，你这辈子没常性，干啥都跟过家家似的。念书的时候，因为跟班上一个同学交恶，我俩总是不停地打啊闹啊，搅得四邻不安，最后老师把我调到别的班上去了；上大学也学人家谈朋友，却换了一个又一个，都说我的女友多得够装一卡车，其实，有的女生只跟我在黑灯瞎火的舞会上处了不到两个钟头就说拜拜了；参加工作也不例外，部门换了好几个，不是跟同事搞不好关系，就是人家领导怎么瞧咱都不顺眼；娶了个老婆还算过得去，她皮肤白得像粉雕，腰细得似葱秆，可我们注定过不长，她总是闹，嫌我不上进，怨我没本事，甚至骂我不像个男人，是可忍孰不可忍，最后到底是离了。我的世界就这样，没治了，天要下雨娘要嫁人，不，现在得改一下，天要下雨老婆要离婚，随她去吧。

要说起来，佟欣的性格不温不火，很多时候，她表现出与世无争的样子，至少我刚认识她时尚如此。

在那个屁股大点儿的公办小学里，她脾气最温和，很少冲谁乱发脾气，也很少大声呵斥学生，更谈不上体罚之类的。不过，佟欣天生有些死脑筋，她的同事多半都离开了那个小得可怜的学校，一个个削尖了脑袋往民办学校挤。民办学校，顾名思义，不是吃公家饭的地方，民营老板说了算，用人机制灵活，薪水自然要高很多，好多名师都相继从佟欣所在的小学被挖走了。当别人毅然决然选择离开的时候，佟欣却依然不动，她倒不是怕钱多了烫手，用她的话讲，她是对这所学校有了感情，一时半会儿割舍不下。我知道她这人是重感情的。可她还说了，天下乌鸦一般黑，自己就是一个教书匠，只要把课上好，把学生教好，在哪儿还不都一样。但事实很快就证明，在哪儿还是不一样的！

当时，民办学校如雨后春笋，且长势喜人，民营企业敢于投资，学校规模大，环境又好，教学质量上去了，大家都争先恐后地想把自己的孩子送进去，压根不在乎多交区区几万块赞助费，学校每年都能收到大把大把的现金，俗话说，大河有水小河满，老师的日子自然很滋润。可佟欣在那里谨小慎微地苦熬了那么多年，工资没有涨几块不说，到头来连个中级职称也没混到手。真是人比人气死人！每当这个时候，佟欣真想撂挑子，她打算从今往后只上课不带班，可到头来又总是架不住领导几句好话，她面情太软了，人家三句好话都能当钱使，班主任这个头衔，就跟狗皮膏药似的，死死粘在她身上，摘也摘不掉。她唯一的本事，就是回到家冲我发牢骚，好像她的不如意，都是我一手造成的。

渐渐地，我发现佟欣的脾气开始变坏了。反正她一到家就指桑骂槐的，看什么都不顺眼，可谓见鸡骂鸡、逮狗训狗，尤其是一见我宅在屋里玩电脑，或手里逗弄着一只傻乎乎的仓鼠，她就鼻子不是鼻子、脸不是脸，找我茬。我估计她是把我当成她们学校的某个坏领导或爱捣蛋的学生，满腔愤懑都发泄在我身上。

大约两个月前的一晚，我和衣斜躺在沙发上，追韩剧《来自星星的你》，我得承认，自己多少有些迷恋韩国明星全智贤，凡是她主演的片子，我统统会看。全智贤身上有股很独特很野蛮的味道，我知道这样的女人看着够劲，但绝不适合做老婆，否则，家无宁日。

那晚，看着看着，我就给迷糊着了，整个人摊开在沙发上睡得像个婴儿。佟欣冷不防从书房钻出来，当时她刚点灯熬夜批改完学生的最后一张试卷，她顺势就将那么一大摞卷子，不知轻重地砸在我的额头上，我诈尸一样猛地蹿起，哈喇子都惊落到了脚背上。她正毒妇一样指着我的鼻子骂：

死猪，就知道睡！你连猪都不如，猪还能杀了吃肉！！

这话可戳了我的肺管子。我这辈子最讨厌别人用那恶心的畜生来骂我。过去，一个同学骂我是蠢猪，我立马把他摔翻在地；同事戏谑我是猪头，我毫不客气，一拳将他打出一摊鼻血。现在，连老婆也如此骂我，且骂得这么狠这么毒，还拿东西砸我的头，我该怎么办，打她吗？不，渣男才跟恶女斗。这是我的信条，我从不自诩为好男人，但也决不做渣男。这世上伪君子太多，我可不想再往里面瞎掺和。我说既然我是猪，那你就给老子滚蛋，滚得越远越好，省得当了猪婆。

不料，她还真就打包走人了。第二天，我一赌气就在她凶巴巴地递给我的协议书上签字画押了。我觉得画押真是件很搞笑的事，指头上蘸了血红的印泥，再用力那么一摁，白纸上立刻就开出一朵鲜红的花来，我真想多摁几个才好，就像好学生得到老师奖赏的小红花，但又觉得，这种心态怎么跟阿 Q 临刑时那么相似？阿 Q 是想把那个圈画得圆满些漂亮些，可到了也没如愿。

我们分手当天，我硬把自己关在屋子里，一整天都没出门，手机没电了，我都懒得去充，天黑了也不开灯，就那么一直待在黑暗中，像只要死的瘟鸡，除了抽烟喝酒发呆，我几乎都懒得动一下。在这之前，我觉得自己至少还有一个不错的爱好，就是喜欢小动物。认识佟欣以来，我前后一共买过五只小仓鼠、两只小金丝熊（仓鼠的另一个品种）和一只荷兰豚鼠。寿命最长的那只，我养了一年零五个月十三天，最短的仅仅一周，它便一命呜呼了，我怀疑是佟欣趁我不在家，给它喂了不该吃的东西。

那些小动物通常被我养在纸箱里，箱底铺上一层厚厚的锯末，再把它们需要的谷子、菜叶等食物投放进去，小家伙就能在里面快活地吃喝玩乐了。鼠类总喜欢昼伏夜出，所以每晚上床睡觉前，为了防止小东西咬破纸箱逃跑——这种情况之前发生过两次，天亮后仓鼠不翼而飞，纸箱底部被钻出一个人眼大小的窟窿——我会把仓鼠从纸箱里取出，再塞进细铁丝编织的小笼子里。

平时没事的时候，我就戴上手套，把仓鼠抓在手里把玩一阵，看着小宠物在手掌上热锅蚂蚁般爬来爬去，或者，很精心地喂它新鲜的谷物吃，心里会有种暖暖的很踏实的感觉。这种感觉也可以说是幸福，因为它同样能叫人心情舒畅心满意足。有时候，人们总是把幸福定义得过高，比如金榜题名功成名就，或者，干出一番轰轰烈烈的事业，发了一大笔财，再不就是抱得美人归，这是别人的想法，我习惯于把要求降得很低，很低。

佟欣便总是嫌我不务正业。

她说，玩物丧志，你懂不懂？

我说，没那么严重吧，一只小小的仓鼠，哪能就颠覆了我的生活？

她撇撇嘴说，你不愧是属鼠的，连兴趣爱好都离不了它们。

这次，我倒没反驳她。因为我的确是鼠年生人。但我也有更充分的理由等着她。

我说：你知道“鼠狱”这个典故吗？据《史记》记载，张汤之父在担任长安官吏时，有一天要出门办事，就命儿子张汤在家看门。有一只老鼠偷走了家里的肉，父亲回来很生气，便打了张汤一顿。张汤后来就自己动手挖开了老鼠洞，找到了家里丢的肉，以及偷肉的老鼠，然后他还像审讯犯人那样，把老鼠给审了一番。父亲觉得儿子很了不起，后来便让张汤当了一名书吏。

佟欣听完，不屑地看着我说，这更说明，老鼠是很坏的东西，不能养。

我说，你看问题太片面了，恰恰是小小的老鼠成就了张汤，才使他后来在汉武帝在位时当了很大的官。

佟欣马上来劲了，她因势利导，那拜托你也靠这些仓鼠，发迹一个给我看看。

我语塞了，不明白女人有时怎么都那么现实。

于是，我不得不换个话题跟她说，你看，家里那么多瓜子、花生、黄豆、蚕豆、米花糖，还有沙琪玛，都是你大包小包买回家的，可你有一样真正吃完过吗？你们女人就知道不停地买啊，买啊，好像那些玩意儿都不要钱似的。其实你们本质上跟那些仓鼠差不了多少，你买回家吃不完，放久了就会过期，总得扔掉吧，那多可惜啊。可是家里有了仓鼠就不一样了，至少它们能帮你这点小忙，你不说感激我，还好意思奚落人。

说这番话的时候，我抓起一把刚剥好的瓜子仁，撒进纸箱里，仓鼠立刻欢天喜地地跑来，用小爪子灵巧地将瓜子仁一一塞进自己的颊囊里，两个腮帮子越来越大，仓鼠的小脑袋也突然大得像鼓足了气的青蛙。

佟欣一时词穷了。

我很得意地盯着仓鼠鼓鼓的颊囊。我觉得男人跟女人在一起，有时就是为了彼此斗嘴解闷，否则，那么漫长的一生怎么度过。跟仓鼠在一起绝对没有这种烦恼，它们的寿命太短了。

我原本以为，离开老婆没什么了不起的，这世界谁离不开谁呀。可直到那一刻，我还是真真切切感受到，我的世界忽然陷入了一片混沌和黑暗。我半辈子的光阴，全都跟着黑屏了，我像个极端厌世的盲人，坐在空荡荡的没有女人的房间里，拼命去想过去眼睛好的时候所经历过的人和事，但几乎所有人的面孔都像沙画，被风轻轻一吹，就散开了，不留一丝痕迹，或者在沙画里，我和她都被抹掉了。

后来我搜腾着，把家里仅存的大半瓶红酒和几罐啤酒喝光了。我大概把自己灌醉了，醉得一塌糊涂，不然，我怎么会莫名想起，老早以前带佟欣回家的事呢？

这还得从几年前的一条噩耗说起。

我那天起得早，手机刚一开机，几条短信就“嘟嘟”地飞蹿到我的眼前。

当时，我正坐在街边的小摊桌前，用力啃着一根油条。兴许人是昨夜就没的，我走神地合计着，嘴巴不停地乱嚼。夜里我关了手机，家人一定是打过好多次电话，不得已才又发了短信，催我速归，以便大家一起商议父亲的丧葬事宜。

我盯着手机，呆愣了数秒，喉咙被一汪油汁腻住，使劲地咳啊咳，还低头往脚下吐了口黄痰，眼里呛出了几点泪花，也许仅仅是悲伤的眼泪。炸油条的胖妇女回头，三角眼冷飕飕地瞥我一下，随即赌气似的，将一根粗面条样的玩意儿扯拽两下，就面无表情地扔进吱吱作响的油锅里。我这才回过神，忙端起软乎乎的塑料豆浆杯，用力吮了几下吸管，黑心的豆浆，简直太稀了，就像泡过豆子的白开水。

虽说刚接到丧讯，我似乎没有想象中那么悲痛欲绝，甚至不及身边热烈的煎炸声，来得更令人心生恐惧。其实，父亲住院治疗已有一阵子了，我也陆续回去探望过两次，母亲生怕我又耽误了工作，总是催我赶紧回去忙我的。母亲说，你守在家里搭不上啥手，人家说你爸这病也就是熬熬日子，有今儿没明儿的。我在家排行老大，后面还有一弟一妹，可有时我觉得，自己更像是没有什么大用场的老幺。这个家很多事情我都是缺席的。

我终于草草吃完了早饭，跑回住所，将仅有的两千元现金都揣在身上，然后才匆匆赶往单位，想跟我们部门主任告个假。我所在的报社规模不大，但由于经常刊登一些跟主流媒体打擦边球的类似娱乐八卦的新闻，倒还勉强赚些眼球，发行量一直保持高位。社会新闻部主要抓每日的热点焦点，我们那个脸上长痦子、痦子上长毛的主任的口头禅是，新闻就像从地底下淘石油，你得可着劲打口深井，油才能呼啦啦地冒出来。所以，下属们挖出好新闻，主任便喜笑颜开，反之则晴转阴，说起话来横眉冷眼，全无好声气。

哪知到了单位，左等不来右等还不来，同事说主任上午在外面有个会，我只好硬着头皮拨了电话过去，痦子主任开会最忌讳别人打电话，我这是犯忌的。果然，连拨两次也无人接听，我急中生智，把家里发来的那条丧讯稍加修改，以假条形式转发给主任。又等了好一阵子，痞子主任才惜字如金地回复了一个字：知。妈的，这人就是这么讨厌，一点不体谅下属。同意还是不同意，给个痛快话会死人吗？后来我思谋半天，也只能当痞子主任是默许了，反正他也没有给出任何反对意见。

等给佟欣打电话告别的时候，我已经气喘吁吁地坐在长途站的候车室内了，面前到处是大包小包，人头乱晃，声音嘈杂，几乎听不清对方的声音。佟欣很是吃惊地问，前些日子不是听你说他还能下地，怎么突然就不行了？我说生死的事谁能说清。女人有时就是这样，好像这个世界都得按她们的意志转动。

那我要不要也去表示一下？她有些担心地问我，我觉得你们家人都爱穷讲究，万一挑起理儿来呢？

这倒是事实，一想到我老家婚丧嫁娶那些乱七八糟的风俗，我不由得皱起了眉头。就说上一次吧，我好不容易连哄带骗，把交往不久的女友佟欣领回去度假，家里却非要张罗那种看家仪式，一时间把七大姑八大姨都请了来，酒席桌前，非让佟欣端着个蒙了红绸子的塑料托盘，挨个去收见面礼，可把她给臊坏了。佟欣后来告诉我，那套烦琐而滑稽的仪式，真叫人难堪。所以，我说还是我先回去看看，再给你电话吧。

佟欣在电话里稍犹豫了一下，说：那你在车站等我一会儿，不见不散。

我还想啰唆两句，她已果决地挂断了。

没过多久，佟欣就出现在我面前了。

她随身挎了个旅行包，穿着几天前我俩转街时我给她新买的那条牛仔裙，带黑蕾丝边的裙摆刚好及膝，衬托出两条匀称的美腿，上身是件纯棉圆领黑色T恤，齐肩的头发随意地散开（平时在学校她会扎一个干练的马尾），整个人透出一股淡淡的忧伤气息，就像也受了那条噩耗的侵袭。不过现在看她，一点儿也不像个古板的教师了，倒像个很潮的女大学生，我更喜欢走下三尺讲台的她。

其实你不必来送我，真的，也就回去那么几天。我起身把她拉到身边坐下。

谁说要送你，美死你！她说话总这样，梗着白的脖颈，冲我努了一下嘴唇。这是她最经典的表情之一。

不过那天我没甚心思跟她腻，倒不是我归心似箭，只是觉得大庭广众那样不太好。

那我可走了。我淡淡地说。

你走了，那我呢？佟欣突然用力搂住了我的胳膊。

我觉得，自己的身体被这个亲昵动作给刺了一下。我猝不及防地，下意识地往外推了她一把，像极力抗拒什么似的，是哀伤中突如其来的那份柔情吧。

别开玩笑了，你还是赶快回去给你的学生上课吧！我几乎是在下命令了。

哼，真是个木头，人家明明是要陪你一起回去的，好心当了驴肝肺！她不无愠怒地白了我一眼，样子就像在训一个不听话的男学生。

净瞎说，那你不用去学校了？我一本正经地问。

放心吧，我已经找好老师帮我代两天班了。她的口气不容置疑。

我发现女人在某些事情上的决策能力总是比男人强得多。

那条回家的老路忽然不同以往，不同于我当年一趟趟外出求学，也不同于我工作后的往返探亲。佟欣跟我上车以后，便依偎着我说她想眯一会儿，早上她起得太早了，当老师不容易，当小学老师更是要命。

我心情沉重，思前想后，毕竟父亲不在了，生活仿佛出现了一个拐点，对于我来说，这个世界已然不同了，尽管佟欣好几次迷迷糊糊睁眼瞅我一下，劝我一定要节哀，注意保重身体，可我找不到可以不胡思乱想的理由。也许，那个刚刚离去的老人太特殊了，他的样子，他的脾性，他的为人处世，他惊人的酒量，还有他散漫阴郁的眼神，时常夹杂着浑浊的眼屎和熏人的酒气。有时作为儿子，我甚至觉得，这个男人根本不配做我的父亲，我怎么会有这样一个父亲，他倒是更像一个叫人捉摸不透又望而生畏的陌生人。如今，这个我不喜欢的人真的不存在了，可恶的酒精终于摧毁了他的肝脏，打他头一回住院，就几乎被医生判了死刑，别人都说母亲对他够慷慨、够仁至义尽了，真是半点不假。更多时候，我更同情母亲，为她鸣不平，为她伤心，或者打我懂事起，就一刻不停地在乎着母亲的欢喜和忧愁。

父亲这辈子注定不是那种顾家的男人，他一辈子好酒恶劳。为了在外面混一顿酒喝，他在乡邻间往往又显得手脚勤快有求必应，但凡别人家婚丧嫁娶，他总是早早地跑去盘旋其间，或帮忙抬桌搬椅，或抬埋亡人，或端盘子洗碗，总而言之，是乐此不疲的。因此，这个男人在家门之外的口碑并不算糟，恰恰相反，很多时候那些被他吃过喝过的人家，反倒老念及他的好。久而久之，人们似乎也离不开他了，但凡谁家有个大事小情总不忘记叫上他。现在，这个对旁人更为重要的男人，终于殁了，作为人子，我的心绪忽然变得复杂难言。佟欣看到的，或许只是我貌似伤心的外壳，而隐藏于我内心深处的，那种类似于解脱和释然的东西，却是她永远无法觉察到的。我是不会告诉她这些的，我怕她会从此瞧不起我。

我俩到家已是晌午了。

太阳就似刚从大火炉里煅烧出来的一颗巨大的火球，炙得通街惨白。树叶低垂，几只鸟儿呆头呆脑栖在枝上昏睡，窃窃的啁啾仿佛梦呓。偶尔遇见的一个什么人，也是面目通红，紧眯着眼缝，生怕被日光灼伤。老远就瞧见那幢白纸扎成的招魂幡，已赫然悬于巷口的一棵柳树下。外面没有一丝风，那纸便死气沉沉的，好像是白铁皮铸就。

佟欣慌忙打开了伞，尽量靠近我，好让伞也能遮到我头上。这把漂亮的天堂伞，还是我送她的礼物，它就像是女人头顶的太阳帽，精致、小巧，一旦两个人用，就变得捉襟见肘。她的这番好意让我感到浑身都不自在，尤其是即将迈进老家的门槛，迈进父亲大人的灵堂，我别扭地趄身想躲开，好像那花伞的颜色会玷污我作为一个孝子的虔诚。我尽力往前紧走几步，拐过一个弯，白花花的家门便跃入眼帘，门楼两侧已贴上了挽联：生前有口碑大德流芳感天地；死后留操守高风仰止惠子孙。白纸黑字，带着一股粗野乡气，我春节回来时亲手写下的那副春联已消逝了踪影，白纸取代了红纸，悲伤替代了欢乐。我的脑海里忽然闪过一个念头，此刻假如离世的那个人是母亲，我一定会在女友面前无法抑制地号啕大哭，而且，还会手脚并用地一路爬跪过去。

佟欣后来悄悄赶上来，微微喘息着低声问我，待会儿她该怎么做。是不是一定要哭？万一哭不出来怎么办……这倒真让我犯难，对于丧事我也是一知半解，以前爷爷奶奶走的时候，我还穿着开裆裤呢，除了若有若无的恐惧，几乎没留下什么印象。别担心，也就是磕磕头，烧烧纸，你只要跟着我就行。说话间，我们已到了家门口，门洞里铺了两条麻袋片，有人披麻戴孝，静静地跪在那里，脚下放着一个瓷盆，里面早积了厚厚的灰烬，兴许是午间炎热，那人头脸朝下，上半身几乎贴着地面了，看样子可能是在打盹。我俩的脚步声惊动了下跪者，对方猛地从地上直起上身，眼窝明显水肿，我这才看清是弟弟，不等我开口，弟弟已经拖着哭腔嚷嚷起来，好像要让全世界都能听得见。爸啊，你快睁开眼看看呀，我哥他回来了……我一直懵懵懂懂，迟疑着俯身跪下，弟弟倒是很老练地从盆边取出一沓黄表纸，默默递到我手里，又从身后的灶火台上引来火种点燃，我刚一接手，火苗就跳起来，一下子烧到了手指，我不由得叫了两下，不无惊怯地往后缩了缩身，才注意到佟欣也紧挨着我跪着。问题是，那把伞还没有来得及合拢，就那么随意地搁在身旁，花伞的出现让这肃穆的场合显得有些奇怪，好像消解了原本悲伤的氛围。我本来想叫她快收起伞来，可弟弟的一声更长的干号复又响起，同时，院内传来一阵纷乱的脚步声，一伙人正簇拥着我母亲，歪斜地迎出门来。

一家人应该要抱头痛哭了吧，我暗自想着。果然，母亲扑上来就搂住了我，嘴里含糊地唤我的乳名，恰似生离死别，妹妹跟几个女亲戚更是搭肩揽背把我团团包围了，他们叫魂似的，又齐声疾呼那个离去了的人，告诉亡人他的大儿子回来了，希望他老人家能睁开眼看看。女人们的哭声简直密不透风，好像每个人都把我当小孩了，可事实上我是家里的老大，是顾家的顶梁柱。我觉得自己就要喘不上气了，被亲人的泪水淹没，我竟求助似的从她们的身体包围圈突围出去，探头张望，这才注意到佟欣不知何时已站起身来，正迷茫地望向我，有些被冷落后的可怜巴巴和无所适从。我忽然意识到，佟欣完全被家人忽视了。

于是，我不得不叫了起来，妈，妈！你看，人家佟欣也一起来奔丧了，你们别光顾着跟我哭啊。直到此时，大家才止住稀里哗啦的号哭，像是很不情愿地朝我手指的方向扫了一眼。

恰巧这时，佟欣正低头从地上捡起那把花哨的天堂伞，也许她只是想趁机把伞合好收起来。可事与愿违，伞的机关鬼使神差失灵了，她越是用力捣鼓，它越是坚挺，光滑的伞面绷得浑圆，上面万千花朵鲜艳绽开。伞在佟欣手中无法收束，像是极尽风光，非要不合时宜地在这原本该沉痛哀悼的场面撑开。母亲不看还好，这一瞧便不可抑制地大呼小叫起来，拿开啊，快把那个花里胡哨的东西拿开！真是罪过啊罪过，你们怎么能把这么花的东西带来，老大，你咋这么不懂事？！

我觉得母亲真是有些小题大做，不就是一把小花伞，至于那样兴师动众吗？可没等我有任何反应，我妹已经转身跑到佟欣旁边，不容分说就从我女朋友手里一把夺过那把伞，蛮横气恼地，使上了吃奶的力气。可真是见鬼，它依然收束不住，反倒弄出更大的响声，这又引起母亲一阵愤愤的嘟囔。我只好硬着头皮过去收拾残局。佟欣早被突如其来的抢夺吓得战战兢兢手足无措，好像一不小心铸成了什么不可挽回的大错。我忘了自己用何手段，终于制服了那把讨厌的不合时宜的花伞，或者，干脆就把它捣鼓坏了吧，反正我早已顾不得女朋友此刻的感受，我只能被动地跟在老母亲身后入乡随俗，朝设在堂屋的灵堂走去。隐约觉得佟欣被落在外面，像是在嘤嘤抽泣。这个时候，我终于意识到，带女友回家奔丧是个天大的错误。

父亲的遗容并没有想象中那么扭曲痛苦，恰恰相反，躺在那里一动不动的男人，看上去平和安逸，跟睡着了没什么两样，好像要去的那个地方真的就是传说中的天堂。弟弟帮我揭开盖在亡人脸上的黄表纸，母亲在旁边喃喃地说，先去看看你爸，他走的时候嘴里一直念叨着你，问你咋还不回来，我哄他说你在路上，马上就快进门了，他最后才咽了气。我不知道母亲为什么突然这样说，他能念叨我什么？还是人之将死其言也善？平心而论，从小到大，我跟父亲的关系一直很僵，僵到水火不容，不像是父子，更像是仇人。用母亲的话说，你们爷俩肯定是上辈子见面太早了，言外之意是，两个人是一个死见不得另一个，互相都瞧不上对方。

记得我还是个孩子的时候，父亲醉酒后经常无端地打骂母亲，我总会像初生牛犊一样，不顾一切扑上去，用自己孱弱的身体去拦挡，甚至像乖戾的小狗，用牙齿咬住他的手腕，咬得对方嗷嗷怪叫。高考失利那年，我暗下决心要再复读一年，父亲从中极力作梗，理由是家里哪有多余的钱供我。可是只要手头有一点点闲钱，他总会乐颠颠地跑去小卖部打酒喝。幸亏母亲从中极力斡旋，背着父亲东奔西走四处挪借，我后来才如愿以偿考上大学离开了家，离开了这个令人生厌的男人。如今，这个男人再也不会对我指手画脚，不会动不动就红头胀脸冲我们娘俩举拳头了。有时，我简直纳闷，自己怎么会是这个男人的儿子呢？我浑身上下实在找不到一丁点儿跟他相似的地方，非但不像，简直就是大相径庭。

我正惶惑之际，亡人的模样似乎有了些微的变化。那原本紧闭的嘴唇忽然张开了，同时带动着灰暗的塌鼻头也向上抬举起来，甚至那两个鼻孔也睁得洞圆，像要竭力呼吸，却又氧气不足。我依稀听见一个微弱却又清晰可辨的声音，正从那乌黑的嘴洞缓缓飘出来，老大啊老大，你可算是回来了……那声音来得阴郁怪异，我听见自己的喉咙颤动起来，手脚不可名状地乱抖，头皮一阵阵酥麻。一股前所未有的黑暗突如其来，仿佛厚重的黑幕一般，猛然间严严实实地盖住我整个人。我木僵僵地挺在那里，竭力想避开那张裂开的发声的黑嘴，却又无能为力，最终双膝瘫软在地，不省人事了。

那一天，全家人忽然陷入比丧事还要惶恐的手忙脚乱中，对我又是拽胳膊，又是掐人中，又是捋胸脯，大呼小叫，乱作一团。唯独佟欣，完全成了局外人，可有可无地夹杂在我的亲人中间，不知道该做什么好。除过教书和当班主任，她这辈子从来没有参加丧葬的经验，或者说，这样的场合于她太过陌生和恐惧：这里死了老人，男朋友突然间又休克了，而打她一走进这个院子，就被无端地视为某种忌讳和不祥。比如，那把我送给她的，也是她平时最喜欢打的天堂伞，刚才已经被大伙折腾得面目全非，个别伞骨穿透了伞面，好像尖锐的鱼刺，好可惜。她一定开始后悔了，她原本就不该跟我来的，这个家根本就不欢迎她，打一开始就是这样。

或许，一个起初不被家里人待见的女人，注定不会跟我长长久久地过一生。就在我俩协议离婚的当晚，我独自一人呆坐在云山雾罩的酒气中，忽然意识到这一点：我们的婚姻多像那把表面看来很美，实际上却非常脆弱易损的天堂伞。这大概就叫命。我甚至还将自己短暂而不幸的婚姻，全都归咎于父亲那场突如其来的丧事。我就知道那个嗜酒如命的男人不可能轻易放过我。

事实上，小学教师佟欣离开了我的生活，我一开始也不觉得有多遗憾。因为我总会想起《三国演义》开篇那句再经典不过的“合久必分，分久必合”，这样我就变得坦然多了，仿佛洞悉了人世间的全部奥秘。偶尔，乘坐公交车经过那所灰头土脸的公办小学，我摇摇晃晃地挤站在车里，也会记起当初跟佟欣约会的日子。那时的我有些傻乎乎的，更像一个土头土脑的乡村青年；那时的她总是一副煞有介事爱教育别人的样子。没办法，职业病嘛，老师当久了恐怕都这样，好为人师，指手画脚，评头论足。于是，我就暗暗发誓，这辈子再也不跟女教师谈情说爱了，那简直是种折磨。可我马上又严厉地批判自己，你小子才刚逃脱一个女人，难道还想重蹈覆辙不成？瞧瞧，现在一个人多清静，耳根子再也没有女人不停的唠唠叨叨，这样的自由自在，可谓劫后重生，令人狂喜，值得珍惜。

家里现在除了我是个活物，还有一张小嘴巴需要吃东西。那是我跟佟欣离婚的前几周，我在步行街的宠物市场闲逛时买下的那只黑、白、咖三色相间的荷兰豚鼠。这家伙看上去呆头呆脑，更像是一只刚出生不久的小兔子，圆圆的眼珠黑而明亮，一只脚爪是白色的，另一只更像穿了女人的黑丝袜似的，眼圈的皮毛也是一黑一白，椭圆形的小身体上，有鸡蛋那么大一片咖啡色茸毛，其余的皮毛则雪白雪白的。这个被我命名为“小猪”的模样奇怪的家伙，可以说是我现在生活的全部，因为即便我懒得下楼去街上吃饭，也不会忘记给它喂点儿食物。现在我的世界已经够黑暗了，我不想让小豚鼠也那么快离我而去。为此，我在百度上仔细了解过，这种荷兰豚鼠如果饲养得好，它们的寿命最长可达五年，甚至更长些，而普通的仓鼠顶多能活个一两年，这大大增加了我饲养它的信心和热情。五年对于那场已经解除的婚姻来说，这个时间似乎也不算短了。

每天，只要我从外面回来，冲着客厅打一声响亮的呼哨，小猪立刻跟一台精密的报警器似的，吱哇吱哇回应起来，那感觉就像一个长时间饱受冷落的小孩，向大人示威或邀宠。说到孩子，我想这大约就是我们短暂婚姻的一个潜在危机。我和佟欣一直没有打算要孩子，佟欣在学校里成天跟一大群孩子打交道，她总是觉得，养孩子是件很烦人很费心的事，她说现在的孩子太苦了，想想看，那么点小人儿，书包重得能把他们压趴下，每天除了做作业，就是测验和考试，生活一点儿乐趣都没有，所以，她一直扬言，宁可不生，也不能把一个好端端的生命毁在自己手上。她的逻辑我并不能完全认同。我想，根本原因是她在学校待得太久了，整天跟小孩子打交道，久而久之产生了这种心理。而我呢，确实离开老家久了，那种传宗接代的思想也就渐渐离我远去了。再者，我弟顾产的孩子都能够满地乱跑了，而且他一下子就生了两个男孩，家族的这种硬性指标已经让他给超额完成了，因此，在这件事上，我一直是很尊重小学教师的意见的，至少是附和着她。我平时爱养小宠物，或许正是为了满足自己的某种心理需求。难怪有一次，佟欣指着我手上那只憨态可掬的仓鼠说：你一点儿都不关心我，整天就知道跟你的鼠娃子腻歪在一起！女人的言辞真够犀利和恶毒的，把人呛得没法还嘴了。

现在好了，再也没有人对我的行为横加指责了。只要是小猪爱吃的东西，我都毫不吝惜地撒进它住的纸箱内。冰箱里还有佟欣以前在新疆旅游时买的葡萄干；厨房里有半袋据说是美国进口的纯燕麦片；茶几上的果盘里还剩着佟欣最喜欢的米老头和爆黄豆；食品吊柜里还存有一整包香港影星曾志伟做广告的那种沙琪玛……我把它们统统拿出来招待小猪了。小猪现在一定能感觉到什么叫作惬意，什么叫作锦衣玉食。每当夜深人静时，我都能听到，从阳台那边传来的啮齿类动物特有的吱吱作响的咀嚼声，这声音总是让人想起一个女人，她就那么懒洋洋地蜷陷在沙发里，嘴巴不停地嚼着奶油味十足的爆米花或五香瓜子。女人和老鼠，有时候竟有那么多的相似之处。这种时候，我的眼前又会莫名地浮现佟欣的样子，说心里话，她不教训人的时候很美。可这种时候于她来说又很少很少，就像那昙花，很难开放一次。

但我和小猪并未自在多久。大约半个月后，母亲就领着妹妹上门来了。风尘仆仆的母亲一进屋，就又抹眼泪又擤鼻涕的，嘴里咕咕哝哝地跟我说，她这辈子命怎么那么苦啊，摊上个不顾家的男人，一辈子只图自己喝酒快活，到头来还要把她孤零零地扔在这世上，没完没了地吃苦受累……反正尽是些祥林嫂式的老生常谈，我听得毫无波澜。见我无动于衷，母亲使劲擤了擤鼻子，声音大得惊人，随手又把清鼻涕抹在裤腿上，才说儿子的命跟她一样孬，好不容易读完书在城里安了家，没过上几年好日子就又散了。母亲终于弄得我心里有些难受了，但不全是为我自己，也不是为母亲，我说不好到底是为了什么，在我们每个人内心深处，都有弄不明白的另一个自己。有时候我们甚至不知道为什么活着，活着到底是为了什么。

母亲如此这般唠叨了大半天，总算是渐渐平复了混乱愁苦的情绪。我以为她此行的目的就此结束，哪知她最后长叹一口气道：老大啊，眼见着你妹妹考学没啥指望了，还不如趁早给她找个事做呢。母亲说这番话的时候，妹妹就在一旁盯着我，好像我的脸上能找到什么好事可做似的。母亲胸有成竹地接着说下去：你在城里好歹这些年，总该交了三朋四友的，就好好帮你妹一把吧，将来妈就算走了，也能放心啊！我本来想说，城里哪有那么好，找工作谈何容易，她能干什么，去给人家当小保姆？可话到嘴边，又咽了，毕竟，母亲这辈子从来没求过我，倒是我，让她半世操劳一再犯难。我想了想说，妈，你放心吧，但凡有我一口吃的，乐乐就饿不着肚子。母亲阴郁的愁眉一下子展开了，浑浊的老眼也闪着穷人捡到财宝时的亮光，她一手抓过妹妹的手，一手拉过我的手，我们仨的手就奇怪地摞在一起，这是多年来绝无仅有的一次。母亲的手托着我的手，我的手又托着妹妹的手，我们像在完成一次历史性的交接，郑重而庄严，以至多年以后，我都忘不了这个情形。

反正打这天起，妹妹就正式住在我家了。不，准确点儿说，是住在我的房子里。自从佟欣搬走，这个小家其实早已名存实亡了。协议离婚，房子归我，家里的钱归佟欣，实际上卡上的钱也没多少了，还有住房贷款月月要还给人家银行的，我是男人，当然不能让女人去替我还债。妹妹来了，我就把以前佟欣用过的小书房收拾出来，单人床是现成的，妹妹住在里面很满意，她一个劲儿说这房间有股特殊的味道。我问是啥味，她也说不清楚，后来又转着乌黑的眼珠子寻思：大概是嫂子身上的那股书卷味。妹妹居然用了文绉绉的一个词，这让我多少有些不自在，我说好好睡你的觉去吧。

妹妹顾乐比我小将近十岁，说来她的大名还是我这个当大哥的给起的。当年乡上要报户口，父亲出门蹭酒喝不着家门，母亲急得团团转，后来是我替大人去的，我家的户口本上从此就有了顾乐这个名字，我那时大概就是希望妹妹以后能快快活活过一生。她的名字一点儿也不像大人给我和弟弟取的什么顾责和顾产，听起来真是古怪得要死。但也不能全怪他们，我们出生那会儿，正赶上搞什么家庭联产承包责任制，田地都要分包到各家各户了，所以，我和弟弟的名字就打上了历史烙印。弟弟顾产小我两岁，我们俩前后脚进学堂念书。顾产上课爱打瞌睡，考试老不及格，一句话，他就不是念书的料。家里的几亩麦田爹妈忙不过来，后来顾产念到初二就让他回家务农了。用我那酒鬼父亲的话说，别成天瞎饭胀死狗了，造下是农业社的鬼，别想贪图公家的商品粮。很多时候，我觉得顾产其实一点儿也不笨，他干起农活来很是利落，而且心灵手巧，他把家里那台小四轮摆弄得像模像样，还能轻而易举将发动机拆了，又严丝合缝地组装起来。就凭这一点，我这辈子到死也休想赶上弟弟了。等我考学进城以后，顾产彻底就成了我家的顶梁柱，感觉他才是老顾家的长子，而我更像是他的小弟。

既然答应了母亲，我总得给妹妹找点事做。为此，我很是用心地在单位翻过两天报纸，仔细研究大大小小的广告，看有没有适合顾乐的工作。考虑到饭馆三教九流人多嘴杂，我实在不想让她去那种地方端盘子倒茶伺候客人。干脆就去商场卖货吧，那种工作倒是都在大庭广众之下，应该不会有什么危险。回到家，我把自己的想法跟妹妹一股脑说了，哪知顾乐却头摇得像拨浪鼓，卖货说出去多丢人，万一碰上熟人该咋办？我差点被她的话气笑了，熟人？这里哪有什么熟人，你以为这里是咱乡下？顾乐不服气地说，咱村有两个女的就在城里干这个，大伙都说她们是卖货的，简直丢她们家八辈先人的脸呢。

吃罢晚饭，妹妹非要闹着去外面逛逛。我现在哪有四处闲逛的心思，可妹妹说她整天关在家里，都快长毛了。我就不好再驳她面子，确实，顾乐来家里这些天，我还没有正儿八经带她四处走走呢，况且，她每天还要收拾屋子，做饭，洗涮，真够难为她了。不过，顾乐是不会帮我照料小猪的，她说那玩意儿看着让人发毛，贼头贼脑，像个可怕的幽灵。她们女人就爱这样大惊小怪。一只那么可爱的小豚鼠，在她们眼里竟成了幽灵，真是岂有此理。我跟佟欣过不到一起，一定程度上与此有关。我们兄妹俩刚要出门，就听见对门老方家的狗在狂吠，那声音有些穷凶极恶。随着“吱嘎”一声，那扇朱红色的防盗门豁然敞开，一条灰褐色的沙皮狗猛地蹿出来，若不是它脖颈套着黑皮绳索，又被主人一手牵拽，我和妹妹怕是都要挂彩了。沙皮狗的黑眼珠被皱巴巴的面皮包裹着，连龇牙的样子也老气横秋，狗仗人势，老方越是用力牵拉，这个畜生越是叫得任性凶悍，让人心惊胆战，好像随时都会扑上来撕碎我们俩似的。如今城里人家家户户都要养条狗装门面，弄得草坪上到处都是狗粪疙瘩，一不小心便踩一脚。倒是在乡下，似乎没什么人再养狗了，偌大的村巷总是空荡荡的，我偶尔回去一趟，走夜路时总能听见自己的脚步声和心跳，四周静悄悄的，真是怪瘆人的。

顾乐总是那么胆怯惧狗，尤其是这种乡下不大能见到的沙皮狗，她早吓得缩退在我身后，颤抖个不停。我虽有几分惧怕，但在自己妹妹面前不能显得太懦弱，便一边往后栽歪着身子，一边给妹妹壮胆：别怕，别怕，它不咬人。对门老方虎头虎脑，额头的肉褶子深得像沟壑，走起路来浑身的膘肉乱颤，模样酷似他家这条狗。最晃人眼的，是他脖子上一年四季都缠着一条足有半斤重的金链子，像是以此标榜自己是个成功的生意人。说心里话，这种人我打心底里瞧不起，拽什么呀，暴发户一个。此刻，当他皱眉皱脸地往我妹身上乱踅摸时，我甚至觉得他简直就是那条沙皮狗了。都说人有夫妻相，老方早晚跟那沙皮狗粘在一块，难保不如此。

其实，这仅仅是我的臆测，我跟邻居的关系一般般，平日里几乎没什么往来，可以说我对老方的了解，不会比我对沙皮狗知道得更多，只是听小区保卫偶尔谈起，说老方一个人在城里做生意，他老婆孩子好像都在老家，这样的外来人口如今城里有一大把，不足为奇。所以，我对老方家狗的性情更是知之甚少。此刻，老方的眼神似乎也受那狗的感染，凶巴巴地上下扫射，半天才冒出一句很是莫名其妙的鬼话：小姑娘，可别乱叫唤哟！我以为这家伙在跟我妹妹说话，觉得对方用词实在是荒诞，刚想开口说他点儿什么，他却又很矫情地俯下身去，拿同样肥厚的手掌抚摩着皱巴巴的狗头说：要听话哟，我的小姑娘。我才明白，人家那是在说自己的爱犬呢。我心里顿时一阵恶心，天下哪有这么皱巴的姑娘，真够荒唐的！可眼下城里就兴这样，我们报社就有个退了休的老编辑，家里养了十多年的猫一朝没了，那老妇人哭得如丧考妣，专门在小区绿地挑了片风水宝地把猫葬了不说，还戴朵黑色的孝花。大伙在办公室议论说，人给猫当孝子贤孙，这个世界太疯狂了。后来我们才了解到，那老妇人辛辛苦苦养大的儿子到国外一去不回，娶了洋媳妇忘了娘，好多年里，正是那只乖巧伶俐的波斯猫陪着老妇人过日子。

很快，沙皮狗在老方的牵引下，一路汪汪狂叫着飞奔下楼梯。

我和妹妹这才惊魂未定地随后下了楼。狗一旦到了外面，就获得了空前的自由，黑亮的鼻尖触着地面和草丛一通狂嗅，间或颤抖着肉乎乎的胖身子半蹲着撒尿。狗这样做似乎是另有所图，并不只是为了方便，而是急匆匆地要为这个世界留下点什么。我觉得用尿液做记号，实在是狗类最牛的创举，喜欢在哪挤两滴就挤两滴，充满了野性和不容侵犯的味道。人就不能这样，你能说那个地方是你的就大大咧咧撒泡尿吗？唯独狗是可以的，这是老天赋予它的权利，而且，还是大庭广众当仁不让的。

楼前的那片空地，一大群中老年妇人正随着音乐节拍，动作滑稽地摇头摆手。她们前面立着一个便携式黑色拉杆音箱，音箱一头连接着一个不大的银灰色 MP3 播放器，那首恼人的《最炫民族风》就反反复复从里面往外飘荡。妹妹显然是被这群大妈的奇特舞姿深深吸引，乡下肯定不时兴这个，那里只有永远也干不完的农活和操持不尽的家务，至少我们的母亲这辈子从来没有扭动一下她疲倦的腰身。顾乐立刻停下脚步好奇地观望着。大妈们果然跳得越发癫狂，一个个神情亢奋，忽而双手抱胸，晃头耸肩，忽而朝天举手，颠脚蹦跳，多少有点儿迈克·杰克逊的味道。妇人们身上的衣裤虽然花花绿绿连成一片，但中老年妇人特有的松垮臃肿也一览无余。我的脑子里突然冒出一个念头，佟欣迟早也会有这么一天吧，幸亏已经跟她离了，不然的话，我是无法面对有朝一日人老珠黄的小学女教师同样在小广场上胡蹦乱扭的样子，那样的话，我想我的世界将会被彻底颠覆。我虽说不是一个完美主义者，但我实在不能眼见着美好的事物在我眼中一天天消失殆尽，尤其是一个跟自己朝夕相伴的女人，这是我绝对无法容忍的。

我正胡思乱想着，沙皮狗突然一个箭步，直冲向那哇哇喧响的黑色音箱，抻长了脖子一通狂吠，好像那黑色发声的玩意儿，在狗眼里赫然变成了怪物。我回头瞧老方，这个粗壮生猛的外地男人竟无动于衷，任由自己的狗一味地狂吠和面露狰狞。狗叫着叫着，猛地噤声，似乎洞悉了什么重大秘密。它突然伏下肥硕的身体，张开大嘴，死死地叼住连接在音响和播放器的一根黑线，继而拼命摇头拉扯起来。《最炫民族风》正唱到那句“让我把你留下来”便戛然而止，音箱里最后传来一声刺耳的哨音，就彻底地吹灯拔蜡断了气。那伙扭得正欢的大妈们一时怔住，不知发生了何事，但过了十几秒，领头那个穿红挂绿、头发烫染成金黄色卷儿的大妈，终于朝那嘴叼电线正在发疯的沙皮狗奔去，嘴里始终尖叫着，你这该死的！这是谁家的瞎狗啊，看看看看，都把咱们的音箱线路咬坏了！直到这时，老方才漫不经心将两根手指插进嘴里，打了声呼哨，沙皮狗闻声扭头朝他跑去，那半截黑导线早趴在地上，像条奄奄一息的蛇。妇人们全都聚拢而来，七嘴八舌，气不打一处来，继而，又纷纷朝老方那边奔去。

喂，瞧你让狗干的好事！

你这遛狗的，咋就不长眼睛？

老方不以为然，一只手不停搓揉耳垂，脸上的神情跟狗一样豪横乖戾。谁不长眼了？你们都长着眼，还让它去咬！

妇女们的情绪一下子就激爆了，你这人会不会说话，你不管好自己的狗，还有脸在这说风凉话！

老方又换了一只耳垂继续搓着，好像能从上面搓下厚厚的汗泥。

哼，我说说你们怎么了，见天就兴你们在这里扭啊，蹦啊，扰得四邻不安，你们烦不烦？整天只顾自己快活，我耳朵都快让你们吵聋了。

这样一来，矛盾迅速升级了，双方立刻唇枪舌剑地吵了起来，大妈们仗着人多力量大，开足火力围攻而来。老方虽然单枪匹马，却也不甘示弱，那条金链子在脖颈上乱晃，那狗更是凶猛地往前一扑一跳，跃跃欲试的样子……我实在不想凑这种热闹，反正也不关我的事。

好不容易拽着妹妹离开了是非之地，迎面却偏偏又碰上我们报社最资深的老姑娘黄莺。黄莺穿了一条白底蓝花纹的扎染麻布长裙，走起路来裙摆随风飘动，看着就像一只南方雨林绚丽的大花蝴蝶。我本想低头绕开她去，黄莺却一把抓住我的胳膊，我又不是鬼，顾责你躲什么躲！我忙说姑奶奶你从哪里冒出来的？她佯怒地翻了我两眼，德行！谁是你姑奶奶？然后，就一眼头一眼脚地盯着顾乐看起来。我这才想起来给她介绍妹妹。随后灵机一动，又说，我正好有事求你呢，你熟人多门路广，干脆帮忙给她找个事做呗。黄莺压根不再理我，她轻轻拉过顾乐的手，不无亲近地嘱咐道，往后你叫我莺子姐就行了，有啥事就跟我说，你哥要是敢欺负你，看我怎么收拾他！顾乐懵懂地怔了几怔，终于，乐呵呵地露出两颗小虎牙。

黄莺言归正传，说她有个朋友在杂志社做主编，手头编着一本文学类刊物，那里正缺人手，想让她帮忙物色一个兼职校对文稿的人，她想来想去，知道我在大学时负责过文学社的事，希望我能考虑一下。我忽然记起来，之前有一次在报社办公室里，有个留着老长老长的头发，浑身上下透着点儿汉奸气的老男人来找黄莺，她当时好像随口给我介绍过这个所谓的著名主编。所以，我马上对黄莺说，没搞错吧，那个家伙还能办杂志？我以为他是专门拉皮条的呢。黄莺便竖起眉毛白了我一眼说，真是狗眼看人低，若不是你妹在场，我真想给你一下子。她说得没错，平日在单位里，我俩关系最铁，说话行事也就比较随便些，不知道的人总会以为我们是在打情骂俏，其实我俩纯洁得就像水晶。这世界总是变幻莫测，夫妻一夜分道扬镳，同事转天反目成仇，可我觉得不论到什么时候，我和黄莺应该不会。

这一点自信我还是有的。

时不时地，我还会想起小学教师，特别是在睡不着的夜里。

纵然佟欣有千不好万不好，可是我俩毕竟在一张床上滚了几年，她的身体、模样乃至气息一时很难忘掉，还是会让我想入非非。过去我们做爱，她有一个规定性动作，就是每当高潮即将来临的瞬间，她会莫名地流眼泪，我感到很奇怪。这事几乎不可理喻，那泪如泉水突然就喷薄而出，止也止不住，像一只受惊后眼圈湿乎乎的羚羊。难怪诗人拜伦曾满世界寻访一位理想中的女神典型：一个温柔的女人，有羚羊般的眼睛，又善解人意又羞怯，天真的，贤淑的，聪明到能够钦佩他，但不能聪明到希望自己也受人钦佩……然而等拜伦与该女子深入交往后，他发现她和其他人一样，也受着兽性的支配，她的性情也随着健康而转移，她也饮食。最重要的是，她那羚羊般的眼睛，有时也会因嫉妒而变得十分狂野，于是，拜伦还是逃离了。

而我起初只以为是佟欣的身体不适，或某种难言的隐痛所致，后来她告诉我说那没什么，那一刻她就是有种想哭的冲动，大概是乐极生泣吧。这倒也成为一种标志，她若是在敷衍我，眼泪就不会流出来。更早以前，我在大学跟一个女生相好过，那个表面贤淑身体瘦瘪瘪的南方姑娘，在关键时刻会撒泼、骂人，猪啊狗啊乱骂一气，正如拜伦所言，仿佛是“受兽性的支配”，让人非常尴尬。我觉得跟她干那事简直就是在犯罪，有过那么惊心动魄的两次后，我就再也没有碰过她一指头。在这姑娘面前我没有尊严，没法子，我是那种死要面子活受罪的家伙。

隔壁老方家的沙皮猛不丁汪汪了几嗓子，就像酒鬼在马路上乱发神经，凶狠而又含糊不清，深更半夜震得楼板嗡嗡回响。我便迷迷糊糊醒来，一时觉得恍如隔世。身下的这张婚床突然变得宽大无比，我的大脑却生出一阵惶惑，仿佛睡觉前身旁分明躺着一个活生生的女人，不知怎的，半夜惊醒却只剩下自己了。说到底，婚姻这玩意儿就像那种盖了戳的纸片，根本经不起蹂躏，很快就会面目全非。在这个世界上，爱上一个人也许很容易，难的却是长相厮守，我和佟欣走到今天绝非偶然。巴尔扎克在他的小说《两个少妇的回忆录》中描写了两个女主人公：勒南虽然嫁给了一个年纪比她大而她并不爱的丈夫，最终却获得了极端的幸福，她在给女友的信中写道："婚姻产生人生，爱情产生快乐，快乐消亡了，婚姻依然存在，而且诞生了比男女结合更宝贵的价值。"反之，勒南的那个女友虽然由恋爱而结婚，却因为过度嫉妒，将婚姻生活搞得十分不幸，最终因嫉妒而致丈夫于死地，自己也未得到善果。

下身憋着尿，硬邦邦的，实在懒得下床，我又开始无耻地想念小学教师了。我使劲闭上眼，拼命去想她在床上突然泪流满面的模样，可得到的那种黑白影像却又不全是她，竟有更早以前那个爱胡乱骂人的南方瘦姑娘，也有曾经在歌厅里跟我鬼混过的风骚泼辣的川妹子，还有得理不饶人的黄莺。问题是，我跟黄莺关系一直很纯洁，那么多年的同事，我甚至没有正儿八经抓过她的手，更不清楚她身体的任何秘密。现在几个女人混合成的模糊影像，简直驴唇不对马嘴，让人恼火又泄气，我终于腾愣一下翻身下床，闷头闷脑闯进黑黢黢的卫生间。哪知顾乐却坐在里面，披头散发模样很是瘆人，这丫头乍到城里，一时学不会反锁卫生间的门。

小猪又在阳台的铁丝笼里叫唤起来，活像一只诡异的精灵，它总是能非常准确地判断出主人的声音和动静，我来不及撒尿便转身去阳台看豚鼠。小家伙黑亮着一双圆眼珠盯着我。我穿着三角裤的模样一定非常突兀。我们都被铁丝笼子隔着，彼此同病相怜似的望着，我们都是孤独的灵魂。我顺手从窗台玻璃罐里抓一撮谷子，投进它的食盒，小猪马上兴高采烈地忙乎去了。它活得那么简单，又那么容易满足，几颗可口的谷子就能让它心满意足心花怒放。此外，它还非常善于独处，寂寞于它如浮云。这都是我所不具备的。我的欲望那么多，哪怕是才离了婚不久，这阵又抓心挠肺地念上女人了。难怪古人说欲壑难填。

早晨，我正要去上班，一出门就被老方和他的沙皮狗堵住。今天狗倒是没有冲我汪汪瞎叫。这皱巴巴的畜生总爱淌哈喇子，扑上来就拿讨厌的湿舌头乱舔，搞得我身上黏糊糊的，狗味熏天，着实有些恶心。我正欲发作，老方一扽手里的绳子，狗就服帖地一屁股坐在地上，舌头忽地收进去，一双狗眼透出几分焦躁和狂野。

老方自来熟地拍了我肩膀一掌，那手掌也跟狗舌头似的潮湿黏糊。我平素与他交往不多，顶多楼道里见面点个头，想必人们多半也如此，现代城市生活最终就是要消灭古老的邻里关系，搞得一墙之隔的人们彼此老死不相往来，远亲不如近邻已成为缥缈的传说。眼下对方这样冒犯我，实在有些莫名其妙。

老弟，没猜错的话，你好像是在那家报社上班吧？

老方问我。没等我开口，他又自顾说下去。

早知道你是大记者，笔头子有两下，抽空也给楼下那群老娘们曝曝光，看她们再敢扰民！

我就想起那日他的沙皮狗扑咬人家音箱线的事，说不定狗就是受他指使的。

于是，我忙搪塞说，这事报社可管不了，最好是去找居委会，让他们出面调停。

屁！居委会全都是些吃干饭的，找他们还不如让狗去痛快呢。

果然，这家伙一下子就露了马脚，我着急上班，也就不再啰嗦什么。道声回见，正准备下楼，顾乐却从门里探出脑袋来，一个劲嘱咐我别忘了跟莺子姐打问找工作的事。我不耐烦地说声知道了，就急匆匆跑下楼去。老方的狗忽然大声汪汪起来，我估计这畜生善欺生，见了我妹这样的乡下姑娘，就想诈唬诈唬讨主人欢心。

挤了一路的公交，眼看快变成贴饼子了，好不容易才到站，我人还没走到报社楼下，老远就见黄莺立在那片槐树下左顾右盼。一见面她先递过一塑料杯热乎乎的豆浆，问我，早餐肯定还没吃吧？我本想说出门前啃了半拉干饼子，差点硌掉牙，又怕她笑话，说我离开老婆活得不如狗，她可是什么话都说得出来的。我漫不经心地用吸管吮豆浆，温度刚好，甜丝丝的，比我家门口那间小食店的好喝多了。婚后家里的早点都是佟欣准备的，她每天都要起早赶车去学校，她总说自己这个班主任整天忙得像磨道里的驴。她出门时我多半还在梦里神游，说实在的，小学老师不是谁都能当得了的，没有点儿奉献精神怕是一个学期也混不下来。每天等我爬起来，餐桌上总会留有一些食物，两片面包，一袋牛奶，半拉馒头或一个白水煮蛋，这一点佟欣还是比较称职的。

这时听见身旁的黄莺对我说，顾责，我已帮你请好了假，不用上楼，直接跟我走吧。我觉得上了她的当，吃人嘴软，我喝着甜滋滋的豆浆问，干啥去？她神秘一笑，用手一撩缎子般的黑发，径直走了，留下一股淡淡的香气。我吸着鼻子愣了一愣，估摸她不至于骗我，就跟着她走了。

在停车场，她发动了那辆玫红色的汽车，她死心塌地舍不得结婚，买车倒是比谁都积极。我坐在她旁边的位置上继续孩子样咕噜咕噜吮豆浆，她又从包里拿出一个塑料袋，里面有两个茶叶蛋，居然是剥了皮的。

等我吃完茶叶蛋，又被噎得抻脖子，不停地打嗝，她就扭头戏谑说，这么大个男人，咋跟孩子无二，你可千万别吐我车上。我边咳边说，主要是我太感动了，世上还有这么心疼我的女人。她撇撇嘴道，就知道臭美，我不过是略施小惠罢了，你还当了真。我觉得这女人真该换张嘴，那样的话，她兴许不至于单身到今日。不过，我是不会为这些鸡毛蒜皮的事跟她急眼的。

说来我进报社这么多年，唯独没有跟黄莺真正红过脸。

黄莺性格里有股男人气，平时风是风火是火的，还挺讲义气，像一些急难险重的采访任务，部里都请她出马。那些刚工作没几天的学生，派出去往往徒劳无功，甚至还会哭着鼻子跑回来交差。通常再复杂难对付的情况，只要她肯出面，一般不会让痦子主任失望的。

我试探着问黄莺，大痦子又把一颗什么重雷扔到你手上了？她只顾一门心思开车，半天也不吱一声，女人开车的样子总是有些一本正经。我只好无聊地瞅窗外街景，成排的行道树和车水马龙在我眼中变得一片混沌，这个城市比我当初刚参加工作时不知强多少倍，不过它也变得高大和拥挤、喧嚣和陌生，我东张西望了半天，却怎么也打不起精神。人一旦过了三十岁还没有生活方向，基本上就算完蛋了。而我正是如此，我在而立之年又成了一无所有的单身汉，也许我骨子里遗传着父亲的某些基因，那个几年前亡故的男人，在我的生命里起的作用一定不会太积极，他阴郁乖戾的眼神，嗜酒如命的癖好，对待妻儿的态度，以及那些乖张古怪的行为，都让我这个做儿子的耿耿于怀。很久以前，我就曾暗暗发过誓，这辈子绝对不会像他那样，只顾自己口腹快活，不顾家人不顾体面，可现在我似乎又不知不觉轮回到他的生命怪圈中去了。男人，在本质上都惊人的相似，特别是父子，都说父子天性嘛。还有一种理论，这辈子你越是反对谁，你最终就越会变成谁的样子，哪怕是你极其讨厌的一个人。苏格拉底说过，人之所以为人，不能只归结为人有感觉和欲望，而在于人是有理性的。我认为理性是个好东西，至少在我跟黄莺的漫长交往中无往不胜，否则，我俩一定不会是现在这种关系。

一路胡思乱想，汽车戛然刹住，我栽晃两下，抬头往外看去，外面的景物似曾相识，那圈刷了苹果绿漆的钢筋栅栏，那两幢蓝白相间的教学楼，还有飘晃在空中的五星红旗，一下子就把我带入再熟悉不过的场景。

我狠狠瞪了黄莺一眼：喂，大早晨地搞什么鬼？拉我出来寻开心！

黄莺早已在学校对面的路边泊好了车，她解释说，顾责，不好意思，还没顾上跟你细说，知道你熟悉这里，才找你来帮忙，我也是刚在上班路上接到任务的，有内部人士爆料，说你前妻上班这所小学出了点状况。

黄莺明目张胆地用了前妻这个突兀的词，而我理所当然就成了小学老师的前夫，说心里话，此刻我一点儿也不关心佟欣和她的狗屁学校，我们已经是陌路人了，想当初她把离婚协议书扔在我面前时，眼皮似乎都没眨一下。难怪母亲后来一个劲埋怨我太窝囊。我理解母亲，她当然不希望自己的儿子被一个女人给蹬掉了。可我并不在乎，既然过不到一块儿，干脆就散伙了事，何必干耗，好聚好散，谁提出的还不都一样。此刻，既然我已经上了老姑娘黄莺的贼船，我也就不在乎前妻不前妻的，我尽量摆出一副既没有感觉也没有欲望的样子，随波逐流好了。

黄莺多少看出点儿我内心的波动和窘况，又不无体贴地说，要不她先进去摸摸底，让我在车里等她电话。我说，少来，早知现在何必当初。这样说的时候，我又不可避免地想到佟欣，进去看看也无妨，婚都离了，我总不至于还怕她吧。我又忍不住多瞅了一眼黄莺，别说，她今天捯饬得有模有样，长发披肩，眉毛和嘴唇都精心画过，衣裙也有点品位，看上去是个很不错的白领，一点儿也不像嫁不出去的老姑娘，我跟着她应该不会太丢脸面。于是，我说，待会儿全要仰仗美女名记了，我只当好你的跟班。黄莺爽快地点点头，又说，给你妹找工作的事我一定会上心的。我跷起大拇指说，这才够哥们。

黄莺不露声色地出示了记者证，门卫便点头哈腰地放行了。以前，学校我来过多趟，那阵刚认识佟欣不久，为了捞捞好表现，时不时就跑到学校来接她下班。有时她要加班批改学生试卷，我也赖在她的办公室里不走，她看我闲得要死，就分给我一沓子试卷，让我按标准答案帮她一起批，我总算是人模狗样地过了一把老师的瘾，尤其是给学生试卷打红叉，感觉过瘾得很。我记得很清楚，那回佟欣班上要搞一块主题教学展板，大概是为了应付上头教育局的什么检查，我陪佟欣加班到很晚很晚，学校突然停了电，办公室里黑灯瞎火的，我便趁机一下子抱住了她，她刚猫样吱呜了一声，两片湿润香甜的嘴唇就让我给堵住了。那是我第一次亲吻小学老师，她胆子小，身体似乎还在发抖，又一个劲用力推着让我松开手，说会让人家看到的。我才不在乎，学生都回家了，整幢楼连个鬼影都没有。小学老师的羞耻心很重，这反而激起了男人的斗志，我像无赖那样不管不顾霸王硬上弓，愣是搞定了她。那时，我觉得佟欣真美，浑身透着书卷气，我甚至开始憧憬，等将来我们有了孩子，佟欣一定会把小家伙调教得很好，我这个当爸爸的也就省心了。

现在，一旦再走进这所熟悉的小学，我的心情忽然变得沉重了，我不清楚是不是自己辜负了这份感情，还是我跟她压根就不是一个道上的人，注定会分道扬镳，各走各的路。人真是奇怪的动物，当初喜欢上她有些义无反顾，后来分开时好像也是那么义无反顾。我突然感到后悔，刚才真该听黄莺同志的建议，老老实实窝在车里，万一见到佟欣，真不知该说些什么好，或者，干脆来个相逢一笑泯恩仇？问题是，我有那么大度吗？

我正在胡思乱想，一贯雷厉风行的黄莺，已经跟学校的教务主任短兵相接了。对方知道我们是记者，态度自然是友好的，又是沏茶又是递烟，还文绉绉地客套说，这么点小事，怎敢惊动记者大驾？黄莺并不跟对方绕弯子，便开门见山地说，事情倒是不大，可作为教育部门，缺乏最起码的诚信总是不应该的，听说你们学校在组织学生参加本届汉字听写大赛的过程中，存在着很严重的欺瞒行为。据消息人士透露，你们故意将六年级的学生谎报成四五年级，这事性质很恶劣，已经造成了很不好的社会影响，部分参赛学生家长投诉到相关部门，我们报社只好介入调查了。

这个头发濒临全秃的教务主任，实在油滑得很，先是东拉西扯搪塞了黄莺一通，后来他又提出，最好让我们采访一下参赛选手的辅导老师，意思是具体情况老师更清楚些。再后来，这狡猾的秃顶男人借故临时要去开一个重要会议，就把我跟黄莺支到语文教研组里了。妈的！这是我最不想去的地方，要知道我跟佟欣的第一次，就是在这个堆满教案和作业本的房间里发生的。我也是忽然意识到，这一切就像稳妥而美丽的圈套，从一早黄莺把那杯甜丝丝的豆浆递到我手上就开始了，所谓糖衣炮弹最难躲避。难怪刚才那个几乎秃顶的主任，一直用很邪恶的眼神不时打量我，他的样子让我想到了老方家的沙皮狗。我想他一定认出我是佟欣的前夫来了，尽管他嘴上什么也不说，装得跟我素不相识，但当初在我跟佟欣的婚宴上，一定少不了这个重要人物。对方早就看出了端倪，所以，他就把球恰到好处地踢给佟欣，他就是想利用我跟佟欣的关系摆平此事。这样一来，我就不得不跟自己的前妻再见上一面，尽管我真的一百二十个不乐意。

在黄莺职业性很强的软硬兼施下，特别是摆明了种种利害关系后，小学教师到底还是就范了。而我，自始至终低头坐在旁边，跟木头人似的一言不发。黄莺倒也不介意，她凑近我耳边小声嘀咕，你随便好了。我明白她的意思，如果我实在感到难受的话，可以选择随时退场，但我偏偏不上这女人的当，免得事后她又说我不仗义，鞋底抹油溜之大吉。再说了，我跟佟欣又没什么深仇大恨，婚姻不在了，情义还有那么一点儿嘛，再退一步讲就算情义没了，还算是熟人嘛。我眼前的小学老师比分手时憔悴多了，人也似乎瘦了一圈，她平时最爱穿的那身运动服，此刻在她身上显得有些晃荡，或者，她一直都是这样，只是过去生活在一起，我没太觉察到，人们总是习惯于忽略身边的事物。

佟欣在见到我的一瞬间，人明显地愣住了，眼光中流露出曾经沧海难为水的忧伤，这种不经意流露出的东西，让作为她前夫的我感到很不自在，甚至无地自容。但很快地，她就以那种近乎严肃的职业性目光掩盖了自己的不适，继而，目光自然地移到黄莺脸上，之后几乎不再多看我一眼，而是积极配合女记者接下来的采访工作。

这反而让我更加不舒服起来，好像黄莺比我更重要，或者，佟欣只是故意忽略我的存在。她要让我明白一个事实，离开我以后，她过得还不错。离婚本来就是场博弈，胜负并不能立刻见分晓，尤其是对于最先提出分手的那个人，当然希望用强有力的事实来证明，自己的决定是完全正确的。但不知怎的，我似乎还是能强烈地感觉到，她过得并不好，生活工作都不如意，此刻她煎熬无奈，但又碍于上司的精心安排，只好硬着头皮应付。否则，依照她的性子，一定会梗着脖颈，扬长而去，把我和黄莺扔在这里。

接下来，我始终像一名旁听生，不尴不尬地听着她俩的谈话。佟欣说，当初学校并没有把这事看得很重，只是心血来潮，明显带有应付性的，通知高年级的语文老师，到教务处领一份汉字听写笔试试卷，利用自习时组织班里的学生随便答一下。结果，正是这次突然袭击式的词语测验，让佟欣班上的几名学生崭露头角，一下子就出了名，尤其是她班上的俞晓飞同学，50 组词语几乎得了满分，主办方很是器重，声称这孩子就是大赛组委会苦苦找寻的参赛苗子。于是，俞晓飞理所当然代表学校参加了接下来举行的一轮又一轮的选拔赛，佟欣也就顺理成章地成为指导教师陪同学生比赛。一开始佟欣还是非常激动的，毕竟她给俞晓飞讲了六年语文课，孩子的知识面广，课外书读得多，汉字书写又很规范。总而言之，这一切都跟她长期以来的谆谆教诲是分不开的，她有足够的理由感到自豪。这中间，黄莺适时地插进一个关键性问题：那佟老师你知不知道，这次比赛是不允许六年级也就是你们毕业班学生参加吗？佟欣轻轻摇了摇头，然后又若有所思地说，比赛这种事情就像一个漩涡，人一旦被卷进去，是很难解脱出来的。

佟欣又回忆起最后一轮比赛结束的情景。那天她兴致勃勃地在全校教师群和家长群里发了微信以及比赛现场图片：本班俞晓飞同学在本届汉字听写大赛海选中不负众望，一路过关斩将，所向披靡，先后代表我校闯入片区赛50强、市级赛20强、省级赛10强，并将有可能代表本省参加在北京举办的全国汉听大赛。她甚至还在10强赛开赛当天，以生动的视频方式，让全班同学给俞晓飞加油鼓劲，那情形就跟大伙在电视里看到的正规比赛一模一样。她在微信群里收获了一连串的鲜花、掌声、微笑和点赞。俞晓飞真是好样的，没有辜负她这个语文老师兼班主任的殷切厚望，想想看，几百所小学，上千名选手，辗转一个多月的赛程，但凡孩子的心理素质稍差些，都有可能中途掉链子，佟欣也一连跟了几场比赛，见证了这场没有硝烟的汉听大战。有的孩子遇到的字词明明是平时会写的，由于过度紧张和怯场，竟然连笔顺笔画都出了问题，把最简单的“日”写成了“曰”，被评委老师当场判了书写错误，泪流满面，懊悔不已。这一点，俞晓飞很是让她信任。当然了，这也证明她的教学是成功的，她的眼光是独到的，从她班里挑出的选手有着绝对的优势，那个聪明的小姑娘只要往赛场上一站，浑身便有股难得的自信，气场超强，尤其是在电视镜头面前，她朗目，舒眉，微笑，沉着，不卑不亢，胸中自有丘壑，轻易不为外界所动。

但是，比赛最终的结局让佟欣做梦也没想到，她和她的好学生却要无端地忍受来自证书上的双重错误和耻辱，这对她来说不啻为一次沉重的打击。作为学校唯一挺进10强的选手，俞晓飞同学最终拿到手的，却是一张叫人哭笑不得的东西：当初主办方一再承诺的省级“汉字英雄”

称号却莫名其妙地降格为市级的，这倒还在其次，更为荒唐的是，选手的名字也被堂而皇之打错了，斗大的姓名三个字，居然错了两处！这如何让人信服？堂堂汉听组委会，出现这种滑稽可笑的状况，简直让人无语了。那张被镶在通红的绒面本里的单薄纸片儿，后来不知怎的，很神秘地出现在她的讲台上。“于小飞”三个字像蹩脚的小丑，张牙舞爪地摆在眼前，怎么看怎么别扭。作为一名语文教师，这种幼稚肤浅的错误，她是绝对不能容忍的，何况，这份荣誉证书来自高高在上万众仰慕的汉听大赛组委会。佟欣当时怔了一下，马上将自己的目光从龌龊的“于小飞”移到教室中央，不无关切地在一片学生脑袋中搜寻。真正的俞晓飞就趴在桌子上，仿佛睡着了。佟欣说她当时心里不由得泛起一股怜惜和疼爱，这一点我当然确信无疑，她就是这么感性的一个女人。佟欣说她最清楚不过，那个孩子自从参加汉听大赛以来，可以说每天都是马不停蹄的，既要按时完成各课作业，又得抓紧时间备战一场又一场淘汰赛，光是学校给孩子印发的那一大摞央视汉听词库资料，就够孩子看的。说心里话，那些个字词多半都生僻古怪得邪乎，就像是从出土文物上面直接拓下来的，比如：尺蠖、颛顼、裂璺、巉岩、簠簋、橐橐、蹀躞、卖官鬻爵、魑魅魍魉……别说是俞晓飞这样十一二岁的小学生，很多时候，连她这个有着十余年教龄的语文老师，也无从辨识，更何谈正确书写了。至于像鸤鸠、罪孽、编纂、尴尬、社稷、黏稠、肇事、僭越、殚精竭虑、毋庸置疑、繁文缛节，等等，反倒在比赛中成了小儿科，无足挂齿。直到现在，佟欣还能一一复述那些被俞晓飞在赛场上一次次书写正确的词语：港汊、貔貅、饕餮、纨绔、汗涔涔、兰质蕙心、锱铢必较、魍魉、方枘圆凿、黜陟幽明……

就在这时，黄莺的采访被一阵急促有力的铃声打断。佟欣抱歉地站起身，匆匆拿起桌上的教科书和粉笔盒，说她得给孩子们上课去。黄莺也不好再坚持什么，毕竟不能随便打断人家的正常教学秩序。

我们走出那间办公室，刚才还十分喧闹的校园，此刻一下子静寂下来，好似一大群聒噪的麻雀被一阵突来的枪声给惊跑了，只剩下空荡荡的操场和两副呆头呆脑的破旧篮球架，被日头晒得发白。佟欣的背影很快就消失在悠长而略显阴暗的走廊里，隔很远我也能分辨出她的脚步声，总是匆匆忙忙的，生怕迟到，这大概是教师的特点。刚才她只跟黄莺道了声再见，我知道，她这辈子恐怕都不想再见到我，其实，我的心理也跟她差不了多少。今天都怪该死的黄莺，她心血来潮偏抓我做壮丁，弄得人半天心神不宁。

黄莺却跟没事人似的，猛地用胳膊肘捅了我一下。

喂，你不会是旧情复燃了吧？

我回过神道，神经病！

她嘿嘿笑了，一脸戏谑的味道。

不好意思哦，那个主任真坏，难怪头上没几根毛，安排谁不好，偏偏让我采访她。

我没好气地说，你们一丘之貉，都够阴险的！

说话的工夫，我们已经上车仓皇离开了。

路上，黄莺煞有介事地说，顾责，我觉得你前妻是个相当不错的老师，很有责任心，她书教得一定很棒，我想问题就出在学校领导身上，你看那个教务主任多滑头，他怕担责任，自己开溜了，却让你前妻来做替罪羊。

你能不能别前妻前妻的，这事跟我有半点关系吗？我看你今天是成心的，快停车，我还有事要下去！

我的驴脾气说来就来了，停车停车停车，立刻马上！连我自己都不知道，口气突然变得那么冲，火药味十足。黄莺不无讶异地瞅了我一眼，我压根没理她，她知道我是真生气了，就不敢再说什么，犹豫着终于靠边停下。我二话没说，驴气十足地推开车门跳了下去。

这一刻，我觉得自己真不是个东西。我的心情突然变得非常坏，简直糟透了。佟欣的那番讲述始终在我耳边回荡。这一切在黄莺听来，只不过是一堆由当事者提供的杂乱无章的采访素材，而对我来说却完全不同，它们至少构成了离婚后佟欣的一小段生活。

我终于明白了，刚才第一眼看见她时的那种感受，是千真万确的，佟欣看起来的确那么憔悴和疲倦，我想这跟那场比赛有直接关系。我了解佟欣，这几年她太想有所收获了，她之所以要跟我这个胸无大志的家伙离婚，也许就是为了能更好地施展自己、证明自己，不被我这样的男人和家庭所累。别的且不说，如果这次汉听比赛一切顺利，她或许也能一举成名，至少成为他们学校最了不起的语文老师，那样的话，起码可以为她解决一点最实际的问题，比如，她最想得到的一次职称评定和晋升，那可是她多年的夙愿。记得尼采说过，我们要以同样的态度去学习爱我们所爱的每一样事物，我们对于生疏的事物的体贴、耐心和理性总是在最后才能得到报偿。也就是说，那些生疏的事物会慢慢地揭去它的面纱，而呈现给我们一种崭新而不可名状的美丽。佟欣曾是我的爱人，而我这辈子很可能从来没有真正地爱过她，或像尼采说的那样体贴、耐心地了解她，我对她的感觉也从来没有像今天这么复杂。

老方来家里的时候，手里老攥着一听可乐，他那目中无人往下灌可乐的蠢样子，着实叫人鄙视，我左右想不明白，他浑身上下那么多油晃晃的赘肉，怎么还偏爱喝那种齁甜齁甜的玩意儿？就快入夜了，可楼前的那片小广场上依旧人影晃动，筷子兄弟最新的《小苹果》忽如一夜热风，一下子就覆盖了凤凰传奇的歇斯底里，成为那群跳舞大妈们的新宠。流行是这个城市的通病，什么东西都会一窝蜂地来，又一阵风地去。好在我这个人深居简出惯了，平时又不大喜欢老敞着窗，即便开了窗，顶多抽根烟的工夫就关了，不然迟早被他们吵疯了。

手上没牵着沙皮狗的老方，看上去有些形单影只，他在敲开我家房门的那一刻，除了口腔里一股很冲的可乐味，眼神中充满了那种普遍的焦虑和疲倦，这年头像他这样的黯淡眼神满大街都是，美其名曰鸟为食亡，挖空心思挣钱天经地义，有了钱又可以白天不醒夜晚不休。我以为老方又要缠磨着跟我谈什么曝光披露大妈跳舞扰民之类的，我刚想说这件事我真的无能为力，他却换上一副还算真诚的憨笑。

听说，你妹最近在找工作？

我不无纳闷地盯着他，想从他那沙皮狗一样的皱巴巴的额头上看出点什么名堂。心里嘀咕，狗耳朵够尖的，隔着墙连这个都听清了。只见他自顾自地喝下一大口可乐，连打两记嗝，才接着说下去。

你知道，我在街上开着一家门店，专门经销保健品的，生意还不赖，眼下店员要去生孩子，正缺一个人手。

说话的时候，老方始终拿一只手搓弄他的耳垂，左边搓搓，右边搓搓，脖子上的那条金链子粗得晃眼。

我迟疑着摇摇头说，你是说去卖货？我妹怕是干不了这……

未等我把话说完，顾乐踢踢踏踏几乎从她的房间飞奔出来，像接到圣旨般激动地嚷嚷着，哥，哥，我去我去我去！让我干啥都成，咋也比见天在家待着强啊！

老方的憨目光自然就盯到妹妹身上，上下打量了一会儿，才又盯住我的眼睛征询，怎么样？月工资就先开她一千五，要是销售得好，月月都有提成！

妹妹一听简直乐疯了，一蹦三尺高，点头致谢如鸡啄碎米。

谢谢方大哥！谢谢方大哥！

我一时不知再说什么好，这丫头前几天还信誓旦旦说决不去外面卖货，才几天工夫，思想就来了个一百八十度大转弯。老方嘿嘿笑着，很受用地冲顾乐摆摆手，说那就这么定了，明早八点我开车带你去店里。说着，他将手里的那听可乐一饮而尽，然后用力将可乐罐捏成一团，好像要用这种刺耳的方式庆贺什么。我本想说再考虑考虑，可妹妹几乎跳着脚开始欢呼。我暗想这也不赖，给邻居家帮忙做事，总不至于有什么悬念，反正老方是跑不掉的，只是我无端地欠了这人一个人情，心里多少有些不爽。我也不是针对这个老方，其实换了别的什么人做我邻居，估计我也好不到哪里去，城里住久了就这德行，又孤，又绝。

顾乐不再因工作的事整日黏我，我又可以自由自在地伺候我的豚鼠了。若按人的年纪算，小猪现在正值青春年少，它的食量越来越大，椭圆形的肚子又大了一圈，一顿可以吃掉两片莲花菜叶子。闲下来，我便起大早去附近的早市，那里的菜贩子总是把歪瓜裂枣或蔫巴了的蔬菜叶子随意丢掉，我用塑料袋兴高采烈地兜了回来，一分钱也不掏，稍微拾掇一下，小猪就吃得欢天喜地。

吃得多拉得自然也多，我每天早晚两次定时清理粪便，铁丝笼子下面有很便捷的抽屉式底盘，我在抽屉底上事先垫上一层旧报纸，早晨只需要将污物和报纸一卷扔了了事；纸箱里的锯末通常隔三五天更换一次，每次我把新鲜干燥的锯末厚厚密密地在箱底铺上一层，小猪便都会狂躁地这里刨刨，那里嗅嗅，或将两只前爪搭在箱沿上，表情疑惑地望着我，似乎在问：怎么搞的，我的气味都到哪儿去了？这种时候，我总有难以言说的满足感。

以前，小学老师总是正义凛然地质问我。她说，人家养鸡可以下蛋，养兔子能够吃肉，养条狗总能汪汪两声看家护院，我就搞不懂，你养那些傻乎乎的老鼠干什么？我无言以对。也许除了臭烘烘的粪便，它的确什么也不能带给我，可我就是喜欢下班回家能看到小动物憨憨傻傻的样子。我总觉得，人这一辈子不能活得太功利，凡事都要冲某个很明确的目标而去，结果可能会让你大失所望。在芸芸众生中，我注定是个再渺小不过的凡夫俗子，我很清楚自己不能改变任何事物，我甚至连给妹妹找个工作的能力都不具备。除过工作和吃喝拉撒之外，我也就只配饲养一只再小不过的动物，这可能就是我活着的意义。

这天中午，佟欣猛不丁把电话打到我手机上，来电显示依然是“老婆”。我不知道是自己太懒的缘故，还是有意不改对她的称呼，或二者兼而有之。我迟疑地“喂”了一声后，对方又沉默了两秒，才说方便的话她想过来一趟，柜子里还有些东西她要拿走。佟欣最后一次离开这里的时候，好像是把一大袋子旧衣物落下了，说好日后抽空再来取。我不知道佟欣当初留下那么一点无关紧要的旧物，是不是想着可以作为日后见面的一个理由，或维系彼此关系的最后一根纽带。但我还是客气地说，你要是太忙的话，改天给你送过去也行。我尽量让自己的语气真诚一些。佟欣推说不必了，她就在附近办事，正好顺路。

放下电话，我多少有些魂不守舍。原以为两个人离了婚，彼此再也不需见面了，没想到随便一个什么理由，双方就立刻达成共识，而我想见到她的心情居然还很迫切。想起了以前在什么书上看到的一句话，说不幸的婚姻往往也有它幸福的时光。我上卫生间时，一定是心血来潮，随手拿起佟欣以前用剩下的一罐好迪摩丝，上面印着女歌星李玟。那应该是我俩刚结婚时买的，那阵佟欣烫了很流行的波浪卷儿，洗完头总要抹点儿摩丝定定型。每次亲热的时候，只要闻到摩丝的气味，我就会变得很兴奋——女人的气味自然包括了化妆品的味道，男人的动物性往往会在这种气味的弥漫中变得疯狂。后来，小学老师大概嫌拾掇起来太麻烦，就又恢复了原先的直发，那罐摩丝便一直搁在镜柜上方，罐身上也沾满了时间的灰尘。

我破天荒地把摩丝罐拿在手上，游手好闲地使劲晃荡了几下，然后就用拇指摁下喷射开关，那种汹涌的白色泡沫便喷涌出来，雪球般堆积在手掌心。真是奇怪，时间都过去了这么久，它居然还能正常使用！我迷惑不解地将鼻孔凑上去闻闻，这玩意儿香得有些不真实，到底是什么原因能让它保持完好，竟然比我跟佟欣的婚姻生活还要持久？看来，在时间面前，爱情是永远无法跟物品一较高下的，我们的情感太脆弱了。我的眼睛在镜子里费解地凝望，好像镜子里面的那个男人不是我自己。又过了一会儿，我像好奇的小男孩头一次背着父母，愣是将白色泡沫胡乱涂抹到头发上，再拿起梳子将头发一根不落全都背在脑后，这样看起来的确很有形，简直像个事业有成的大老板。妈的，这哪里还是我，我赶紧又拿梳子自后往前乱梳一气，到底恢复了原来蓬松无序的模样。我在客厅沙发上坐下来静候前妻，感到时间过得真慢，像被第三者拖住了手脚。我顺手拿起茶几上的电动剃须刀，在下巴处细细摩挲起来，突然意识到自己好些天没有认真刮过胡须了。说来，这东西还是佟欣以前送我的生日礼物，飞利浦的，非常耐用，刀网与下颌接触时，有种被女人抚摸过的微痒。总之，任何物品似乎都比男女爱情持久耐用。我的胡子并不密，两三天刮一次也算正常，但此刻为何非要急着刮它，还刮得那么认真，连我自己也很迷惑，这好比女人要去见自己心仪的男人，总要刻意打扮一下，再换一身漂亮的裙子，可我现在要面对的不过是刚离婚不久的前妻，鬼才晓得我这样做是为了什么！

外面终于有了敲门声。

自从顾乐白天去给老方看店，中午那边又负责管一顿饭，她是不可能跑回来的。不用猜，来人正是小学教师。佟欣肯定是用一根手指敲的，感觉就像很陌生很陌生的一个人，造访时才有的那种谨小慎微。我连忙关掉剃须刀，内心忽然有种很奇特的漾动。但很明显，佟欣并没有想进屋逗留一会儿的念头。当我拉开房门时，她就那么一动不动地站在红色蹭脚垫上，垫子也是她过去精心挑选的，上面印着“欢迎光临”四个字，以前我总嫌它别扭，现在倒有些应景。她双臂交叉环抱胸前，像一尊冰冷的雕塑，有种拒人千里之外的感觉。我们的目光稍微碰触了一下，彼此马上都不约而同地看向别处，仿佛连短暂几秒的对视也是一种罪过或惩罚。

还是你拿给我吧，东西就放在卧室衣柜最底下一层，一个牛皮纸包装袋里。

佟欣淡淡地吩咐着。这种感觉实在荒唐，她的模样完全像个邻居家的女人，可分明又对我家中的一切了如指掌，甚至还对我指手画脚。尽管我们已经分开一阵子了，可一旦在这个曾经共有的房间里面对面时，古怪的感觉还是会油然而生。这感觉，其实有点残酷。

我只好奉前妻之命乖乖钻进卧室，并按她指引去翻箱倒柜，可能是我太心不在焉了，几根手指猛地戳到墙壁上，指甲缝里顿时塞满了白石灰，手指骨节痉挛，疼得我嗷嗷叫唤了起来。柜门似乎被什么东西从里面给塞住了，任凭我怎样用力，就是拽不开。妈的，我不由得嘟哝起来，这破柜子！我边嚷边抬起脚，没好气地踹了一脚柜门，“咚”的一声，连我自己也被这声巨响镇住了。

佟欣大概是不堪忍受我那骂骂咧咧、不耐烦的声响，便径直闯进了卧室里。你干啥事都没耐心，毛手毛脚的，就知道侍弄你的破老鼠！佟欣一旦开口说话，立刻恢复了往日擅长教导我的模样。你也老大不小的，又不是个孩子，干什么都没有耐心。说话间，她已灵巧地绕开我，像避开生活中一堆碍事的杂物或垃圾。随后，她仅仅用一只纤巧的手，就从另一侧轻而易举地拉开了那扇柜门。我始终忍着痛，碍手碍脚地站在佟欣身后，看着她旁若无人地弯下腰探身取东西。

这时，佟欣的后腰便恰到好处地露出了那么一大截，粉白粉白的皮肤，几乎光洁无瑕，如削了皮的藕段似的细腻。她下身穿的是牛仔裤，将臀部包裹得十分圆满，越发衬托出未曾生育过的女人特有的姣好腰肢，而那裸露出的两弯弧线更是沟壕分明，隐约可见更深处绷得很紧的短裤的一抹粉边。有句话说得很对，一个女人最大的危险，莫过于让情感的友谊去扮演性感的角色。我的呼吸一下子局促起来，一种前所未有的野蛮冲动如山洪即将暴发，又似一簇野火熊熊燃烧顷刻燎原，并势不可当地冲撞着我全部的神经。我觉得自己完全像个懵懂少年，口干舌燥，耳烧面烫，因为不经意看到了自己本不该看的刺激画面，而受到莫大的蛊惑和引诱。

那一瞬间，我又听见自己喉咙深处咕咕作响，这信号似乎久违了，我不假思索猛地张开双臂，从后面紧紧地将这再熟悉不过的姣好身体抱住了，然后把刮得干干净净的下巴很无耻地蹭到她的后脖颈上。也许她确实无意卖弄风情，可我的生理需求却来得货真价实。小学老师的身体立刻僵硬如铁……顾责你是不是疯了，快松开我啊！顾责你再胡来，我真要喊人啦……这种时候，女人的嚷叫和挣扎都是徒劳的，有时甚至会适得其反。当我用全力将小学老师轻车熟路地压在一起滚过几年的大床上后，她竟“呜”的一声号啕大哭，这声音来得有些迅雷不及掩耳，我那冲动的身体顿时跟遭了电击一样，半天动弹不得。

事后我想，佟欣上家里来也是迫不得已。其实，那些旧物对她来说无足轻重，她来找我的真正目的，多半是为了他们学校那点破事。佟欣突然在我面前哭得那么伤心，我的心一下子就乱了。都说一日夫妻百日恩，我不能只顾自己快活，更不能坐视不管。那天的采访任务，至少让我知道佟欣在学校并不容易，假如黄莺的报道见了报，势必会对那所学校以及她本人造成负面影响，说不定连她申报职称的资格都会被取消。倒是昨天下班前，我在单位电脑里无意中扫了两眼黄莺正在赶写的那篇报道，标题好像是《尴尬的证书，无奈的结局》，文章披露了佟欣他们学校隐瞒实情哄骗汉听大赛组委会的始末，同时，也批评了作为大赛组委会出尔反尔伤害选手的事实。也许黄莺考虑到我的因素，文章始终未提及佟欣的名字，这让我略感欣慰。

佟欣在我面前呜呜咽咽了一会儿，然后才默默地把自己关进卫生间。我听见哗啦哗啦的水流声，像是依旧保持着往日生活的某些必要节奏，这样的场景总是让我想起我们一起度过的日日夜夜。平心而论，佟欣是个好女人，如果说有什么缺点，那就是她并不甘于平凡。她和我不太一样，我永远属于那种做一天和尚撞一天钟的人，说白了我这个人不太有什么责任心，我对自己未来的生活没有做过任何精心的规划。等她从卫生间出来的时候，脸上的泪痕已清洗干净，情绪也随之平静下来。

佟欣迟疑地说，有件事那天没来得及跟黄记者谈起。就是她在讲台上发现俞晓飞的获奖证书后，当时的确非常生气，就抄起那张盖着一串红戳的纸片去了教务处。秃顶主任正跟几位老师在里面饶有兴致地高谈阔论，她进去的时候，所有人都噤声不语了，大概是佟欣脸色不大好看的缘故，大家的目光不约而同都转移到她脸上。佟欣径自将手里的证书递到主任面前。她说，主任你瞧瞧，哪有这样欺负人的？秃顶主任只是淡淡地扫了那证书一眼，然后不无关心地问，怎么了佟老师？你的学生刚领了大红的荣誉证书，还没来得及让你请客呢，你怎么还气鼓鼓的？对方当时的口气，就是那么不阴不阳不温不火。佟欣继续说，主任，你倒好好看看，他们把奖励的档次降低了不说，连选手的名字都打错了，真是岂有此理！她这样一说，其他几位老师也都好奇地凑过来围观，秃顶主任重新拿起桌上的奖状，眯缝的眼光就跳过镜片上方翻了出来，嘴里说，还真是这样，是有些离谱，俞字弄成干勾于，拂晓的晓搞成了大小的小。她觉得主任的口气里明显有一股揶揄的成分，随后又听主任说，这也没什么大惊小怪的，电脑打字嘛，差错难免，反正事已至此，就算名字搞错了，可毕竟荣誉还是她俞晓飞的，别人又抢不走。佟欣觉得那话听着多少有些戳耳朵，好像俞晓飞不是他带的学生，就摆出一副事不关己的样子。佟欣他们学校的师资力量一直很有限，秃顶主任既是教务处的领导，同时还兼带着一个班的语文课。最初在学校进行的那场汉听初选测试，主任带的学生一个也未能入选，风头都让佟欣班给抢去了。这一点佟欣从未多想，可那天在教务处，她不由自主地朝这方面去想了。这样一想，她就觉得人家也许巴不得结果这样才好呢。

通宵，我们部里几个人都要隔几天值一个小夜班，主要任务是最后一次在电脑上盯版，每日的报纸天亮前就要印出来，早晨上班后再由发行人员统一领取后分发到各个网点。我和黄莺关系好，老早以前就把夜班调在一起了，这样工作起来比较方便，万一谁临时有个大事小情，对方可以帮忙照应。因为那天去佟欣学校发生了点不愉快，这两天我们谁也没有跟谁说过话。所以，等办公室只剩下我们俩的时候，我便主动问她。

美女，待会儿想吃点什么？

黄莺趴在电脑前只顾敲打键盘，像是没听见，她也许还在生我的气。我悻悻地下楼去街边吃饭，完事后顺便带了一份麻辣烫和几个香酥凤爪，女人好像都喜欢这些，据说胶原蛋白可以美容。当然，我还买了几罐啤酒，这是每次值班必喝的。

等我把食物袋拎到黄莺面前的时候，她的目光终于从电脑屏幕移到我脸上，她意味深长地冲我撇了撇嘴，我忙赔着笑脸说，姑奶奶还生气呢？她用鼻孔没好气地“哼”了一声，你是谁呀，我哪里敢啊？她一开口我就知道，她不会那么小肚鸡肠，忙替她打开袋子，取出餐盒，又递上一次性筷子，说快吃吧，不然要泡囊了。

黄莺冲我诡秘地一笑，说，无事献殷勤非奸即盗，你不会图谋不轨吧？

我也开玩笑说，就怕你不敢吃，我可是下了蒙汗药的。

她就不再矫情，高高兴兴动起嘴来。女人吃这种粉条类的食物，嘴唇牙齿和舌头总是配合得天衣无缝，尤其是慢慢吮吸粉条时嘴唇嘟起的样子很是性感，不像我们男人通常吃得吸里呼噜，满嘴流油，一不小心就滴到衣服上。

我坐在对面一边吸烟，一边盯着她看。

黄莺忽一抬头，四目相对后似乎发出某种轻微的撞击声，她半笑半嗔地说，真讨厌！有什么好看的！

我依旧痴愣愣地一动不动。其实，我的思想又在开小差，我不由得想起了佟欣，想起自己中午毛手毛脚的傻相，明明两个人都离了，我怎么会大白天想跟她干那种事呢？于情于理都十分荒唐。或许，我在骨子里认为，她一直还是我的女人，我们仅仅是分开了，不住在一起罢了。可那样的话，我又何苦要在离婚协议上毅然决然地签字呢？我知道自己对佟欣的身体还是充满了那种渴望，当我粗鲁地抱住她的腰肢时，脑子里完全没有想离没离婚，一心只想跟她做爱。可见，男人是极不理智的动物，或者说，那种根深蒂固的动物性，始终存在于我的脑海中。报纸以前就报道过类似的事件，比如婚内强奸的问题，还有离婚后男方又以各种方式强迫女方等，每每看到此类报道，我心里总会泛起一阵厌恶，觉得那些男人真是蠢疯了，悲哀至极，可万万没想到，这种事有一天也会荒唐地发生在我头上，真是不可思议。

吃完东西，黄莺起身拎着杂物袋径自出去了。我脑子里忽然又闪过一个念头，就是我非得替佟欣做点什么，否则心里真的有些过不去。现在是天赐良机，不应该轻易错过，万一明早那篇文章见诸报端，一切怕都晚了。于是，我像训练有素的间谍，迅速坐到黄莺的电脑跟前，啪啪摁动鼠标，果然黄莺负责的那个版面出现了，那篇由她执笔的新闻调查被安排在头题位置上，大标题稍做了改动，《尴尬的证书，无声的结局》，已将原先无奈的“奈”字变成了“声”，同时又加上了一条副标题：一个六年级女生的汉听大赛晋级之路。我匆匆浏览了整篇文章，跟那天的初稿大相径庭，这次文字更加有说服力，事件过程也一波三折，女主角也由原来的佟欣老师变成了俞晓飞同学。看来，黄莺后来一定是背着我，去偷偷采访了那个奖状被打成“于小飞”的女学生了。我能从文章里感到黄莺确实对这件事认起真来了，要知道世界上就怕“认真”二字。现在她的观点倾向于孩子是无辜的，孩子才是整个事件的最大受害者，至于学校领导和老师，以及大赛组委会等，他们都站在各自的立场上，不过是想通过一场比赛达到各自的目的。而最让我感到不安的是黄莺写了这样一段话：一张连名字都出错的证书，上至领导下至老师竟都熟视无睹，作为教书育人的部门，为什么他们至今都不肯出面，为自己的学生讨回一个公道？原因其实很简单，学校领导和老师都怕说出真相，因为那样等于打了教育者自己一记无情的耳光。我只能匆匆将文中涉及佟欣的几处措辞淡化处理，或者干脆删除，我知道背着黄莺这样做很不道德，但我来不及考虑那么多，留给我的时间不多了。

黄莺回来时，我恰好滴水不漏地离开了她的电脑桌，又没事人似的跷着二郎腿，边吸烟边喝啤酒。此刻办公室就我们俩，窗外黑透了，星星般的万家灯火又开始在远处迷离闪烁，这个城市即将进入一种休眠状态。白天的喧嚣海潮般无声退却了，只剩下我俩还跟夜猫子似的，守在这空荡荡的办公室里。黄莺眼睛亮亮地走到我跟前，忽然从我手里夺走了抽了一半的香烟，用力在烟灰缸里掐灭。满屋子都是烟味，你还抽！在部里，唯有她敢对我这样无礼，可我对她一点儿脾气也没有，若是换了别人，我一定又拿“男人不抽烟，死了不如狗”的混话堵她们的嘴。

随后，黄莺去把几扇窗户一一打开，夜风静静地灌入室内，我制造的那些毒气悄悄溜走了。她又习惯性地翘着手指，动作优雅地剥好了一片口香糖，用两根手指夹着，径直塞进我的嘴里。这玩意儿总是甜得那么邪乎，我知道里面起作用的东西好像叫阿斯巴甜，一种人造甜味剂，不是糖却胜过糖，据说它比食糖甜两百多倍，能够被人体消化，同时，也会产生有可能伤害身体的甲醇，因此，世界上对使用这种甜味剂是有争议的。此时，这种夸张的不真实的非糖的绵甜感觉，让我忽然想到我跟黄莺的关系，虽然我俩的关系不属于男女那种关系，可毕竟是孤男寡女，又是大半晚上，待在一起，尤其是我俩咀嚼口香糖的样子清晰地映在玻璃窗上，活像传说中情投意合的老情侣。在夜晚到来的时候，也许一个男人的思想，最需要一个女人去填充，不管这女人是他的妻子、情妇或女友，因为女人的思想多半是脚踏实地的，而男人的总是会不切实际地四处游荡。

我注意到，黄莺会时不时习惯性地拨弄一下她的秀发，那种雌性幽谧的气息在静静飘荡，她身上的香味总是让我产生一种很奇妙的感觉，就像那种阿斯巴甜，明知道它只是一种替代品，可有时又很难拒绝。我明知黄莺仅仅是我的朋友，我俩保持了很多年的友谊。可是，男女之间到底有没有真正的友谊？据说大多数女人是不会被男女友谊所感动的，原因是一旦感受到爱情，友谊就显得平淡无奇了。

黄莺说，我给你讲个故事吧。我猜你这辈子肯定没养过鱼。我的一个闺蜜家养了一大缸热带鱼，那些鱼颜色非常鲜艳，红的、黄的、紫的、银灰的，还有黑缎子色的。我隔一段时间就会去她家里做客，反正我们都是自由人。那时她刚跟男朋友分手，据说那缸鱼还是他俩热恋时男友买给她的生日礼物。我跟她说，既然都分开了，干脆把这些鱼处理掉，她总默不作声、不置可否。你知道女人一般都很念旧，不像你们男人天性是喜新厌旧的！我每次去那里，都要盯着那些傻乎乎的鱼看上一会儿。说心里话，热带鱼确实很漂亮，但我觉得本质上，鱼是没有任何情感的，冷冰冰的，跟人缺乏必要的沟通，换了我决不养它们。每一次去看那些鱼，我都觉得那缸里的鱼好像越来越少了，我问过闺蜜，她总是稀里糊涂的样子，反问我说，有吗？我耸耸肩说，你真的没有注意到？她听了不以为然，脸上露出那种惨淡的笑容。

有一天深夜，闺蜜突然打来电话，声音颤抖，嘴里反复嘀咕着鱼鱼鱼的，好像她家的鱼变成了尼斯湖里的怪物……我问她到底出什么事了，她让我最好赶紧过去一趟，说她怕得要死。我着实被她的声音给镇住了，想了想还是从被窝里爬起来，简单收拾了一下就开车往她那里赶。

顾责，你一定想象不出来，我闺蜜那晚的样子，怎么说呢，她简直都快崩溃了。幸亏我去了，一进门她就像个小孩子似的，把我紧紧地抱住了，半天都不撒手，我能感觉到她浑身在发抖，双手冰凉，惊恐地用一根手指头哆哆嗦嗦指向客厅里的鱼缸说，就是刚才，它，它，它把那条银龙鱼，活活吞了。我也惶惑地走到鱼缸前，果然，缸里唯一的一条尺把长的银龙鱼不见了踪影，这条银龙鱼是我最喜欢的，无论是它的颜色还是身段，或是它游动时威风凛凛的样子，都让我觉得它像个英武潇洒的银袍小将，我还给它起名叫子龙将军。我问她，谁把子龙吃了？闺蜜始终瑟缩在我身后，好像缸里真的有条神秘可怖的怪物，随时会扑出来要了她的命。她胆怯地冲缸底指了指，喏，就是那个大脸猫，我起夜时口干想喝口水，刚走到客厅就听见扑通扑通的声音，后来我就发现大脸猫正叼着子龙的脑袋在使劲摇摆，都快把我吓死了。

我仔细瞧瞧缸底，她所说的大脸猫其实是那条体形肥硕颜色黝黑的清道夫，因为这家伙总是懒洋洋地贴在玻璃缸壁上睡觉，样子很像懒猫，所以闺蜜管它叫大脸猫。此刻大脸猫就深深地潜伏在缸底，好像正在一门心思消化刚刚劫获的美食，但我还是不太相信，那么长的一条银龙鱼，它怎么能吞得下去？可事实就是如此，大脸猫半夜三更谋杀了子龙将军，而这也证实了我以前的判断，这条清道夫并不满足于清理鱼缸里的残渣和污垢，它隔三岔五就要大开杀戒，偷偷吞下一条鱼，美美地打一次牙祭……

在闺蜜的坚持下，我们费了好大劲，才用小抄网把大脸猫从缸里弄了出来，然后将这个无情的“刽子手”塞进一只塑料袋里。闺蜜家的生活区南面有片人工湖，四周长满了芦苇，我们就把这残忍的坏蛋丢了进去。我当时还跟闺蜜开了一个玩笑，我说总有一天，人们会在这湖里发现一条可怕的水怪，它几乎吃光了这湖里所有的鱼啊虾啊蟹啊，它已经把自己喂得像一条鲨鱼一样强悍。闺蜜一把捂住了我的嘴，我从她仓皇忧伤的眼神里，似乎看到了一场由恋爱分手而酿成的巨大灾难。

说心里话，这个故事太具传奇色彩了，我多少有些怀疑它的真实性，或者它仅仅是个道听途说来的故事，黄莺讲给我听只是拿来打发时间的。我想了想说，书上说恋爱中的女人，就像是鱼缸里的鱼，看上去美丽动人却失去了自由。黄莺半天不吭声，我也不好再说什么，我们忽然都沉默在漫延的阿斯巴甜中，嘴巴始终在微微蠕动。黄莺看我的眼神越来越意味深长，而我又离她那么近，几乎能听到她的心跳声。有好多次，我的心里都会萌生一种古怪的念头，我试图对她说，干脆咱俩好吧，省得都像孤魂野鬼，还那么浪费资源。可立刻就有另一种声音跳出来呵斥，顾责你真混蛋！你这是真心喜欢人家，还是只想找个替代品来满足自己不可告人的欲望？这种时候，我就觉得自己很无耻很无耻。此时此刻，我似乎更相信那句话了：他们都说爱情始于爱情，而友谊也只能始于友谊。

不知过了多久，我故作无心地问了句，你手里的活都忙完了？她点了点头，又想起什么似的问我，你是不是有了什么新发现？可不能独吞啊，这篇报道最终算咱俩的！我说我不过是跟着跑了趟腿，怎么好意思抢你的功劳。随后又说，这事差不多就行了，你也别太认真，说白了那算个屁事。

黄莺的脸上渐渐生起一层不悦，她说，话也不能这样说，有关教育和孩子的问题可不能掉以轻心。你不知道，现在那些学校为了自己的升学率和好生源，什么损人利己的手段都用，就拿我采访的学校来说，那个俞晓飞就是他们的一张王牌，校方当然希望她毕业后能考上一所重点中学给母校扬名，而“汉字英雄”的光环无疑能给她插上一双腾飞的翅膀，在这种形势下，哪怕欺瞒组委会也无所谓。我见过俞晓飞本人，那个孩子的个头少说都有一米六几，一点儿也不像四五年级的学生，可奇怪的是，她一路参赛，竟没有一个人站出来质疑，所以我敢说，这种情况连组委会都睁一只眼闭一只眼，年纪太小的学生，知识储备和会书写的汉字毕竟有限，为了节目好看，为了所谓的收视率，他们有意要拉开选手之间的差距，只要没人投诉举报，也就听之任之了。

我实在是无心听她的长篇大论。黄莺这人什么都好，就是爱认死理，让人很烦。可我也不想再惹她生气，就一仰脖子灌下大半罐啤酒，然后打着酒嗝说，反正，你看着办呗，最好别把人家佟老师扯进去，毕竟这事她也是很被动的。黄莺听罢冷笑两声，就知道你会为情所困，所以我基本上是回避她的。我苦笑道，其实这事你真不该拉上我。她却不露声色地回了我一句，男人啊！我说，男人怎么了？她盯着我的脸半晌不说话，口内却猛不丁发出啪啪的爆破声，好像在抗议什么似的，她嚼口香糖总是能弄出这种调皮的响动。

我盯着黄莺的嘴唇，那双唇的轮廓线非常优美。怎么讲呢，很有点儿法兰西玫瑰苏菲·玛索的味道。老早以前，那时我还没结婚，就曾留意过这迷人的嘴唇，我想，要是能轻轻地吻那么一下，感觉应该不错，但后来我又不想了。此刻不知为何，我感到自己的喉咙一阵吃紧，咯咯作响，丹田处有股很明显的气息开始自下而上升腾。

这时，我听见她说，今晚的活都忙完了，我陪你一起喝。说着，她已“啪”的一声，拉开了一罐啤酒，一团丰富的泡沫喷涌而出，她很爷们地冲我举了一下，就咕咚咕咚畅饮起来。女人这种故作豪爽的样子，有时着实很迷人，现在我明白自己为什么迷恋那个韩国女星全智贤了。

当上女店员的顾乐早出晚归，整天也跟城里人似的忙碌而充实。我多少有点佩服她的适应能力，所谓适者生存嘛，她要是能在城里过得好，我对老母亲也算有个交代。

据我妹说，老方店里专门出售深海硅藻泥之类的美容护肤产品，尽是些往爱美的女人脸上身上涂抹的玩意儿。眼下这种钱最好赚，特别是那些想要极力拽住青春的尾巴的女士。令我感到奇怪的是，五大三粗的老方竟然懂得拿这些玩意儿赚女人的钱，看来真是应了那句话：海水不可斗量。

顾乐确实很珍惜这次机会，早晨生怕起晚一点儿，睡觉前总是谨慎地定好闹钟。那只粉红色的有叮当猫图案的小闹钟，是一个学生送给小学老师的教师节礼物，以前佟欣也用它来叫早，我对那滴答声记忆犹新。不知为何，今夜滴滴答答的声响，总能隔着两道房门，很清晰地钻进我的耳朵里，好像佟欣还在这个家里，好像她就睡在我身边，呼吸均匀，气味芳香。一个孤单的离异男子，半夜三更听到这种声音，失眠也就在所难免。我不得不想方设法让自己排遣长夜的空虚和寂寞，在迷乱的想象中变换各种角色，但最终都离不开这两个女人的样子：佟欣和黄莺。她们俩又总是你中有我、我中有你。有时半梦半醒中，两个人就像哪吒一般，分明是两张脸，却出现在同一个身体上。这让我越来越没感觉，一切都是徒劳的，我只能伴着叹息辗转反侧，活像一条濒死的可怜虫。

老方对顾乐倒也信任，没过几天居然将店门的钥匙交给她保管，这让我多少有些悬着的心也就放下了。人家对妹妹不薄，我这做哥的也就不能再端着臭架子了，楼上楼下见了面，总得主动寒暄两句。我发现，除了遛狗和酷爱喝可乐，老方现在没事就来敲我的门。他甚至还建议我也学他养条狗，沙皮、苏牧、萨摩、泰迪……反正他说起狗来总是滔滔不绝，颇像个经验丰富的专业人士。还说只要我喜欢，他可以随时给我弄一条正宗的。

老方一面往他嘴里灌自带的可乐，一面煞有介事地说，狗这东西一旦养上，你就丢不开手了。狗对人的要求就那么一点点，你随便喂它点什么吃，它就跟定你了，你给它狗粮它喜欢，你给它馒头片它也不嫌弃，你就算狠狠饿它一两顿，见了你的面照样亲得跟什么似的。我跟他说，狗体积太大了，打理起来也比较费事，我更喜欢袖珍一点儿的宠物。说到这里，我还主动给他展示了我那只可爱的豚鼠。哪知这家伙只扫了一眼笼子里的小猪，脸上就挂出那种生意人常有的轻蔑神色。可乐正在他腹内咕咕作响，他故意打出一串很响亮的气嗝，才说，真是苦了你这番心劲，养这种玩意儿，有个屁意思，不如好好弄条狗来玩！他的口气跟小学老师如出一辙。道不同，不相为谋。我便懒得跟他争辩什么，况且，我是真不喜欢他在别人面前又喝可乐又打嗝的样子，好像谁喝不起一罐可乐似的。若不是看在他给顾乐提供了一份工作的分上，我这辈子到死都不会同这种人来往。

每次值完一个夜班，我都可以在家好好休息一整天。现在，趁顾乐还没下班回家，我准备先给小猪洗个澡。顾乐说，她一想到我在卫生间给一只老鼠又洗又擦的，就觉得硌硬，连解手都成问题。我说你年纪不大，哪来的一身臭毛病，咋跟你嫂子一模一样。话一出口，我顿觉不妥，她现在哪来的嫂子，不是都离婚了吗？没事老提人家显得很不地道。

顾乐像是抓住了我的把柄，话里有话地讽刺道，就知道你根本离不开她。

我哼了一声，说，笑话，你说这世上谁离不开谁？谁离了谁地球都照样转！

顾乐孩子气十足地说，要不你还是跟嫂子和好吧，省得你整天像个小老头，从我到这，你的眉头从来没展脱过，过去你可不这样。

我没好气地回她，你哥我天生就这副德行。

一个人心里的苦只有自己清楚。我大概属于那种鸭子煮烂了嘴还硬的人，我不想在妹妹面前承认自己的问题，所以，我必须赶在她回来之前给小猪洗澡。

其实，给小家伙洗澡真是件顶好玩的事，看它在小水盆里慌张而又发抖的样子，活像个胆怯的婴儿。水温一定要适中，不能太热，也不能太冷，水温太低小家伙会闹肚子，会有性命之忧；水温太高容易把它烫坏。在水盆里滴几滴消毒液和洗发香波，用指尖细细柔柔地挠上一通，再用清水漂洗两遍，最后拿干毛巾把小家伙像包粽子似的裹严实，从头到脚擦拭，尤其是那双小耳朵，一定要擦得干干净净，鼠类听觉嗅觉都很发达，听说耳朵里进了水是会聋的。之后，还得拿吹风机好好吹一下，尤其是肚皮和胳肢窝，温度同样不能太高，最好用小风，在与它隔上一拃的地方吹，否则，热风同样会灼伤动物的皮肤。每次洗干净后，我还会给小猪修剪指甲，它们的指甲尖而锋利，一不小心会抓伤人，所以必须认真对待不能马虎。我这样郑重其事侍弄着一只豚鼠，别人一定会认为是吃饱了撑的，可我不这样认为。在我看来，老方遛狗，我喂豚鼠，别人养花或养鱼，还有那些大妈整天忙着跳广场舞，其实在本质上并没有多少区别。话说回来，我们不过是以各自喜欢的方式打发那些无聊的时光罢了，对于漫长的一辈子来说，除了学习工作吃喝拉撒睡之外，你总得设法浪费掉一些时间，否则，那就不叫生活。

当我手里托着洗得香喷喷的小猪走到阳台时，楼下的大妈们正扭得欢实。这个世界真是奇怪，男人通常在少年时期会很顽皮，成天地猴高爬低乐此不疲，可一旦上了年岁，突然就变得腼腆而羞怯了，你很难在广场上看见一伙皱巴巴的老头儿扎堆又蹦又跳的。女人恰恰相反，小时候多半是扭捏羞涩，大门不出二门不迈的乖乖女，但等上了岁数成为大妈大婶奶奶姥姥，性格一下子就惊天逆转了，一改往昔模样，尤其是在大庭广众之下，扭啊跳啊唱啊笑啊，要多奔放有多奔放。

就在我愣神的工夫，猛地听见汽车发动机的轰鸣声，一路呜咽着冲进楼前的甬道里，车轮碾得下水井盖几乎咣当一声跳了起来。我连忙将头伸到窗外张望，汽车已停稳，车门打开又合上，一男一女从车里钻出，男的圆头肉脑，女的纤腰细身。我一下子傻了眼，妈的，竟是老方用他那辆香槟色的宝马车送顾乐回来。我的脑子霎时断了电，手指莫名颤抖，小猪被我无意间捏得吱吱直叫。我尚未回过神，就听见有咚咚的脚步声，我随手把豚鼠丢进了笼子里，装作什么都不知道的样子，正襟危坐在客厅里。

顾乐有钥匙自己开门进屋。我强迫自己不露声色。

她边换拖鞋边说，哥，原来你在家啊？吓我一跳。

我轻轻哼了哼鼻子，有些阴险地打量着妹妹。这丫头才出去干了几天，模样就大变了，刘海儿再也不像从前那样散漫，狗舌头似的耷拉在额头上，而是左右对分开，翻了翘儿再朝两边弯曲垂落，身上那条显眼的浅粉色裙子，把她腰身包裹得细如鲜藕，胸口处开了两弯桃形低领，那乳鸽似的凸起便若隐若现。不看那里还好，这一看胸中无名火立刻点燃，我终于忍不住发问，你咋穿成这样？没等我接下去再问什么，顾乐已笑嘻嘻凑来，在我面前轻轻转了圈，像个模特。

哥，你看这裙子漂亮不？这是人家方总给我订的工作服，他说干我们这行的，仪表比啥都当紧。他今天还带我去拾掇了一下头发，他说，我以前扎个马尾太土了！进了城就得有个城里人的样子……

我听了愈发气不打一处来，当即喝断她说，呸！他一个外人，凭什么说长道短？你是去给他看店的，又不是给她做……下面的话我说不出口，毕竟这是亲妹妹啊。可我还是很生气，越想越生气，真想立刻找老方理论一番。我在昏暗中呼呼喘粗气，在客厅来回踱步，我不知道自己为何如此敏感。

顾乐早已经拎着大包小包钻进房间了，这丫头压根就没看出来我有情绪，可真够笨的，不过这也说明她确实还很单纯，不善察言观色。她越是这样单纯，我就越发替她担心。等她换了衣服出来时，我的火气已没刚才那么大了。我想自己可能真是多心了，外面那些卖化妆品的，哪个不打扮得花枝招展的？如今这个时代，别的且不说，单就我们报纸每天大幅大幅的各种美女广告，就够喝一壶的了。人家老方原本就住对面，偶尔顺路送妹妹回趟家，也没有什么大惊小怪的。再说了，他让妹妹去看店面，也是经我允许的。我还是少安毋躁，再观察观察吧。

顾乐做饭很麻利。她钻进厨房一会儿工夫，我就有现成饭吃了。难怪母亲上回离开前说，老大你身边没个女的咋行，起码你妹能给你煮顿热乎饭吃吧。所以，我还真得好好谢谢她老人家的远见卓识。就凭这一点，我就不能冲妹妹使性子犯浑，就得有话好好说。后来，在饭桌上，我打着饱嗝，字斟句酌地说：城里到底不同于咱乡下，你出去工作哥没意见，可你得多长个心眼，坏人脸上没盖印。凡事都得多想想，别到时候上了人家的当，还稀里糊涂给人家数钱呢。

哪知顾乐很不以为然地说，我知道哥是好心，可我又不傻，谁想骗就能骗得了。说到这里，她突然又问我，上次那个莺子姐不是说要帮忙找工作吗，哥你就没再打问打问？我说你不是有工作了吗，还想脚踏两条船。顾乐撇撇嘴说，卖货算啥工作，我也就是先去老方店里锻炼锻炼，等有了好机会，再干别的不迟。她这样一说，我还真对她刮目相看了，看来这丫头有心机，至少没我想象得那么傻。我才多少放了心。

我坐在沙发上看电视，也是无意中发觉阳台的玻璃窗比平时亮了好多倍，雪白雪白的。起初，我并没有什么特别的反应，倒是去阳台晾晒衣物的顾乐忽然冲我叫，哥快来啊！你快来看看啊！我才又漫不经心地朝阳台扫了一眼，妹妹的背影在那一片白光中显得十分耀眼，她上身只穿了紧身的背心，下身是条运动短裤，感觉就像是刚出场的女运动员，正准备好好拼搏一番。

这些人都疯了，咋跟人家方总的汽车过不去呢？顾乐继续在喊叫，她的声音变得急切而不安。

我终于迟疑地走过去观看。

原来，有两道炽亮粗壮的灯光，打我们楼下的那辆轿车头直直射出，不偏不倚，正好照在对面的那片小广场上，本来还在兴高采烈跳舞的大妈们，在这狂放不羁的强光照射下，已经有些溃不成军了。灯光太刺眼了，我们报纸的汽车周刊早就做过类似报道，如今的宝马车都安有这种氙气大灯，亮度是普通车灯的几十倍，在路上会车时能让对面车的司机瞬间变成瞎子，什么也看不清。果然，在强光的照射和威胁下，跳舞者的舞步乱了，队伍也乱了，最后甚至连喧嚣器的音响也没了声气，大妈们开始东张西望，叽叽喳喳，很快有人朝照妖镜似的轿车这边指指点点叫嚷起来。我的脑海里立刻浮现出老方和他凶巴巴的沙皮狗来，心里多少有些好笑，还真有他的，这种损招亏他想得出来。这样想时，我倒理解了刚才他那么张狂地把车径直开到楼下。一切迹象表明，老方这家伙早有预谋，他是铁了心要跟这帮大妈们摽劲的。

道高一尺，魔高一丈。愤怒的大妈们很快就将宝马车团团围住，有人举手啪啪地扇打车门车窗，有人用脚气急败坏地踢踹汽车轮子，还有人使上吃奶的劲拽拉着车门把手，车上的警报器犹如被猎人剿杀前的一只怪鸟，在小区上空不停地尖叫哀鸣。

喂，这是谁的车？

还讲不讲社会公德了？

有种的就快点滚出来，再不出来我们可要砸车啦！

车窗贴了那种乌黑乌黑的太阳膜，大妈们似乎并不能看清车主到底在不在里面，于是开始抻着脖颈，冲我们这栋楼喊起来。她们仗着人多力量大，喊叫声如潮汛来来回回在楼宇间冲撞迂回，给人一种很不祥的感觉，我吓得忙缩回脖子，生怕被她们误认为是那个作恶的车主。说心里话，作为一名小报记者，我身上始终缺乏那种新闻人特有的嗅觉，就像我们痞子主任经常刺打大伙的那句话，他说新闻记者得有狗那样的好鼻子好嗅觉，稍有风吹草动就能一马当先冲上去刨根问底。可我总觉得多一事不如少一事，我是不会在这种时候抛头露面的，况且车主就住在我对门，为了这个邻居犯不着的。况且，他现在还是我妹妹的雇主。

我隐约听见自家的房门被谁奋力推开，然后是咚咚的敲门声，当然是在敲对面的房门，声音急促而恼人，我这才意识到妹妹已不在房中，她连招呼也没跟我打就自作主张地跑了出去。很快，我又听到一串急匆匆的脚步声，一准是顾乐这丫头往楼下飞跑呢，看来老方似乎不在家中，至少半天没人应答妹妹。我再次将脑袋探出阳台窗口，果不其然，顾乐这丫头已经冲到楼下，并且不知轻重地大声嚷嚷着，你们这是干啥呀？这车又没招你们，也没惹你们！她那口气简直像个路见不平的女义士，由于异常激愤，胸脯起伏得好厉害。那些一门心思围攻宝马车的大妈，正苦于揪不出可供宣泄的对手，此刻全都像庙里泥塑的金刚怒目以视，好像我妹妹就是坏了良心的车主，就是她们要找的那个罪魁祸首。妇人们一下子就把我妹妹围住了，一根根愤怒的手指直戳她的面门，骂骂咧咧，唾沫星子飞溅。这下可把我吓得不轻，这丫头太不知天高地厚了，干吗捅马蜂窝？我来不及多想，赶忙趿着拖鞋，也一路飞奔着下楼了。

这晚的事倒也有惊无险。其实，老方就猫在家里，我能想象出他那张肉冻般的圆脸蛋上，始终挂着诡秘而开心的坏笑，那一刻他一定舒心极了。自立夏以来，小广场上的舞蹈和噪声就没中断过，且愈演愈烈，今晚总算是在氙气大灯强势的照射下被迫中止了。眼见顾乐让那群大妈们围攻，老方终于在家窝不住了，他几乎是跟我并肩冲下楼去的，当然，他没有忘记牵上那条十分凶恶的沙皮狗。这畜生始终汪汪吠叫着，急先锋似的蹿出楼门洞，又一狗当先闯入骚动的人群，那些大妈们当即惊得哇哇叫，不得不松散了她们的包围圈。

我趁机赶紧过去伸手拉回了顾乐，嘴里埋怨道，喂，你吃饱撑的？真是狗拿耗子多管闲事！

妹妹只是小声嗫嚅，我以为方总不在家呢，那些人万一把车弄坏该咋办……

我听了又好气又好笑，打趣她说，坐了一次顺路车，你还真会替人家操心。走，赶紧跟我回家去！

这时候，老方一反常态，假惺惺地冲众人拱手致意，哎呀呀，不好意思，不好意思，我刚回家冲了个凉，走得急了点，忘关车灯了，搅了你们的雅兴。说着，就用手里的遥控器打开车门，再将那副肥硕的肉身艰难地挪进驾驶室里，霎时，那被照得亮如白昼的小广场陷入一片漆黑，人们的嘴巴也像是跟着车灯一起被关掉了，全都噤了声。

唯独夜空中的星星，倒是煞白雪亮，像是特意擦亮了它们的眼睛，在注视着地上的人们。

这天一上班，我就感到气氛异样，黄莺当着几位年轻同事的面，劈头盖脸把那张新印刷的报纸冲我拍过来。她几乎咬着牙撂了句，狗奸细！真卑鄙！就再也不搭理我了。

我无从狡辩，也不想辩解，我咎由自取。可我知道，自己只能那么干，丢卒保车实属无奈，谁让我欠佟欣那么多。黄莺的报道确实被我改得一塌糊涂，甚至连学校名也被我临时做了手脚，一方面为了保全佟欣，一方面也是为我自己。我天生就是一个很自私的家伙，除了心甘情愿侍弄一只小得不能再小的宠物鼠之外，对任何事都满不在乎。我想，若不是那天中午我鬼使神差想对佟欣动手动脚，惹得她在我的房间大哭了一场，恐怕我连这将功赎罪的举手之劳也不会有。现在，就算黄莺同志要跟我画地绝交，我也没有什么好说的，至少，这辈子我为小学老师做了一点点力所能及的事，哪怕这事对她来说已经毫无意义。

也就在同一天，那个汉听大赛组委会就以虚假报道、歪曲事实为由，恶狠狠地投诉了我们报社，认为记者只听一面之词，缺乏深入调查和研究，报道与现实不符，要求我们必须登报道歉，澄清事实，以正视听。社里当即如临大敌，几个头头都惶惶不安，有关的调查会议开了整整一上午，黄莺和我又被痦子主任单独叫去谈了话。说是谈话，其实就是询问。我不晓得黄莺是如何作答的，更不知道主任都问了她些什么。我进去的时候，主任脸上的痦子，好像都在蹦蹦乱跳，他拿手捋了捋痦子上面几根稀疏的汗毛，两只眼睛死死盯住我，活像盯着一个十恶不赦的江洋大盗。我一直不太明白，长痦子的人为何总舍不得把上面的那些汗毛剪掉，留着它们实在是难看得很。

痦子主任莫名地问我进报社工作多少个年头了，我不清楚这个问题跟虚假报道有何关联，但还是极力想了想说，究竟是六年还是七年，我有些拿不准。主任突然用两根手指揪住那只痦子，轻轻搓揉着，好像那玩意儿是他饲养多年的一只小宠物，倒让我一下子就想到了家里的豚鼠。没事时我也喜欢用几根手指轻轻搓揉小动物，它们的毛皮柔软至极，此外，还有热乎乎的体温和不停跳动的小心脏，这些都是让人觉得可爱之处。我不晓得主任那样把玩自己脸上的痦子时，是否也有这样的感受，我非鱼安知鱼之乐？

你老实说，黄莺跟你去学校采访那天，你是不是见到你前妻了？

对方玩着玩着，突然停下发问。好在我早有心理准备，就茫然地点了点头。

痞子主任的眼神一下子就凶狠了起来，仿佛在高空盘旋了老半天的秃鹫，终于瞄准了美味可口的猎物，便猛地从天上俯冲而下，他的鼻尖几乎快贴到我的脸上来了。

那么，你为什么不回避？难道你不知道，这是有违新闻采访纪律的吗？我看你真是在社里白混了这么多年！况且，人家黄莺已经暗示你可以离开的，你为何还赖在那里不走？你居心何在？你这样让小黄很被动的！

我压根没想到黄莺只交代了此事。其实，她更应该直接告发那夜值班的情形，说我早有预谋并且阴险地利用了她，这样更利于澄清事实，开脱她自己。

但很快，我便明白了这个女人的意图，因为这样一来，事实就变成因为采访现场有我在，她不便于跟当事者软磨硬泡太久，所以草草了事形成此文，以至最终出现报道不实的结局。我知道黄莺这女人很仗义，标准的刀子嘴豆腐心，可还是没料到，关键时刻她竟然都没有出卖我。可我不想再领她这个人情，好汉做事好汉当，杀人不过头点地，既然都做了，干脆就认了吧。当我绘声绘色讲述了那晚如何值班，如何处心积虑和所作所为后，坐在我对面的痞子主任半晌都不吭声，他尽量瞪大眼睛，像是想要重新认识我这个心怀叵测的下属似的，他的手再也没有去碰那生着一撮黑毛的小东西了。我想，这种时候他再也没有心思玩弄任何宠物了。

社里当即停了我的职，这纯属咎由自取，怪不得别人。当我灰溜溜离开办公室的时候，黄莺自然也在场，她始终把自己缩在玻璃隔断的那个角落里，所以我看不清她的表情。我觉得这样挺好，免得彼此都难为情。但是，等我刚走到电梯口，黄莺不知为何又悄悄撵上来，她狠狠地捣了我一拳，胸口痛得我只想大声咳嗽，我是活该的，这就叫自作自受。

你怎么那么愚蠢啊，谁叫你提那晚的事！你不提没人把你当哑巴。

她用恨铁不成钢的眼神瞪我。

我故作轻松晃了一下双肩。接下来，我二话不说就固执地去按下电梯键。那个键都被按得失灵了，半天也没任何反应，我终于恶狠狠地给它来了一拳，那个橘黄色的向下的箭头才红着脸醒悟过来，我右手的四个指关节疼得邪乎。我强忍着痛抬头看楼道的天花板。我这才发现拐角的地方，有一个贼亮贼亮的电子眼，正十分阴险地盯着电梯口。我们就活在这种时时刻刻被监控的尴尬环境中，不光是走廊和电梯间，就连我们的办公区也有好几处，所以，我觉得自己很明智，就算不交代也没用，人家只要调出录像一查，我终究难以逃脱。我低头走进幽暗的电梯间，黄莺也许还在那里注视我，但我不敢再看她，我怕被一个女人的柔情给彻底击碎。几天前，怪就怪我总是盯着小学老师泪流满面的样子，所以才动了那该死的恻隐之心。我这人成不了大器，经常会有妇人之仁。

祸不单行，小猪又一次越狱成功。网上的资料说，豚鼠作为啮齿类动物，牙齿长得飞快，它总是用尖尖的鼠牙到处乱啃，又把纸箱啃出一个破洞来。好在这天我就待在家里反省，沙沙的声响引起了我的警觉，当我意识到那是小猪的动静时，急忙从床上翻身爬起，光着脚片子跑过去。小家伙正贼头贼脑穿过阳台朝客厅爬来，我笨手笨脚蹲下身去抓时，它却哧溜一下，从我两腿间逃窜了，然后径直钻到暖气片下面了。

当初结婚前，房间做过简单的装修，暖气片是用三合板包过的。

我依稀记得木匠师傅手持射钉枪，砰砰砰砰地，往崭新的板子上一通乱射，那感觉好像一百年也不会坏掉。当时，我和佟欣把大把大把的时间都耗在装修新家上，从选材购买到雇三轮车拉回房子，事无巨细，样样亲力亲为，大到一堆木料，小到几颗螺丝钉，我们就像燕子衔泥一样修筑自己的巢穴。

我清楚记得当时的情景，佟欣一到房间，就用一块粉色纱巾包住头脸，然后一间一间挨个房子查看，稍有不如意的地方，她都要跟装修师傅磨叽半天，义正词严地要求他们必须返工重做，丝毫没有商量的余地，惹得那个陕北工头冲我直撇嘴，他说你媳妇可真难对付，她这哪里是在装房子，简直就是在修皇宫嘛。我那时一切都听佟欣的，毕竟我们还在热恋中，热恋中的人是没有原则的，我们还没走入婚姻殿堂，她说的一切都是对的。况且，我不是那种凡事都爱操心的人，既然她那么爱操持，就由她去吧。那年夏天，佟欣确实把自己的整个暑假都搭了进去，从装修到后来添置家具电器和窗帘被褥等物，她表现出一个女人所有的优点和耐心，如果没有她，我真不敢相信自己会把房子弄成什么样。我俩是那年国庆节完婚的，结婚那天突然下起了大雨，我妈私下里跟我叨叨，意思是我娶了个厉害媳妇，将来有我的苦日子。我那会新婚，觉得我妈太迷信了，不就是下场雨，不是说风调才能雨顺嘛，也许这正好说明我们的结合是完美的，连老天爷都眷顾。此刻，我的心情突然变得很复杂，我终于明白了一个道理，再坚固的房子也关不住一场注定走向失败的婚姻。

现在，我若想抓到这只狡猾的豚鼠，简直比登天还难。我费了九牛二虎之力，总算把暖气罩拆了下来，手心还被一根尖锐的木刺扎着了，血滴殷红，疼得我直龇牙咧嘴。暖气罩里早就积满了大团大团毛茸茸的灰尘。好像一不小心，就闯进了生活最底层也是最肮脏的部分，在表面光鲜的背后，这里每天都在静悄悄地藏污纳垢，但肉眼从来不去注意它们，就像人们从来只在乎生活最表面的存在，而又往往忽略其他更深层次的东西。我不得不找来笤帚，将那些大如云团的灰白色尘埃一一清扫出来。这些尘埃呛得人嗓子发痒，只想咳嗽，打从住进这个房子，应该说我这还是头一回打扫，目的却简单得可笑，不是为了好好过日子，不是为了应付什么女人，仅仅是为了这么一只傻乎乎的豚鼠。这样一来，我才能基本上看清躲在里面的小黑影，当我伸手去抓那小家伙的时候，它竟凶相毕露，吱吱叫着，龇着鼠牙活似一只乖戾的蝙蝠，好像那里才是它的领地，绝不容许人类进入。我不得不戴上卫生间里的胶皮手套，身体完全趴俯在地板上，好像在拼命伏身乞求什么，摸索了好大一阵，感到腰酸背痛，最后几乎快要崩溃的一刻，好不容易才算逮住了这个小东西。我真想一把抓住捏死它，可终究舍不得，好歹是条生命。

亡羊补牢，这个成语猛不丁从脑海中蹦出来，与此同时，也让我联想到失败的人生和婚姻，如果一切都能事后弥补的话，那么，人这辈子是不是就再也没有什么遗憾了？但转念又想，没有遗憾的生活根本就不存在，我们每天只是活在自欺欺人的假象中，我们都善于用所谓的美好掩盖生活的种种不堪，使之看起来风平浪静罢了。接下来，我刻不容缓地着手为豚鼠处理牙齿，因为鼠牙生长过快，不光导致它喜欢到处乱咬，也会影响日常进食。我找来家里唯一的那把旧钳子，像牙医那样给豚鼠进行“手术”，就是掰开它的小嘴，将上下四颗尖而长的门牙，各掐掉一个小尖儿，然后再用指甲锉轻轻打磨平整。这看上去有些残忍，可我必须这样做，整个过程我都小心翼翼的，像个银匠师傅，钳子不能夹得太深，也就两三毫米，而且，绝对不能伤及豚鼠的口腔或舌头。我在做这些事情的时候内心变得很平静。

正当我埋头弄得起劲时，房门突然被敲响了。

起初，我只当又是无聊的老方，这家伙最近跟疯了似的，有事没事常来骚扰一下，我索性不予理睬，或假装听不到。老方这些天心情应该不错，自打用氙气灯狠狠照了一通小广场，那种恼人的噪音似乎收敛些了。老方见我必说，哪里有压迫，哪里就有反抗，不能由着那帮老娘们胡逞。说实话，我真是不敢苟同，这种招数亏他想得出来的。可现在我忽然觉得，其实我和老方本质上属于同一类人：必要时我们都会不择手段，哪怕是对待身边的人。后来，那纠缠不休的敲门声，还是迫使我拉开一条门缝，站在外面的却是非常陌生的两个人。大人一看就知是那种普普通通的家庭妇女，脸颊和鼻尖上有多处顽固的雀斑，穿戴很朴素，整个人显得有些畏畏缩缩的。小女孩十一二岁光景，个头却几乎赶上了旁边的大人，一双眼睛黑得发亮，目光穿过齐刷刷的刘海儿，透出那么一股子聪慧灵秀之气。不知怎的，这印象让我觉得有些似曾相识。

在那妇女迟疑着还没张嘴说话之际，我已率先猜到她们是学生和家长了，忙说你们找错地方了，佟老师早已不住这了。倒是那个孩子，扭过头望望身边的大人，眼睛一眨一眨，像是在提醒什么。她见大人无动于衷，只好决定自己开口说了。您就是顾老师吧？在我们报社，新来的小青年都称我为顾老师。孩子如此发问，我便知道是有来头的，而且，刚才的那种印象一下子就加深了，犹如灵光一现，我终于猜出她是谁了——俞晓飞，没错，就是佟欣最器重的那个参赛女学生。

等把这娘俩让进屋后，我才意识到自己手上还戴着塑胶手套，急忙缩在背后悄悄脱掉，手掌早捂出一层黏湿的汗。阳台上传来一阵微小的响动，那是豚鼠的爪子在扒拉铁丝笼子，显然，小猪对大白天被关进牢笼很是不满，但我必须给它长点教训，咬破纸箱只能老老实实在铁笼子里待着。谁做了错事，都要受到惩罚，这是规矩，也包括我自己。不过，我已经不怎么担心，因为豚鼠的牙齿刚被修理过了，想逃跑得等牙齿长长了才有可能。

那个脸上有雀斑的女人，在沙发一角偏着身子怯怯坐定后，终于犹犹豫豫开口说话了。

顾老师，这事真不知怎么说好，我家晓飞，就是你们报上说的那个女学生。

说着，她用无辜而又充满慈爱的目光看看女儿，才回过头接着说下去。

晓飞这孩子，从小爱看书，家里虽说条件不好，可也总是尽量满足她的读书要求，她还没上学以前，就能认写几百个生字了，像什么《三字经》《弟子规》都能背得滚瓜烂熟。上了小学以后，佟老师经常夸她，就拿这次听写比赛来说，她也没有让老师失望。顾老师，您可能还不太清楚，像我女儿这种普通民办小学的毕业生，想上一所好点的初中有多困难，要参加各种培训考试不说，还得有人脉关系，还得肯掏几万块的赞助费，好在晓飞她参加完比赛，倒是有一所重点中学主动给我们打电话了，说是他们注意到孩子现场的表现和语文能力，有意提前录取她。这事都快把我们一家乐坏了，对咱这样的家庭来说，这简直是天上掉下个大大馅饼啊……可谁又能想到呢，这两天先是那个组委会的工作人员找上门来，说要彻底取消我家晓飞的荣誉证书，这倒还放在其次，最让人揪心的是，后来连那所重点中学也打来电话，告诉我们说学校名额有限，他们不打算录取我家晓飞了，你说说这叫啥事呀。

女人说到这里，终于忍不住用手背一下一下抹起泪来。

那个小姑娘的眼圈也红红的，她静静地垂下头去，像犯了什么大错，尽量让自己跟母亲挨得近些，再近一些……

这辈子我从没想过当什么救世主，我知道自己人微言轻，可只要一想到那母女二人泪眼婆娑的样子，我的心肠还是软了。关键是，这背后毕竟有一个我永远也绕不开的女人，就算为了她，为了我们的过去，我也不能袖手旁观。好歹也算在新闻战线瞎混了几年，教育口上多少还有个把熟人，反正待在家里又无聊，我就挨个给他们打电话。我直说那女孩是老婆班上的一个学生，成绩和表现都很突出，我甚至就差把俞晓飞描述成一个有几分传奇色彩的小神童了，说这样品学兼优的优等生，若是不能被重点中学录取，简直就是我们国家义务教育的败笔。一个在市教育局负责小升初招生工作的副局长很够意思，两年前我曾给该局做过一个人物专访，之后此君便平步青云升了官，谢天谢地，人家总算还能记得这个情分，这在当今社会已实属难得，好多人过河就拆桥，当了官马上志得意满忘乎所以，什么过去的熟人朋友统统丢到脑后。局长在听罢我那祥林嫂似的一通唠叨后，当即表态说，他以为是多大的一件事，不就是个毕业生嘛，小意思啦，包在他身上。

我把这个好消息第一时间以短信方式发给了小学老师，大约半个钟头后，才收到佟欣的回复：真是太好了，让你费心了，我替学生和家长谢谢你！我想她八成还在课堂上，所以短信回得晚了，不过跟她认识这么多年，还是头一次见她对我这么客气。这客气让人觉得好陌生。

于是，我连忙又给她回了一条：咱俩谁跟谁呀。

这次，她回得倒是够快，却只有两个字：呵呵。

我盯着手机屏发了半晌呆，终究无言以对。这“呵呵”真是一种莫大的隐喻和嘲讽，尤其是对于我们这样关系的一对男女来说，简直生动而妙极，两个人注定再也没有多余的话可说了，因为那段感情终将逝去，就像每次嚼口香糖，起初很甜美迷人，慢慢会变得寡淡无趣，最终甜爽的滋味彻底消失殆尽，味同嚼蜡，也只能丢掉了。

学校要放暑假了。

就是说，佟欣终于把那一班小学生像赶羊群一样，风雨无阻地赶出了学校大门。六年一个轮回，六年哪，两千二百来天，人一辈子有多少个两千二百天呢？如此拖沓要命的节奏，想想都叫人抓狂。仅凭这一条，我就不得不佩服她。而就在这天，我收到小学老师的短信，说有件礼物是学生托她转交我的，问我是自己来取，还是哪天她送过来。我便想起上回她来家里的情景，生怕自己又会把持不住，忙去电话明说，心意我领了，东西还是让她留着吧。可佟欣坚持说，那怎么行，你给人家帮了大忙，我不能无功受禄。我说真正功不可没的人是你，把学生教得那么棒。这确实也是我的心里话，可佟欣在电话里忽然转移了话题，就跟心血来潮似的，询问起顾乐的情况来。我说那丫头一天到晚不着家门，谁知道在外面忙些什么。哪知佟欣听完，立刻又换上她那副教育者惯用的口吻，毫不客气地批评道，真不知道，你这个大哥是怎么当的？对自己妹妹的事，一点儿都不上心，这样下去，是很危险的！对，若不是她用了“危险”二字吓唬我，我压根不会打破砂锅问到底。

佟欣后来经不住我再三追问，总算实话实说了。她也是很偶然去逛街时撞上他们的，当时顾乐正在一家不错的女装店里挑选衣服，对门老方就站在旁边很殷勤地帮她参谋。佟欣见状，连忙闪在旁边偷眼观察，后来她见老方去收银台付的账，而且，他俩离开时装店的时候，老方的一只手还从背后揽着顾乐，再后来两人就亲亲密密钻进了门口停着的宝马车里。我被佟欣的话惊得目瞪口呆，简直无法相信自己的耳朵，可我心里很清楚，一向治学严谨的小学教师，是不会拿这种事开玩笑的。这一刻，我真想拎起厨房里的菜刀，直接冲进那个混蛋家里。

这个黄昏比以往任何时候都来得晚。我始终忐忐忑忑如困兽，在客厅里来来回回走了不下百趟，每走一趟我都叮嘱自己，绝对不能让妹妹毁在那狗日的手上，绝对不能！楼道稍有点儿动静，我就坐立不安。我不止一次告诫自己，别太冲动，冲动是魔鬼。可是，顾乐却迟迟不归，就像她已经知道东窗事发，不敢回家来见我似的。正在我一筹莫展之际，黄莺犹如一只夜莺不期而至。我能感觉到，她特意化了妆，身上还喷了好闻的香水，那张酷似全智贤的瓜子脸，被披肩长发映衬得有几分伤感，身上那一袭咖啡色带褶皱的长裙，使得她看上去更添了几分妩媚。或许，我的感觉不够准确，“妩媚”这个词不应该用在一个老姑娘身上。不过，我的大脑早已被妹妹的事搅得一片空白，实在想不出什么好词来，假如现在让我去参加该死的听写大赛，恐怕只能交白卷了。

黄莺见我那么怔怔地望着她，就不无调皮地说，怎么，都好几天了，你还没有反省好？我这才回过神，她的嘴巴永远那么犀利，我只得乖乖地让她进屋，并做好听她训诫的准备。黄莺在客厅走马观花视察了一圈儿，然后才钦差大臣似的止住脚步，一本正经地向我宣布：顾责同志，我来是要告诉你，那件事就算过去了，从明天起，你可以正常回报社上班了。

我不无狐疑地盯着她的脸，这个女人有时很善于搞些恶作剧。黄莺见我一副不相信她的样子，就猛地扭头快步往门口走，嘴里嘀咕道，你这人真没劲，看来人家好心都做了驴肝肺！我赶紧从后面拉住她的胳膊。黄莺的皮肤有种大理石般细腻爽滑的感觉，小学老师跟她则截然不同，佟欣的皮肤虽然白却总是有些干涩，尤其是那双手，常给人一种沾染了太多粉笔灰的印象。人的大脑实在是怪诞，这种时候我竟还有心思瞎琢磨女人。

黄莺迟疑着转过身打量我，表情略带戏谑之意。

哼，为了你这点破事，我差点都跟主任拍了桌子，你说吧，这回该怎么谢我？

一时间我心中真是五味杂陈，这次我害得人家差点背了处分，她却反过来还帮我找领导说情，我还能说什么呢，除了汗颜。所以，我几近俯首帖耳地说，姑奶奶怎样都成，你说了算，好不？

黄莺这才嘻嘻一笑，顺势往后撸了一下垂悬在额头的黑黑的刘海儿，这可是你说的，不准反悔！

总有些事让人觉得不可思议。按说，我并不是一个很疯狂的人，可跟黄莺在一起就不同了，所谓近朱者赤，我很容易受她影响。就拿喝酒这件事来说，平常报社同事聚会，喝不了几杯白酒，我就会缴械投降或溜之大吉，可一旦跟她单独吃饭，对酒精的敏感度陡然下降，或者是她也挺能喝的缘故，作为男人我就不想轻易输给她，我俩推杯换盏之间，竟干掉了一瓶银川老白干。

火锅店的温度直线上升，体内的酒精已开始作祟，我却浑然不觉，又嚷嚷着让服务员再开一瓶白酒，我说今晚咱们不醉不归。黄莺脸上红扑扑的，活像个多情而娇羞的新娘，目光多少有些迷离，酒精轻而易举地擦去了她脸上那种职业性的敏锐和尖刻，却又恰到好处地增添了一份成熟女性的柔美。大多数的男人心中都有一种灵与肉的冲突，他们知道在社会角色背景下，不该产生某种欲念，但事实上对工作中某个关系亲密的女性还是会想入非非。黄莺用一个优美的手势制止服务员的时候，已经神不知鬼不觉地买好单了，本来说好了是我请她，半路又来跟我抢，我男子汉的尊严受到了严重威胁，而她似乎故意要让我在她面前难堪。

黄莺说，人家帮了你那么大一个忙，一顿简简单单的火锅就想打发我，没那么容易。

火锅不是你提议要吃的吗？不过，就算吃大餐我照样奉陪，说吧，想吃什么，我绝无二话。

我一边说着，一边慷慨地掏出钱夹拍在她面前，一副财大气粗的样子。她却始终用双手很优雅地托起尖尖的下巴，脸上露出一种类似胜利者的喜悦，她略加思索，突然凑到耳边对我说，想吃你可以不？我便无言以对，只是冲她嘿嘿傻笑，样子活像个醉鬼。

你喝多了，黄莺你真是喝多了……我黏黏糊糊地咕哝着，舌头多少有些不听嘴巴使唤了，也许刚才喝得太猛，但我心里似乎还明白着，一个女人这样说话的含义，我只能借着酒劲回避，但心头已是热浪潮涌。

黄莺像搀一个没用的糟老头那样搀着我。一路上我多次想使劲推开她，可她就是死活缠着我，女人有时候就是这么烦人。我的脚底软绵绵的，整个世界变得像一块巨大的吸足了水的海绵，每一步下去都要陷进去好深。外面灯光谜一样闪闪烁烁，起起伏伏的车辆，跟在水面上航行的小船相似，我摇晃着被酒精占据的身体和脑袋，正跟一个我并不讨厌的老姑娘勾肩搭背。黄莺一直送我走到小区里，我早已醉眼蒙眬，恰好让这么一个女人亲密地搀着，我觉得自己有点儿小幸福，若不是被那该死的灯光刺了眼，我会一直沉迷在这种小幸福当中。

有人把幸福定义为，人们希望永久不变的一种美好境界，或者是肉体和精神所处的最佳境界，我觉得这有些绕口，直截了当地说，幸福其实就是你觉得自己跟某个人或某些人相处时毫无芥蒂，并且相信这种感觉会持续很久很久。自从小学老师离开后，还没有哪个女性跟我如此亲密地结伴回家。我的心又开始痒痒了，来自本能和情感的需要让我变得不再那么理智，离家越来越近了，也许接下来，就可以顺理成章地干点什么了，我们都是成年人，对那激动人心的一刻心照不宣。就像浮士德对“瞬间”所说的“噢，留着吧……你是如此美妙”。想到这些，我浑身火烧火烫的，像被架在柴火堆上烤着，这种感觉让人既痛苦又亢奋。

老远地，我就被那贼亮贼亮的车灯给照醒了，那两道强光简直就像恶魔射过来的眼神，邪恶而又恣睢。我特意侧身注意了一下被车灯照射着的小广场，那群痴迷于舞蹈的大妈们全都背过身去继续扭动，她们还算齐整的舞姿被灯光放大了几十倍，全都投映在不远处的楼体上，看上去多少有些张牙舞爪。我真纳闷，大妈们并没有像上回那样群起而围攻汽车，或许，她们觉得这样被照着也是很好的——有种聚光灯下大明星的感觉？音乐声依旧那么吵，咚咚的鼓点震得我耳膜发麻，我天生没有一丝音乐细胞。我几乎听不见身边的黄莺在说些什么，她的嘴巴在我眼前张了又张，她的表情又恢复了职业记者的敏感和尖刻，我猜想她肯定又在愤世嫉俗，又在指责批判，作为一名资深社会新闻女记者，她痛恨这世上一切不合理的现象，有时让我觉得她的正义感似乎削弱了一个知识女性的柔弱和妩媚。

兴许是氙气灯光太刺眼的缘故，我的头脑突然开始发胀，体内的酒精蛇一样在我身体里上下乱窜，太阳穴一阵阵生疼，像谁在拿尖尖的针头往里钻啊钻啊。我用手去摁自己的太阳穴，摁一会儿左边，再摁一会儿右边，可都无济于事，我干脆用双手捂住那里，像个发作的精神病人，可还是越捂越疼。等我们摇摇晃晃走到车头跟前时，右侧的车门突然打开了，一个姑娘轻盈地从里面冒出来，她带出一股很刺鼻的香味，这味道让我直犯恶心，我注意到她的头发波浪似的在头脸和脖子上卷来卷去，早上出门的时候还不是这样；还有她身上浅粉色的紧身罩衫，好像只用了巴掌大的一片布做成，身体不该露的地方全都那么肆无忌惮暴露着。

一串很恶心的酒嗝从我鼻孔里喷出来，我听见黄莺说了声难闻死了，可我压根不在乎她的感受。现在，我耳中眼中喉咙中都充斥着更要命的东西，这些玩意儿简直快让人发疯了。我刚想扭头走开，哪知从车里钻出来的既熟悉又陌生的波浪卷儿径直上前，不无殷勤地搀住我的另一只胳膊。我下意识地要甩开她，挣脱她，就跟从来都不认识她似的，她的模样的确让我不敢认了，她才进城没几天工夫，怎么就变成这副鬼样子了，简直像个站在街边摇头摆尾的野鸡。这种印象太糟了，三十多年来我从没有对她有过这么坏的印象，我甚至觉得自己是醉花了眼认错了人。可由于用力过猛，我自己趔趄着差点儿摔倒，波浪卷儿又不顾一切地上来扶我，而我却突然举起巴掌，几乎用尽全身力气毫不犹豫地抽在她脸上。啪！这次，我终于听到属于自己的响声了，我的手掌火辣辣地燃烧起来。在广场音乐的鼓点声中，我还依稀听见自己在吼，让你不学好！让你不要脸！让你跟不三不四的人鬼混……

波浪卷儿彻底吓呆了。黄莺也吓傻了。她们都成了我眼中的陌生人。但我的手并没有因此而停止，而是近乎疯狂地，朝那张粉白粉白的脸蛋上抽去，啪！啪！两行眼泪被我抽出来了，嘤嘤的哭泣声被我抽出来了，战战兢兢的抖动被我抽出来了。抽到第四下或第五下的时候，左侧的车门终于砰地弹开，与此同时，一只粗大而潮湿的汗手死死抓住了我的手腕，这手比我想象中有劲多了，但我一点也不惧怕，相反，我猛地一翻手腕就挣脱了——据说喝过酒的人，力气都比平时大很多倍。我又锲而不舍地腾出手去抽打波浪卷儿，对方伤心欲绝，放声痛哭。那个家伙有些不知天高地厚，竟又从后面抢步上来拦挡我。

喂，老兄你这是为啥？有啥话好好说嘛，咋能这么打乐乐呢？

那家伙瓮声瓮气地对我说，不听这话还好，一听对方叫什么乐乐，我的肺管子都要气炸了。

这个时候，黄莺不可能再扶着我了，我的牛劲一股脑蹿上来了，又伴随着浓烈的酒气，天王老子也休想拽住我。真他娘鬼使神差，我一佝腰从道牙边抓起半拉砖块，就在身后那只肮脏的大汗手抓住我肩膀的一刹那，我猛然掉转身去，高高地举起手臂，像举着一只大铁锤的农民工（我骨子里就是一个农民）。我毫不犹豫地朝那颗满是肥肉褶子的脑门上砸去，就像人们装修时要奋力砸倒一堵废墙，不破不立，一下，两下，砸到第三下的时候，我觉得脸上黏糊糊的，一股很浓的腥味像蚊蛾般直往人鼻孔里钻。

直到这一刻，我的手臂才被黄莺扑上来死命地抱住了。那个肉头肉脑的混蛋已经死狗样趴在地上不动了，活该，这是他咎由自取。我手里的砖头也被黄莺硬给夺去扔掉了，我的手再也用不上劲了，可我的两只脚还能够动弹。于是，我就那么固执地，用力去踹去踢那条死狗，这样没蹬上几下，腿脚又被波浪卷儿给死死抱住了，她竟然用自己年轻柔软的身体来掩护那个混蛋。

我一下就泄气了。

我从来没有觉得自己如此失败过。瞳孔倏忽一热，视线霎时变得虚幻了，隐隐约约地，又见那个已离世多年的男人在眼前晃动，那阴郁的模样，那古怪的脾气，那嗜酒如命的嘴脸，以及酒后肆意殴打妻儿的场面，无不叫人痛心疾首——我终于看清了，这个人就是我的父亲，这世上我最讨厌的男人，很不幸我是他的儿子。

但这一刻，我又仿佛觉得，自己跟他那么像，几乎像是同一个人，难分彼此，一丘之貉。

表面上看，老方那么强壮，总是不可一世的样子，哪知这家伙外强中干，尤其是那颗肥硕的大脑袋，真是不堪一击。我就那么稀里糊涂把他的脑袋打开了花。弗洛伊德好像说过，人类基本的、遗传的、本能的冲动都来自他的动物本源，他最著名的论断是“一切生命的目标是死亡”，现在我终于体会到这些话的深意，从本质上讲，我的那个深藏着的“本我”彻底将我引向死亡的边缘。事情发生后，黄莺一个劲儿对我说千万不要乱说话，我明白她的意思，她又把我拉到一旁反复叮嘱，那人用车灯照人在先，你就说自己实在是看不过眼，只想跟他理论理论，你又恰好喝多了酒，然后彼此发生了口角，你们是在拉扯中发生意外的。她还说自己会在明天的报纸上报道此事，尽量造成一种社会舆论，这样对将来量刑和定罪是会有利的。黄莺在这种时候完全向着我，也许，她只是在为今晚拉我去喝酒感到自责。所以，等情绪稍稍平复一点儿，我就说这事跟她没有半点儿关系，我早就看那家伙不顺眼了，迟早会有这么一天。黄莺眼里竟然旋着泪花，这些年我还是头一次见她这样脆弱。之后，她又利用报警后的空当去跟顾乐单独谈了会儿话。她们具体都谈了些什么，我不得而知。

一旦静下来，我满脑子想的，竟然都是几年前第一次见到黄莺时的情形。那阵子，黄莺比现在瘦多了，还没有开上小汽车，她总是骑一辆山地自行车，腰背弓起老高，活像一个干练的女运动员，长发自由地披散开，被风一吹，很潇洒的样子。我们俩头一次被社里派出去采访，她就骑着那辆黑色山地车，我就像个跟班，我那时没有自行车，也没有女朋友，一句话，那时我只是个毛头毛脑的穷小子，一文不名，什么也没有。我记得黄莺用她俏丽的有些调皮的知识女性的眼睛扫了我两眼，说，喂，你不骑车吗？我冲她摇摇头。她大概听差了，嗤地一笑，声音爽朗，像个爷们。不会吧，你连车子也不会骑啊！她的口气叫人很难为情。我不置可否。我觉得这个女人真可笑，竟会这么幼稚地看问题。可我也懒得去解释。她用下巴往车后座一指，上来吧，我带你好了。那感觉好像我是个弱女子，竟然可怜到要她用车子捎着。我当时真是勇气可嘉，居然双手抄在裤兜里，连句客气话都没有，噌的一下，就恬不知耻地蹿到她的后车座上，车子明显地左右摇摆，像是快要倒地了。我在后面听见她的嘟哝，没想到你这么沉。我半天不吱声，让女人用自行车驮着在大街上摇晃，这辈子还是头一次。正是这个第一次，让我俩日后建立了相当不错的友谊，我当时要是扭扭捏捏不肯坐她的车子，也许以后我们的关系就没有那么铁了。男女之间需要一种均衡与互补。当女人表现出她强势的一面时，男人也许该退让和妥协，哪怕只是为了起码的礼貌。我现在唯一感到奇怪的是，为什么打一开始我就没有对她动过那种心思呢？是她身上缺少了女人味，还是她这人太过强势？反正，我那时真的没想过要追求她，或者让她来做恋爱对象。看来，男女间的友谊和爱情注定是不可调和的，你不能既要求对方做你最忠实的朋友，同时，你又对她暗地里想入非非，动那些情欲念头，换句话说，爱情始于爱情，友谊始于友谊。

我妹几乎吓瘫了，坐在道牙上浑身筛糠样抽搐着，活像一只染上疟疾的小母猫，那头波浪卷儿全部埋藏在双膝之间。可我更喜欢看她长发飘飘的样子，对于这种突然烫成的满头小卷儿很是抵触。这时候，从楼上传来一阵狂躁的犬吠，我听出那是老方家的沙皮狗在瞎叫唤，这畜生也许嗅到了什么，狗总是比人更警觉。广场上的音乐声戛然终止，原先跳舞的大妈们呼啦一下围了过来，她们一定是被倒在血泊中的老方吓了一跳，宝马车的灯光太亮了，死者的表情被照得异常狰狞，妇女们顿时尖叫起来，胆子稍大点儿的，慢慢地凑到我跟前，怯生生地询问刚才到底出了什么事。

我还没来得及张嘴，黄莺就用手指了指汽车灯光，说，也不为什么，这人用车灯乱照别人。

大妈们又唏嘘起来。

有人带头说，活该的，这人就是欠揍！最近他老是把那鬼灯大开着，照得人舞也跳不安生！

大多数人也都跟着附和，就是，就是，这人缺德都带冒烟的，真是欠揍！

黄莺赶忙接过话头说，那待会儿警察来了，阿姨们可得照实讲呢。

我的手就在这时莫名地颤抖起来，几乎无法抑制。这让我感到奇怪，刚才动手的时候，怎么一点儿也不抖呢，要是像现在这样发抖，恐怕连半拉砖头也抓不住。于是，我扭头对站在身边的黄莺说，你，你还有口香糖吗？

黄莺愣了一下，肯定觉得我有些异常，这种时候还想要口香糖，但她还是动手去翻背包，我看见她的手也在抖，好像受了我的传染。很快，她就把一只剥好的口香糖慌乱地递给我，我又问她多要了一片，自己哆哆嗦嗦去剥，剥了半天才弄好，也胡乱塞进嘴里，迫不及待地大嚼着。

那种比糖不知甜多少倍的液体，迅速由口腔向喉咙深处蔓延。我像低血糖患者那样，尽量闭上眼睛，用力去咀嚼，又似瘾君子一般，近乎贪恋地吸吮着。这绵延爽口的阿斯巴甜，似乎很容易替代人的烦恼和痛苦，让我暂时淡忘了刚才发生的一切，我就那样神经质般拼命地嚼着、嚼着……脑袋嗡嗡响，眼前的一切都变得混沌不清了。

没过多久，耳朵里就传来一串骇人的警报声，简直比鬼哭狼嚎还要恐怖。我的身体就颤抖得更加剧烈了，一股恶心涌上喉头，我垂下脑袋，翻江倒海地吐了一地，舌头像狗那样耷拉出老长，涎水肆虐。黄莺赶紧过来用纸巾替我揩擦口鼻，我就那么傻坐在自己的呕吐物前，竟一点儿也感觉不到那熏天的臭气，只是本能地用双手去抱紧自己的身体，仿佛抱着一只可怜兮兮的老狗。

警车到来后，又引起小区一阵骚动，人们纷纷奔下楼来围看，没有下来的居民，也都尽可能把头脸伸出自家的前后阳台，饶有兴味地远远观望着。因为属于投案自首，110没太难为我，简单地询问情况和勘查现场之后，就把我连同黄莺一起带走了。当然还有躺在地上的老方，也被他们七手八脚地抬上了救护车。至于我妹，早在警车到来之前，就被黄莺劝回家了。这让我很受感动，我真不想把顾乐也扯进来，我太辜负母亲的重托了。一旦想到母亲，我才开始为刚才的行为感到内疚。我不知道这事跟酒精有没有直接关系，我也不知道是不是因为黄莺在身边我才突然变得那么豪横，总之，我觉得自己像个十足的傻瓜，脑子完全坏掉了。

之后的事情没什么好说的，一切都是程序性地按部就班。以前我多次参与报道过类似的案件，诸如凶杀、纵火、盗窃、绑架、聚众斗殴，等等，唯一不同的是，这案子无需警察们太费心，我一直按黄莺叮嘱过的那套说辞，给问讯者重复了几遍，当然，每次都少不了要提喝酒的茬儿，因为我越来越相信这才是前奏，有句话叫酒壮㞞人胆，不然我或许根本没有那个胆量。我被关进去之前，民警们先给我测了酒精含量，就是用嘴巴去吹那个塑料玩意儿，我吹得不算太卖力，而且刚才还吐过，胃里空空如也，可显示器却表明我每一百毫升血液中的酒精含量超过了一百毫克。

第二天，黄莺就来探视我，她带来了最新出版的报纸，隔着钢筋栅栏给我展示了一下大字标题：《如此扰民为哪桩？邻里之争终酿血案》。对于这类报道我再熟悉不过了，同样一件事情，由于记者的角度不同，得出的结论也就可想而知了。所以，不用看文字内容，我都能想象出黄莺是如何措辞的，而我在里面必定扮演了一个为民除害的角色，只是方式方法欠妥而又行为过激，但谁让我是个十足的醉酒者（这是我唯一的优势，黄莺一定会做足文章），对于当时的言语行为都难以控制。

黄莺还说，她来之前去过我家了，我妹的情况还算稳定，只是受了太大的惊吓，过一阵子应该会没问题的。但我还是不太放心，毕竟顾乐年纪太小，还不满二十岁。她一定是受了老方的蛊惑，只要想起那家伙用他的脏爪子去搂她抱她，我就觉得自己没什么可后悔的，为妹妹铲除这个人间祸害，值当。我在黄莺面前沉默了一会儿，突然就想起了小猪，这两天我被关在这里，它被关在家里，不知是死是活，一定很可怜。黄莺离开时，我又少不得麻烦她去家里，帮我看看那只荷兰豚，并告诉她食物就搁在阳台的鞋柜上，最好每天给它添点儿水或给点儿菜叶吃。黄莺显然没料到，我在这种时候还那么惦记小宠物，她只是幽幽地看了我一眼，什么话也没说起身走了。她的眼神让我琢磨了一阵子，那里面应该有吃惊、不解、疑惑，也许还有怪罪和不满，她一定对我这个人失望透了。说心里话，我对自己也很失望。

就在同一天，小学教师也来了，这两个女人就跟事先约好了似的，一前一后刚好错开了探视时间，这让我有点儿受宠若惊。能看出在见到我之前，佟欣刚抹过泪，眼圈分明还湿红湿红的。想到我们已不再是夫妻，而我又遭了不幸，她还能为我流泪，说明她心里还有我这个人，至少没有薄情寡义、无动于衷，这真让人感动。以前我想过，我们分手后可能不会常见面，而且，即便见了也没什么好说的，更没想到会在这种鬼地方还得隔着该死的铁栅栏说话。佟欣问我警察有没有难为我，我摇摇头，怕她不信，还把整张脸往小窗口贴了贴，好让她看得更清楚些。她又问，饭能吃得惯吗？我还没来得及回答，她的泪珠子又噼噼啪啪落下来，她忙侧过脸去，用纸巾默默擦拭着，之后，又旁若无人地擤了擤清鼻涕。她那样子可真不像一名执教多年的女教师，倒像是刚被自己的男朋友给踹了似的。我尽量表现得坦然些。我实在不想让她看出其实我心里也很害怕。

佟欣后来总算调整了自己的情绪，才又跟我不无愧疚地唠叨，说千不该万不该，她真不该把顾乐的事告诉我。但我真的不想再谈此事，我什么也不想跟她说，更不想让她觉得我是因为她的缘故才落得这样。我说，这都是命，还记得那年你跟我回家奔丧的事吗？她迟疑着冲我点了头。于是，我不无神道地说，那把伞，才是罪魁祸首！如果下辈子还能和你好，我决不会傻乎乎地给你买那种鬼东西做礼物。她也许听懂了我的意思，也许根本没有，但这并不重要，因为我能感觉到她有点儿激动。女人都善于回忆过去，这也许会让她们感到幸福，至少曾经幸福过。我又莫名地想起那句名言，不幸的婚姻也有幸福的时光。我们真的有过吗？她以前可曾感受过？或者，我们之间从来就没有出现过那种好时光？这一切都无从说起，我能记住的最真实的片段，也许是在她办公室里幽会的日子，那时的她娇羞腼腆，却又不乏女性的性感与妩媚，我真想让时光永远定格在那时候。

就在离开探视间的前一秒，她才很不经意地告诉我，下学期她要正式调到那个著名的小学去了。我不清楚是不是汉听比赛的事为她赢得了一次跳槽的机会，但我知道那可是一所非常抢手的民办小学，至少工资比她现在的要翻番了。我嘴里含糊地说，真的祝贺你，可心里忽然非常怀念那个仅有巴掌大的小学校，以及那间我和她幽会过几次的拥挤而简陋的办公室。

失去自由的日子里，我总是会想起已故的父亲。不知怎的，我现在倒是越来越能理解他老人家了，别看这个阴郁的男人一辈子没喝过几滴墨水，但他似乎也有一套属于他的人生哲学，他不顾家人的一次次劝说和阻挠，尽可能去四邻八庄帮助乡亲抬埋死人，干那种在我们看来最最忌讳的事，而最终的目的，不过是为了换一次酩酊大醉的机会。父亲喝醉酒的蠢模样，真是无法用语言形容，他经常在别人家的饭桌上醉生梦死，不是被几个壮汉七手八脚送回来，就是他自己连滚带爬摸索到家，有时甚至在路上跌得鼻青脸肿，狼狈不堪。这在过去可是最让我感到耻辱的事情，可如今我忽然不再那么耿耿于怀，我似乎终于能够理解他了。至少，现在我愿意试着去合理想象，并重新给这个自己一直都不喜欢的男人加定义：一个嗜酒如命的乡间义工。在我们乡下，经常有人去世，总得有人去给亡者更换寿衣，哭丧守灵，抬送棺椁，挖坑掩埋……你能说这些事没有意义吗？能说我父亲这样做仅仅是为了换取一次醉酒的机会吗？反正，现在我是不能了，也不敢了。我甚至觉得自己比父亲差远了，我只多喝了那么点儿二锅头，就干出如此恐怖的蠢事来，硬生生给一个大活人开了瓢。幸好，我还没有生儿子，不然的话，等小家伙长大了，又该如何面对我这样一个手上沾满鲜血的父亲呢？

没有手机。

没有短信。

没有骚扰电话。

没有电脑。

没有互联网。

没有报纸。

没有来自外界的任何消息。

现在有的，只是一片空荡荡的大脑，和大把大把无处投放的时间。

于是，我便开始苦思冥想，想我这三十几年的生活。有一刻我竟然无端地想起了“五讲四美三热爱”：讲文明讲礼貌讲卫生讲秩序讲道德，语言美环境美心灵美，爱祖国爱人民爱……这样想来想去，忽然就觉得，也许我的生活和生命都没有必要再继续下去，以前所有的经历都无关紧要，那些所谓的事业啦奋斗啦也都毫无意义，我能做的就是在这里不分昼夜地乖乖服法。“……我觉得人类的王国不可避免地要变得沉重时，我总想我是否应该像柏修斯那样飞向另一个世界。”这好像是那个意大利著名作家卡尔维诺说过的话，反正我记不太清了，天知道我怎么会想起它来，逃离现实，飞向另一个未知的世界，这是多么了不起的想法，悲观地认识这个世界，然后还能勇敢地面对自己的人生，我做不到，我现在只想逃走，走得越远越好，没人能找到我。

有那么一瞬，我又推翻了那些荒唐的想法，我试图说服自己，不能再胡思乱想，也不能什么都不做，至少我应该留下点什么，比如，我完全可以把自己的经历全部写下来，或者，干脆写成一部小说，就写一个男人离婚的前后经过，写夫妻生活的无奈和空虚，写男人内心的苦闷和挣扎，写现实对人的纠缠和碾轧。

一旦有了这样的想法，我又变得患得患失、忐忑不安，好像真如大文豪那样酝酿着一部伟大的作品。我发现想象实在是件很美好的事情，我以前从来没有过这样的体验，我挖空心思绞尽脑汁，夜以继日地编织着自己的故事，我甚至连小说的结尾都想好了：男人把忧郁的额头和潮湿的面颊深埋在前妻的胸口，一股玫瑰般久违了的芳香气息，霎时让他变得软弱无力，几乎就要窒息了。男人觉得女人两只饱满的乳房就像两朵太阳，暖烘烘地炙烤着他，也炙烤着房间中的一切。那些潜伏已久的阴霾的药味快把太阳光驱散了……

可就在我已经适应了这样的白天黑夜，以及胡思乱想的时候，负责办案的民警却来告诉我，你运气真不赖。你小子真得感谢那个被砸破脑袋的家伙，他已经在重症监护室醒过来了，真是奇迹。我听了这番话，真有种石破天惊般的惊诧。这怎么可能？我下手那么重，血都溅了我一脖子一脸，他居然没有死！民警见我满面都是惊骇狐疑之色，又补充道，当时确实失血过多，可对方只是被你打晕了，怎么，你不信？我这才鸡啄米般不住点头，就差给对方跪下了。这消息太难以置信了，事情简直来了个 180 度大逆转。

这一刻，我不由得想起人们常说的祖坟冒青烟的话来，否则，这种死里逃生的好事怎么会落到我头上来。说不定，正是我父亲过去在乡下所做的一切，冥冥中都转化成对下一代儿孙最好的福佑，我真不知道该不该感激他。忽然又觉得，不是杀人犯的感觉真是难以形容啊！要知道在得知这个消息的前一秒，我的世界还暗黑一团永无光明，我知道等待自己的将是什么，可此时此刻，一切突然就不同了，我庆幸自己没有杀人，我庆幸没有让心中的那个恶魔如愿以偿，我还有机会走出这间没有手机没有短信没有骚扰电话没有电脑没有互联网没有报纸，也没有小宠物的笼子。

在老方住院治疗期间，他家的沙皮狗一直都由顾乐帮忙照看。那条皱巴巴的畜生，跟我妹混得很熟络，遛狗的任务每天都由她来完成。我还听说，老方苏醒以后，头一句就问他的狗怎么样了，对于自己脑袋挨砖头的事，却只字不提，好像他那条命，还远不及一条狗重要。也正是在老方的反复请求下，警察才破例给顾乐带话，还捎去了老方的家门钥匙。让人费解的是，老方始终没有起诉我，他甚至把事情的责任全都揽到自己身上，一再说他不该用车灯乱照邻居，更不该冲我吹胡子瞪眼的。我觉得这家伙八成是被砖头砸傻了，一点儿也不像他自己了。

我不在家的那些天，顾乐难免会把沙皮狗牵回家来。她总是很精心地给狗喂食，帮它刷毛，带它下楼去大小便。当然，她也没有忘记照顾我的小猪。自从我进去后，顾乐就再也没有把小猪塞进那个铁丝笼子里，也许她觉得那样太残忍了，姑娘家的心肠总是很柔软的。但她万万没有料到，沙皮狗会对那只豚鼠下手。

有一天，趁我妹上卫生间的工夫，沙皮狗就用锋利的爪子拨拉开阳台的门，那只圈在纸箱里呆头呆脑的豚鼠对此毫无防范，还像往常一样，有滋有味地享受着我妹刚扔给它的新鲜菜叶，沙皮狗的两只前爪猛地向上一扒，纸箱就翻了，锯末渣撒了一地，小猪顿时被扣在地板上，正当小家伙惶恐之际，黑洞洞的狗嘴一张，准确无误地把它叼住了。我妹大概是听到了什么响动，赶快从卫生间跑出来，她看见老方的狗就趴在客厅里，狗嘴左右摇摆，正用力撕扯着什么，一团乌血在地板上慢慢扩大展开……

当然，这些事都是我出来以后才得知的。

小猪一命呜呼了。本来我以为该死的是我。我总是会想起以前给它洗澡、剪指甲、在掌心逗它玩耍的情景，心里未免有些难过，天知道它是不是做了我的替罪羊。现在，我对老方的狗真是既恨又怕，尤其是沙皮狗凶巴巴的眼神，总让人想起一句老话：君子报仇，十年不晚。所以，我忽然不想再饲养任何小宠物了，我把养宠物用的铁丝笼子、锯末，以及杂七杂八的兮物，统统丢进楼下的垃圾箱里。我现在唯一想做的，就是尽快卖掉这套房子，然后，搬到一个永远也看不见老方和那条沙皮狗的地方。

我得试着忘掉这里所有的一切。

一切！

第二部

如果我没有记错的话，后来的事情，都是从这个再平常不过的傍晚开始的。

这天下班回家，我一推开房门，满屋子都是烟味，直冲人肺管子。我一手捂着鼻子，不由得干咳起来。通向前阳台的晒得发黄的木门虚掩着，晾衣架上搭着的蓝色条纹床单，似在微微摆晃，床单旁边，是一条印有“囍”字的几乎褪了色的大红枕巾，这些都是我哥平时用的卧具，早晨出门前，我才抽空把它们清洗干净晾好。

这套两居室的小房子，还不足五十平方米，是我哥后来新租下的，租金相对也便宜些。房子着实很旧了，又在顶楼，天花板上有好几圈孩子尿样的水渍，准是夏天雨水滴漏的结果。银川城里雨水稀少，可要是真的下起来，也能连天连夜下个不停。此前，我哥将原先结婚时买的那套三居室的房子转手了，这样一来，他就再也不月月为房贷的事操心发愁，生活压力也就小多了。更重要的是，出门进门，再也碰不到那个令我哥生厌的男人，我是说老方。

等我们兄妹俩在这里安定下来，我就主动跟我哥提出来，说租金由我来出，他听了，立刻又跟我瞪眼珠子。我忙改口说，那我至少也出一半吧。他还是气呼呼的，差一点儿就冲我举起了巴掌。我明白他的意思，他是当大哥的，不可能让自己的妹妹来出房租钱。可我心里死活过不去啊，他为我丢了工作，人家报社现在不要他了，他的记者证也被吊销了。他现在只好委曲求全，给一家杂志社做做文字校对工作，应该是每审读完一期稿子，人家给他开不足两千块的劳务费。尽管钱不多，可他似乎并无怨言，他还是喜欢干这种读读改改的事情。所以，除了每个月定期去那家杂志社交接两次稿件，他平时基本上不怎么出门，活都是拿回来在家干的，老厚老厚的一摞打印稿，上面的字都小得像黑蚂蚁在一行一行地乱爬，我随便扫一眼，顿时觉得头晕眼花。

虽说是亲兄妹，我可不像我哥，天生就不是读书的料。我念书那阵子，也就是当一天和尚撞一天钟，书本上的东西跟我有仇似的，很难钻进我的脑袋瓜里。我哥总是把自己关在北面的那间小屋子，没日没夜地盯着校对。也许是审稿的缘故，他烟抽得好凶，搞得屋里烟熏火燎，味道难闻死了，好像不抽烟他就看不下去。可我不敢也不能跟他抱怨什么，要知道都是我毁了他原来的平静生活，对于我哥我总是心存愧疚，尽管我哥从来没有这么对我讲过什么，但我心里有数。

我相信我妈后来过世，肯定也跟这件事有关。老人家肯定到死也不会相信，自己一直引以为荣的通过高考进城工作的儿子，有朝一日竟也能丢了饭碗，而最让我妈愧疚的，一定是当初她不该冒冒失失把我送进城里，送到我哥身边，好心办坏事，一招不慎酿成了恶果。我想，我妈就是在这样的悔恨与愧疚中，郁郁而终。我妈这辈子过得很苦，她几乎没有享过一天的福。她就是在为儿女的奔波和忙碌中过完她短短一生的，婚姻对于她来说意味着无尽的苦难和不幸。那一次，我们兄妹俩匆匆赶回老家给我妈办完丧事，我哥整个人都颓萎了。后来他跟在我返城的路上，手里始终抱着老人的一幅黑白遗像，一句话也不跟我说，浮肿的双眼死死盯视着车外，活像是一尊木雕。如今爹妈都相继过世了，我二哥顾产真正成为一家之主。我俩离开老家的那天，二哥是这样对我说的。他拉住我的手说，往后有了闲工夫，常回来转转。那一刻，我才真正懂得，家其实就是爹娘，没了爹娘，尤其是没了娘，也就没了家。

记得我妈以前常念叨，有缘千里来相会。她还说，姻缘都是月下老人悄悄地拿一根红绳线，把两个生人死死系住，这样凭你俩隔着山隔着水，最终也会走到一起。我跟老方之间大概就属于这类情况。

老方比我大了将近二十岁，我哥狠狠地说他都能当你爹了。我知道我哥说的都是气话。可这也怪不得他，谁叫老方害得我哥被公安拘留，后来连饭碗也弄丢了。其实，我知道这也不能全怪老方，毕竟那天动手打人的是我哥。当时我就在现场，这些都是我亲眼所见。说心里话，我长这么大，从没见我哥那么凶过。在我心中，大哥总是温文尔雅，是个知书达理的书生。我从小就很崇拜他。我哥学习成绩在我们老家一直很棒，特别是他考上大学进城工作后，我们村老老少少没人不夸他的。我那时就暗暗发了誓，这辈子一定要像哥哥那样，也要好好念书，将来离开那个破地方。可我真是万万想不到，我哥一旦发起火来，真像一头红了眼睛的野兽。那晚，我见他举起半拉砖头，扑上去就把老方的脑袋砸出了血，那血流得像关不住的水龙头，着实把我给吓傻了。我哥说他讨厌老方，说老方总是在他面前咕咚咕咚喝可乐，感觉跟乡下人饮驴似的。他说他讨厌可乐这种东西，更讨厌老方旁若无人喝可乐打饱嗝的蠢相。总而言之一句话，在我哥眼里，老方该死。

我知道我哥也许在撒谎。哪有为这么点事，就把人家的脑壳打烂？

其实说白了，我哥就是不想让老方对我好。说心里话，一开始，我也不太喜欢这个虎虎式式的老方，他长得五大三粗的不说，脖子上还老像拴狗一样套着条金链子，有事没事总爱呼哧呼哧冒汗珠子，身上还老有一股馊抹布味儿，叫人远远见了就想躲开。可那阵子，我确实需要一份挣钱的活，我不能成天像我哥养的那只豚鼠待在家里，白吃我哥的，白喝我哥的，样样都让我哥操心，那样我会寝食不安的。当初，我妈之所以大老远把我送到城里，就是想让我在我哥这里找个事做，将来也像我哥那样站稳脚跟，在城里安安稳稳过小日子。可偏偏是那个住在我哥家对门的老方，大包大揽地说他能给我一份工作，中午还管一顿饭，活不累，工钱也不错，所以我就爽快地答应了，要知道那可是我在城里的第一份工作。

路遥知马力，日久见人心。渐渐地，我发现老方这人真的挺不错的，他对女人很细心，花起钱来也不小气。

我刚去他店里上班，一把力气还没出呢，他就先带我买了好看的裙子，说是店里的工装，还带我去美发店拾掇了头发，说是当店员样子不能太土气。起初，他给人的感觉像个大叔，我在他的店里干得还算舒心，他月月除了准时发我工钱，还总要给我几百元提成，说要是销售业绩再好，还能再多给点儿。有时，店里关门晚了，他就用轿车载我回家，还事先买点儿好吃的放在车上，让我带着回家当夜宵。一来二去，好比我们乡下水到渠成，我真就被这个男人打动了。不管怎么说，老方让我觉得很踏实，我在城里需要有他这样一个靠山，我总不能永远跟我哥在一起过吧，毕竟我哥有自己的生活。再者说，我毕竟还年轻，好多事都不太懂，可以说我对男人基本上没什么概念，就是觉得，在这个人地两生的城市里，能有一个人对我好就足够了，我没有什么长远的计划。所以，我根本没有考虑过我哥的感受，直到那晚事发，老方开车送我回来，就在我哥家楼下的空地上，老方的脑袋被我哥狠狠地拍了两砖头。我哥确实喝了酒，我老远就闻着了那股火辣辣的酒气，他要是没喝那么多酒，我敢保证他下手肯定不会那么没轻没重，他好歹是读书人。

出了那件事之后，我哥的女同事，就是那个黄莺姐，也曾好心好意劝过我两次，她说你最好离那个男人远点，你哥真的很不喜欢他。还说她已经帮我联系好了新工作，让我去她朋友开的一家私人幼儿园当老师，就是教小朋友唱唱歌、跳跳舞、做做游戏什么的。可我知道自己干不了，我天生五音不全，唱起歌来比鸭子叫得还难听，跳舞就更不行了，腿脚不听使唤。其实，我心里还是放不下老方和他的店。

那一阵子，老方的脑袋昏昏沉沉，我哥把他打成很严重的脑震荡，老方眯缝着眼说，他脑壳里每天都有一万只苍蝇飞来飞去，嗡嗡吵嚷，闹得他直想跳楼。我说，都怪我哥不好，让你受了这么大罪，不过你放心，我会好好照顾你的。老方很感动，胖胖大大的一个老爷们，当着我的面居然哭了，眼泪鼻涕乱淌。他求我帮他照看他家的那条沙皮狗，我觉得，他自己都伤成这样了，还一心惦记着那条母狗，这样的男人对女人应该也很上心吧。

世上好多事就是这么怪，如果我哥不采取那么极端的方式，也许我跟老方并不见得能发展下去，可现在阴差阳错，我反倒更加在乎老方了，至少我开始同情他了，他是无辜的。当然，最让我感动的是，我哥出了那么重的手，而他却一点儿也不怀恨在心，甚至还表现得很大度。后来还是老方主动提出跟我哥和解的，不然的话，我哥肯定不是被简单拘留几天的事，闹不好是要被判刑坐牢的。仅凭这一点，我是不是应该心存感激呢？

那天傍晚我下班回来，若不是一进门就惦记着要去阳台收床单，我可能以后就再也见不到我哥了。

当时，天色已经彻底暗了下来，阳台空间本来就很小，加上撑开的那一面床单，几乎挡住了阳台所有窗户。我伸手去拉已经晒干的床单时，呼啦一下，它就像一面大旗从杆子上滑落下来。也就在这一瞬间，我整个人都惊呆了。眼前的情景，几乎让我失声尖叫起来：

哥！你怎么站在这啊？吓死人啦！

怎么说呢，那感觉就像魔术师在玩大变活人，被整面床单遮挡住的我哥，活像一只巨大的蝙蝠，猛地出现在我眼前。他站在紧挨着窗户的那个旧鞋柜上，整个身体几乎贴在玻璃上，一只脚已经伸到黑乎乎的窗外，像是在试探外面的冷热和深浅，他脚上没有穿拖鞋，甚至连袜子也没穿，脚指头发出白惨惨的光。因为他站得很高，我必须仰视才能勉强看清他的脸。他胡子拉碴的，青灰色的脸上一点儿表情都没有，只有呆滞的目光毫无保留地飘向窗外，像是在跟远方的什么人对视着。

我稍一迟疑，猛地扑上前死死地抱住了那只立在鞋柜上的小腿。

哥，你快下来，窗子开得那么大，掉下去可就没命了！

这样叫喊着，我再次被自己的声音吓住了。同时，我的心跳已到了极点，咚咚咚咚咚咚……我死命抱住我哥一条腿，像抱着一根救命稻草。

求求你了，快点下来，快点下来吧，哥，你这是要干啥啊？吓不吓人呀！

然而，不管我多么用力，他就是一动不动，好像他在做最后的决断，要不要就这样纵身一跳。

那些日子，我哥的情绪的确糟透了，动不动就摔东西，胡乱骂人，再不就把自己灌得酩酊大醉，钻进卫生间里吐得昏天黑地。有一天，他趴在饭桌上看着手里的稿子，突然发神经，把那一摞白花花的东西扔在地上，这样做似乎还不够解恨，又猛地起身，用两只脚在上面使劲跺了半天，嘴里乱嚷着，妈的，写的都是些什么玩意儿！全是垃圾！狗屎！连狗屎都不如！

我赶紧过去，好不容易推开了他，手忙脚乱地从地上挽救起那摞无辜的打印稿。当时，我的眼泪刷地流出来，不知是为那摞被踩得脏兮兮的稿子，还是为了我哥。我隐隐觉得他让人感到害怕，感到不安，在经历了那些变故后，他的生活几乎一团糟，他的情绪一天比一天坏，他再也不是那个曾让我引以为傲的有文化的大哥了。我们老家对文化人都很是刮目相看，但凡谁家的儿女后来在城里做老师或做记者，都会受到人们的敬重。当年我哥大学毕业进报社工作，我的班主任老师还跟我凑近乎，说什么时候让你哥给咱们学校写篇稿子，也在省报上宣传宣传。可想而知，那时候我这个当妹妹的脸上有多光彩。

此时此刻，我哥仍旧执拗地站在阳台窗前，尽管我已经将所有窗户都关得严严实实，可还是感到心惊肉跳。万一夜里，趁我睡着了，他再悄悄地爬到阳台鞋柜上，怎么办？因为这套出租房在顶楼，房主并没有安装钢筋护栏。我哥要是真的有个三长两短，那我可怎么办呀？现在，我只能死拉硬拽，几乎连吃奶的劲都用上了，好不容易才把我哥弄回他睡觉的房间。这间小屋也有一扇小窗户，同样没有装护栏，想要跳下去，也是轻而易举的事。我犹豫再三，想着晚上还是跟他睡在同一间屋子比较好，这样我也好照顾他。

我哥当然不同意我睡在他身边。他在城里多年，养成了很孤僻的习性，不太合群，哪怕是自己的亲妹妹，他的房间是轻易不让人进去的。

其实，在上床之前，他似乎又跟正常人没什么两样了，他悄无声息换好了睡衣，扣子扣得整整齐齐，一丝不苟。这套睡衣还是离婚前我嫂子买给他的，蓝色的细条纹的纯棉睡衣，我发现他这个人其实是很念旧的，就连过去结婚时置办的枕巾之类的，他也在敝帚自珍地继续用着。我洗衣服的时候早就发现，那条枕巾的边都磨毛了，后脑勺经常枕着的地方，几乎快磨破了，我在街上特意给他买了一条新的，可他就是舍不得换，说是还能凑合着用。

思前想后，我还是偷偷给黄莺姐打了个电话。我把声音压得低低的，生怕让我哥听到。我把自己的恐惧和担忧一股脑儿都跟她说了。黄莺姐迟疑了一会儿，她的声音多少有点儿颤，显然，她也被我哥现在的状况吓得不轻。她说自己正在外地开会，她答应我等回来以后会来看看我哥并跟他好好聊聊。可问题是，我哥他谁也不想见，包括跟他在报社一起供职多年的黄莺姐。我哥跟我嫂子离婚后，黄莺姐一直跟他走得很近，那时我还以为，黄莺姐会成为我的新嫂子，可现在看来，那只是我一厢情愿罢了，我哥对她好像没有那种意思，非但没有，现在甚至连面也不愿见。

在我哥进屋睡觉以前，我始终坐在客厅里假装看电视，其实是一直默默地察言观色。他刷牙的样子好像比平时还认真，嘴角挂着一圈雪白的泡沫，哗啦哗啦洗漱完毕，他又自言自语地说了一句，我先睡了，就钻进了自己的房间。我赶忙跟过去，轻轻敲了敲门，问，哥，你没事吧？估计他已经躺下了，床身吱吱地叫了两声，然后隔着门板，我听见他咕哝着，傻丫头，我不是好好的吗？刚才就是想到阳台透透气，你别大惊小怪的好不好！

可我还是将信将疑。要知道他先前的那个样子，可不像现在这样正常，那感觉很像一个人正在梦游，面无表情，眼神黯淡，形迹可疑。

也许，我真的是多心了。

但愿吧！

女人注定是藏不住事的。

那几天我异常焦躁，眼皮子整天不停地跳，趁着店里没顾客的时候，就把我哥的情况一五一十讲给老方听。

现今的老方，比原先可精神多了，至少我是这么认为的，他衣服的颜色鲜亮，T 恤衫是眼下最时髦的桃粉色，裤子是米黄色水洗布的，都是我帮他精心挑选的，这身行头使他看上去朝气蓬勃，多少有点儿成功人士的样子。以前，老方总是穿得灰头土脸的，而且，身上总有一股子酸不拉唧的馊抹布味儿。这也不能怪他邋遢，他一个人背井离乡，在这个陌生的城市里辗转打拼很不容易。他是从最初站在市场桥头，成天举着那些粉刷家当给人家干零活开始的，再到带领七八个人的装修队上门包工，直到后来手头有了一些积蓄，他又瞅准机会，在街面上盘下了一套门面房，二楼是他的装修公司办公室，一楼装潢成十分精致的店铺，专门经销女士护肤美容产品。他的生意头脑让人很吃惊，按理说一个搞装修的包工头，跟美容护肤这些事八竿子都打不着，可他偏偏选择在这方面投资。用老方自己的话说，我不能干一辈子装修，总有干不动的那一天。还有就是，这些年他走东家串西家得出了一个结论，就是那些有大房子住的女人，多半都喜欢在脸上下功夫。因为城里的女人觉得要是不把脸蛋侍弄好，就伺候不好自己的男人，迟早会让小三小四的女人给钻了空子。反正他的这番歪理邪说，我是听不太懂的。

不过，老方说的另一句话我听懂了。他说，打从头一眼在你哥家门口看见你的时候，我就想好了要请你来店里帮忙，我看人向来是很准的。

我就娇嗔地问他，我在他眼里到底是个啥样的人。

老方嘿嘿笑着，用他肥厚的手掌拨拉拨拉他那头硬扎扎的短寸，欲言又止。

我就说，你不说，我也能猜到，你就是个大骗子。

老方笑得更憨，简直就是个乡下的男娃娃，手指不停挠着自己脑门。

我喜欢他这样没心没肺地冲我笑。有时，我觉得他像个大哥哥，有时又觉得，他倒是更像家乡的某个叔伯，至于男女之间的那种感觉，总是时隐时现的。最初我压根没朝那方面想，要是一开始就想了，也许我就不会去他店里了。

现在，老方听我说完我哥的事，皱了半天眉头，他连连晃着大脑袋说，不成，不成，这样下去，早晚是要出大事的！

我噘着嘴说，呸呸呸！你个乌鸦嘴！人家是想让你分担分担，你反倒跑来火上浇油。

老方看出我情绪不佳，忙口气和缓地替我细细地分析。

你大哥这人啊，就是心思太重，当初咱俩其实啥也没有，他偏偏往歪里瞎琢磨，到头来算是害人害己。他们这些知识分子啊，书报看多了，没事就爱胡思乱想，针尖大点儿事，到他这里都能闹成天大，不像我们这些大老粗，饿了就吃，累了就睡，没那么多工夫瞎寻思。你哥脑子里的弯弯绕太多了，鬼知道他成天都在想些啥。所以我说，你可时时都得多长个心眼子！我以前干过一家的装修活，男人在单位好像还是个不大不小的头头呢，成天也是吆五喝六的，穿戴吃喝都讲究得很，那家伙皮鞋头亮光得落不住个苍蝇，可你猜后来怎么的？那家漂漂亮亮的女人，得了个什么忧郁症，年纪轻轻的，男人出差上北京开会去了，她夜里从十几层高的楼上跳下去了。后来我听说啊，这女人还是个公务员，她没事老是疑神疑鬼，总觉得男人在外面有别的女人，整天跟男的吵啊闹啊哭啊叫啊，最后，硬是把自己的小命也搭上了，你说这是不是吃饱了撑的！

我听老方说得那叫一个煞有介事，就越发地忐忑不安起来。

那我总不能一天二十四小时守着他，什么也不干吧？

老方稍做合计说，干脆这样吧，我先带几个工人去，给你们租的房子安上一套防盗栏，这样，你哥至少不会从窗口跳下去。

听老方这样真诚地说，我多少感到踏实一点儿了。就像老方这个人给我的那份踏实感。有时，我真的弄不明白，老方这么一个爽快人，我哥怎么就死活瞧不上人家呢？还是，他俩上辈子原本就是一对冤家，今生今世非得仇人见面，拳脚相向。

这事我留了个心眼儿，我偷偷绕开我哥，直接去找那个房东谈。

房东是个暮气沉沉的老男人，说起话来黏黏糊糊，习惯转动着一双黑豆小眼，跟人讨价还价，斤斤计较。听说我们想要安防护栏，他的头摇得赛过拨浪鼓，一个劲支吾，六层高的楼，贼娃子是爬不上去的，根本没那个必要，苦了那个力气。我当然不想让房东知道我哥有自杀倾向，那样他兴许会把房子收回去。我说安上也没有坏处啊，他说反正他不想花那些个冤枉钱。这样啰唆了半天，我说我的道理，他说他的难处，死活也谈不到一块儿。

回过头，我把结果跟老方学说了一遍，老方说，这种屎堆里都能刨豆子吃的人，尽是些守财奴，你别理他的，咱先把东西装上再说。我说那不便宜了房东，老方说反正也没几个钱，大不了以后赖他两个月房租。我一想也对，就说那也不能让你破费，你从我工钱里直接扣吧。老方像是没听见似的，转过身就给他的工长拨电话，那个工长之前我见过两面，很实在很干练的一个外乡匠人，个头不高，行动麻利，很有眼色。

很快，老方就当着我的面，把这件事情吩咐下去了。

翻过天，正好是我哥去给那家杂志社交稿的日子。

老方就趁机把他最信任的那个矮个工长和两个小工派了过来，我留在家里做接应。工人在房子里外又钻又焊又敲又砸地折腾了一下午，我更是忙得手脚没闲，一会儿给他们端茶递水，一会儿去腾搁在窗户边上的桌子和杂物。也就在那个时候，我无意中发现我哥房间的窗台上有一摞写满了字的稿纸，我随便瞄了两眼，都是我哥的字迹，看上去有些潦草，几乎每页都有好多涂涂抹抹的地方。我手头忙着也没有多想，以为这也是他给那家杂志社干的活儿，就照原样给他放好了。

到傍晚我哥回来之前，包括前后阳台和两间卧室的窗户，都装上了银灰色的护栏，看上去又结实又牢靠，我那颗悬着的心，才算咽进肚子里。哪知，我哥气哼哼地指着阳台的护栏嚷道，妈的，这是谁干的？弄得跟监狱一样！他这样大声一嚷，我才认认真真盯着护栏向外张望，原先还算开阔的视野，现在确实让一条条银灰色的钢筋栅栏分隔成小块了，感觉还真有点不太舒服。可我不能说实话，忙推说，谁知道呢，大概房东觉得这样会安全一点儿吧，听说这个小区最近老闹小偷，人家房东也是好心。

说话的时候，我偷偷观察我哥。他独自站在阳台窗前，不，现在应该是站在钢筋护栏前，像一个无法逃脱禁闭间的乖戾的罪犯，正闷着头大口大口吸烟。他的背影显得黑瘦而单薄，腰身多少有些佝偻，很久都没有理过的头发，乱蓬蓬的，似一团秋天的茅草，后脖颈眼看被长长的发梢遮没了。自他从拘留所回来以后，就再也没有出门理过发，胡子也不勤刮，像是要跟这个社会决裂似的。后来，我去厨房做饭的时候，他还是把自己一个人关在阳台上拼命吸烟。烟，成了他最信任最依赖的伴侣，仿佛只有在吞云吐雾的时刻，他才能让自己镇定下来。

那段日子，对一个像我这样年纪轻轻的姑娘家来说，可能也是最幸福的。

也许我真的不该这样，我甚至觉得这一切都是非分之想，可我就是管不住自己，我竟然有点儿喜欢上老方了，这丝毫不以谁的意志所动，哪怕我喜欢的这个男人还是我哥的仇人。我明明知道，我哥就是死也不会答应这件事的，可面对老方的热情攻势，我还是逐渐让步了。关键是，老方并不像我哥想得那么坏，他虽然有些大大咧咧不拘小节，甚至还有些自以为是，可他待我是真心的，不管我说什么，他通常都会言听计从，就拿安装防护栏这件事来说，老方确实解决了我的后顾之忧。

我到城里后，从未觉得这个城市跟我有半点儿关系，这是别人的城市，是城里人的城市。我只是一个来找事做挣饭吃的乡下姑娘，我寄宿在我哥家，像只土生土长的蜗牛，因为一不小心爬上了开往城里的一辆小货车，然后就稀里糊涂被带到这里来了。我一直认为，老方是这个城市第一个给我开绿灯的人，他在我最需要的时候出现在我面前，最重要的是，这种出现合情合理，没有丝毫叫人觉得不妥的地方，老话说远亲不如近邻，尽管我哥压根也瞧不上他这个邻居。我哥讨厌老方出门遛狗，讨厌老方戴金项链，讨厌他大口大口喝可乐。总之，老方在我哥眼里一无是处。可是，自打我给老方看守店铺以来，老方从不把我当外人，像什么出货进货管账销售，都很放心地手把手教我。一开始，我还真担心自己笨手笨脚的，学不会，可老方说了，你就是差一张上大学的小纸片，除此之外，你不比任何一个城里姑娘差。这句话对我鼓励极大，要知道那时候我刚进城，除了我哥以外，这里人生地不熟的，想找份工作比登天还难，我得珍惜人家给我的机会。

我当然不能辜负老方对我的期望，加上我从小长在乡下，天生就能吃苦耐劳，别人稍微一点拨，我立刻就懂了，不到半年工夫，我就把老方的这家美容产品代销店打理得井井有条。我甚至还扭转了以前等客上门的被动局面，利用吃饭和休息时间，四处发送小传单和优惠卡，把周边大大小小的生活区都挨个跑了个遍，渐渐地，竟有了一批相对固定的回头客。同时，我还报名参加了一个夜间美容培训班，认认真真跟那里的师傅学习护理方法和按摩技巧。没过多久，我就开始给那些爱美的女士办护理月卡，为她们提供美容服务。

美容这东西，其实也没有那么玄乎，说白了就是会用十根手指，再加上一些洗面奶、营养液和精油，然后尽情地在那些爱美女士的脸上搓啊揉啊，就像我妈和面醒面那样，最终让那一团面变得柔软细腻光滑。要领其实只有一个，就是让客人感到舒服和自在，最好能在一刻钟左右就让她们入睡，这样既省力又省心。当然，也有一些客人来店里不是睡觉的，她们来这里除了护肤保养，更多是为了打发无聊的时间。通常，这样的客人有的是大把大把的时间，只要一躺在窄条的美容小床上，嘴巴就停不下来，像我们家乡的渠水一样，哗啦哗啦流淌个不停。她们先说自己的老公和儿女多么出息，再说左邻右舍的长长短短是是非非，更多时候说的都是她们如何跟自己的婆婆斗智斗勇，或者，跟那个不要脸的狐狸精争风吃醋。这种时候，我就要做一个忠实而善解人意的听众，决不轻易打断，当然，我所扮演的角色也不能像个木头人，那样诉说者会失去兴趣，我得恰到好处地咋舌或惊叹，就像听精彩的评书节目，有时还要适时地加上一半句短评，比方说，你婆婆太过分了，这男人真不是个东西，天底下还有这么不害臊的女人……这样她们才会感到心满意足。也许就因为我细细揣测了她们的心思，分享了她们杂七杂八的故事，所以，来店里的客人一天天多了起来，有时我一个人简直都忙不过来。

有个天生一对鱼泡眼的中年妇女，隔三岔五就来店里找我。她是那种既有钱又有闲的城里女人，浑身上下都晃动着多余的脂肪，就像电视里演的那种懒洋洋地躺在岩石上的母海狮，就连她的眼皮也是肥厚肿胀的，好像在水里泡久了，让人觉得那里随时都会渗出两摊油脂。听我给她详细介绍了最新的海藻护肤品的种种好处，她连眉头都不皱一下，就订了我们店里最高端的一套护理产品，同时还办了一张护理金卡。她确实有钱，而且，舍得为自己花钱，我简直要心花怒放了。难怪别人都说最好赚的还是女人的钱，老方的经营思路太正确了。此后，但凡这个鱼泡眼女人一来店里，我的脸上就摆出百分之二百的笑容，笑脸相迎，笑脸相送，与她有关的一切都打理得无微不至。不过，这个尊贵的客人最让人难以忍受的是，她的嘴巴和鼻孔里总是不间断地吹出一股臭气，类似于放馊了的饭菜和腥味十足的鱼虾，很难相信这味道是从一个女人身体里冒出来的，这也许跟她的肥胖症有关，再不就是她患有很严重的消化不良症，她总是躺下来就打嗝，有时明明睡着了，鼻孔里还冒出很臭的气。我每每都要忍受这种臭味，十根手指尽量灵活地在那张油腻腻的胖脸上画着大大小小的圆圈儿。好在，对方几乎每一回都在五分钟之内就准时打起男人一般响亮的鼾声，她来我这里的目的好像就是为了补觉的。这个时候，我才敢悄悄别过头去，趁机拉下自己的口罩，做几个有力的深呼吸。

店里的生意就这样一天比一天好了。

这种情况连老方也大吃一惊，一个劲儿夸我，说，没看出来，你真是个天才啊！现在，我越来越觉得这个城市终于跟我有了丝丝缕缕的联系，我的双手已经抚摸过很多很多女人的脸，我想方设法让她们称心满意，她们也给予我比较丰厚的回报。那个鱼泡眼女人最大方，她每次来我这里，都会从家里带些穿的用的给我，有时是一件崭新的毛衫，有时是一条质地精良的丝裙。这些衣服，有的甚至连衣服标牌都没有拆掉。

她说这都是以前买的，那时她还没这么胖，放在衣柜里可惜，不如送我做个纪念。我自然要婉言拒绝，可这个女人的热情和好意，就像她那肥硕的身体，实在叫人难以抗拒。她会鼓着眼睛和厚厚的腮帮子说，你不收下就是瞧不起人，或者，除非妹妹你是嫌弃，等等，每次我都让她堵得无话可说。

大概觉得我一个人都快忙不过来了，老方有一天主动提出来，说店里可以再招一个人用，可我还是坚持自己先干着，说等以后生意再好点儿了，实在忙不过来再说吧。

老方不无心疼地看着我，那就难为你了，你干美容护理挣来的辛苦钱，店里一分也不要。

我知道老方是想变个法儿贴补我们，他很清楚我哥现在的状况，两个人要吃要喝要租房子，都需要钱。可我同样还是拒绝了，我说我已经拿了你一份薪水，这本来就是我分内的活。我想起了我妈在世时常挂在嘴边的话，她说是自个的终归是自个的，不是自个的强求不来。她还说过，吃小亏的人，才能有大福气。我妈一辈子养育了我们三兄妹，她省吃俭用、含辛茹苦把我哥供成大学生，又让他在城里安家落户，后来又坚持要把我也送到城里过好日子。我妈临终时，拉着我和大哥的手说，你们都要好好的，妈就是走了也能闭上眼。这句话像一颗钉子，一直深深地戳在我心坎上，我想不管到什么时候，都不能辜负了她老人家。如果，老天爷真的要让事情颠倒过来，由我来照顾我哥，我也绝无二话，谁让我们是一家人呢。

我在城里过的头一个生日，是老方一手替我张罗的，事先我一点儿也不知晓。那是在我头一回那么隆重地过自己的生日，除了大大的蛋糕，还有一束红艳艳的开得绚丽的玫瑰花，那花的颜色像火，看了让人心里暖暖的。这些东西我以前从来没想过，只是偶尔在电视剧里见过，现在真的捧在自己手里，简直比做梦还虚幻。过去在老家，我妈总是有干不完的农活和家务事，所以，根本不可能腾出手给哪个孩子好好过生日。记忆中，只是吃过那么几次像样的长寿面，面条是我妈亲手擀的，又细又长，下在锅里白花花的，再在汤里卧两个荷包蛋，撒一撮葱花，调几滴胡麻香油，就算是很奢侈了。而且，这碗面多半是躲在伙房的角落里偷偷吃的，生怕让家里其他人撞见，说我妈偏心眼。

老方说要带我到外面饭馆吃点好的。他事先订好的那个包房还没开灯，老方是摸着黑，把我轻轻地摁坐在一把软扶手椅子上的，然后他就嚓的一下打亮了火机，火苗扑闪扑闪跳着，好像我们老家夏夜里的萤火虫，他的样子多少有些神秘，弯着腰，屏住气，动作有些笨，一根一根，点燃了饭桌中央圆盘上的蜡烛，整个过程很有仪式感。我坐在那里静静地数着，一共是十九根，随着烛光越来越亮，我终于看出桌上摆着一个很大很大的蛋糕，而且，那蛋糕上面还写着“祝顾乐生日快乐”几个粉红色的字，我一下子就愣住了，眼泪很不争气地在眼圈里打转儿。

老方点燃所有蜡烛后，才笑盈盈地对我说，这大半年啊，多亏了你这个小寿星。

我迟疑着，一时不明白他怎么知道我生日。事实上，有时连我自己都不大记得清，乡下孩子的生活都是粗陋的，根本没有那么多精细和浪漫可言。

老方见我出神，忙说，快点起来呀，该小寿星吹蜡烛许愿了。

我才犹豫地站起身，等我呼呼地吹灭了那些细细的彩色蜡烛，老方恰好打开了包房里的枝形吊灯，屋里一下子变得金碧辉煌了，他又顺手从手提袋里拿出一束包装好的东西递到我眼前，生日快乐！是红得耀眼的玫瑰花，不用猜，不多不少，也是十九朵，我再也忍不住泪水了。我倒不完全是被蛋糕和鲜花打动的，我是为这段日子所经历的一切，为我和我哥，为这来之不易的城里生活，尤其是想到我哥。

我边抽泣边咕哝，我哥他太可怜了，都怪我不好，是我害了他……

老方无声地用一只手臂从背后揽着我，他肥厚的手掌一下一下拍着我的肩头，我觉得自己像个小孩子，又回到了需要人呵护的时候，在朦胧的泪光中，情不自禁地把头靠在这个男人结实的胸膛上，这种感觉真好。

就在这晚吹生日蜡烛时，我倒是在心里默默地给我哥许了个愿，希望他以后能快快乐乐的，正如当初他给我起名时想的那样。我小时候，我爸整天不着家门，说是去帮四邻八乡料理红白喜事，其实就是迷恋喝酒，那种场合酒是管够的，所以他每每把自己灌得像只醉猫，半夜三更才摇晃着回来，到家还要冲我妈撒酒疯。那时，我总是战战兢兢蜷在我妈的被窝里，连头也不敢露出来，我怕看见我爸那张因醉酒而红得发亮的脸，还有那种又缥缈又愚蠢的坏眼神，他总是没完没了数落我妈，嫌她这样不好那样不是，唾沫星子飞溅，我妈要是稍有反感和不满，他就不分青红皂白动手打人，仿佛体内那些横冲直撞的酒精，快要把这个阴郁的男人点燃了，他非得这样狠狠发泄一通不可。

后来等我哥长到十四五岁时，终于有一次，在我爸又冲我妈举起粗野的拳头时，我哥突然就从床上跳下来，像只初生的牛犊一样，用他坚硬的脑壳，奋力撞向那个醉醺醺的仍在逞强发威的男人。当时我爸毫无防备应声倒地，他仰面朝天砸在地板上，活像一大块冻肉，咚隆一声，半天都没有再爬起来，只是嘴里嗷嗷怪叫着，说非要宰了我哥不可。我哥始终跟打了鸡血似的，还在那里大声喊叫着。来呀，来呀，让你再打我妈，有本事你冲我来呀，你这个酒疯子！我妈简直吓呆了，她惊恐地睁大了本来已经绝望的眼睛，近乎哀求地盯着我哥，好像不认识这个儿子了……事情过去那么久了，可我一直记得清清楚楚，那大概是我童年里最惊心动魄的一晚。打那之后，我爸喝醉了明显不那么闹腾家人了，就算他想找我妈茬儿，也得掂量掂量那个个头已经赶上他的大儿子了。

我哥拿砖头砸了老方脑壳的那晚，记忆仿佛又一次回到了从前，回到那个充满了恐惧气味的乡村夜晚。也直到这时我才意识到，我哥骨子里其实就是一个很血性的人，他有正义感，善恶分明，好冲动，关键时刻，他会不计后果挺身而出的，这可能就是他的个性。

老方时不时也跟我说，性格能决定一个人的成败。我多少能明白他的意思。尽管我非常不愿意用这种逻辑往我哥身上套，可有时我又禁不住往这方面想。人是很奇怪的动物。起初，我刚来城里的时候，我觉得自己非常脆弱，好像事事都离不开我哥的庇护，那时我哥就像父亲一样嘛。可过了一段日子，我在城里有了事做，特别是我哥出事和我妈去世后，我忽然觉得自己长大了，无形中就挑起了要好好照顾我哥的担子。本来我是来城里投靠我哥的，可谁知世事难料，现在我又得像姐姐或长辈那样，反过来替他操心了。因为不管到什么时候，我都不会忘记我妈临终时的那句话，她说只要我们兄妹都好好的，她死也瞑目了。就算是为了我妈的遗言，我也不能不管我哥。

然而，事情根本不像我想得那么简单。

新安装的坚固的钢筋护栏，只让我的心宽了那么几天，新的麻烦又来了。我发现我哥的饭量越来越小了。我通常会在头一天晚上做饭的时候，多做出一个人的量，然后将饭菜分别装进两只塑料盒里，家里有一台微波炉，还是我哥结婚时添置的。这样到了第二天中午，我哥不必操心做饭的事，他只需把那两只盒子放进微波炉里，转上两三分钟，就能吃上现成的。可那晚，我哥在饭桌上吃得很慢很慢，老是对着饭菜出神，我问他是不是菜炒得不合胃口，他却放下筷子，对我说，以后少给他盛点儿，晚上吃多了，顶在胃里难受。我想想也有道理，就在每回盛饭时少舀一勺米饭，可他似乎吃得还是很艰难。我问他是不是胃里不舒服，要不要去医院瞧瞧，他只是摇摇头，沉默了一会儿说，嚼东西太费劲了，牙难受。我以为他的牙长了蛀虫，问他他又不说。

第二天，我一直惦记着这事，下班后又去附近的一家药铺咨询，卖药的听了，眉头皱了皱，说，该不会得了厌食症吧？可以买点消化类的药，吃吃看。我觉得有点儿道理。我哥整天待在家里，大门不出二门不迈的，没有什么运动，消化不良也是有的。我把从药店买回来的山楂丸、健胃消食片、吗丁啉和养胃舒冲剂，统统放在我哥房间的写字台上，叮嘱他饭前饭后按时吃。

他从一摞校对稿中抬起头，扫了我一眼，然后就盯着那些药说，我没病！你给我统统拿走！

谁说你有病了？这些不过是用来促进消化的，也不看看，你现在都瘦成什么样了，你一个大男人的饭量，还不如我呢，这样下去咋行？！

我几乎是大着嗓门，跟我哥说这些话的。然后，我气呼呼丢下他，并且用力把他的房门一甩，“咣”的一声，我估计他肯定被我的脾气吓了一跳，要知道我以前是不怎么会发脾气的。

可能是我的话有些重了，但那晚还是让我哥意识到了什么，他终于开始默默地吃我给他买的药了。后来每顿饭后，他都很自觉地按时吃，没过多久，那些药就全部吃完了，我自然很高兴，虽然我哥的饭量并没立竿见影地增加多少，可我相信，这样下去他肯定会好起来的。晚上我从老方的店里回来，发现两个饭盒都是空的，于是，我再给他留饭时，就悄悄地加上那么一点儿，同时，我又不声不响地买回一些消化类的药，照样放在他的桌子上。

我一直期待那些药能赶紧见效，我哥的饭量会猛增，身体强壮起来。这样又维持了一阵子，我就不再给他买药了，因为我再也没有发现他有剩饭菜的情况，每天两个盒子都是空的，这让我悬着的心才放了下来。没过多久，我在打扫房间时注意到，我哥的桌子上竟又堆着大大小小的药盒药瓶，有消化类的，有维生素类的，还有一些治疗常见病的。反正不管有没有病，我总能看见我哥在默默吃着什么药，好像吃药成了他的一种习惯和依赖。他每每背对着我，一个人站在餐桌跟前，左手半握着突然举起，迅速往嘴里扔进些什么东西，右手端起茶杯，咕咚咕咚大口喝水，然后将脖子向后高高扬起，喉结上下窜动，让人感觉到，吞咽药片对于他来说，似乎比吃饭要快活得多。也许就是从这时起，我哥开始按他的想法随心所欲地服起药来。

天气刚一入秋，我哥就得了一场重感冒，他不停地打喷嚏，低烧不退，整天把鼻子擤得呜呜响，卫生纸团扔得满地都是，我让他去医院看看，他死活不肯，说只要多吃点药就没事了。我急忙又去给他买回快克、三九感冒冲剂，还有阿莫西林，我让他按说明书上交代的一日几次、每次几片的规定剂量服用，他倒是干脆得很，竟一次就把一天的药量统统吃下去，我简直担心死了，生怕他会药物中毒。

我一个劲埋怨他，你又不是三岁小孩，咋能胡乱吃药呢？你就不怕要了你的命？我哥一副我自岿然不动的架势，顶多回我一句，别大惊小怪的，你以为现在的药都那么管用？要是都那么有效的话，感个冒还用花那么多钱吗？我很难苟同他的歪理邪说。

可事实证明，我的担心似乎是多余的。第二天早晨，我哥不但没有什么不适，感冒症状反倒比前一天减轻了，喷嚏基本止住了，烧也明显退了，头也不那么晕了，他又能端坐在桌前，给人家校对稿子了。这样一来二去，我哥似乎尝到了胡乱吃药的甜头，不知不觉，他养成了一种在我看来很坏的习惯，凡是该吃药的时候，他都如法炮制屡试不爽。用他自己的话说，别听药店那些家伙瞎指挥，自己的身体自己最清楚。

可有时候，自己的身体自己也未必清楚。

就拿我来说吧，那段时间整天早出晚归，白天看店，晚上守着我哥，竟把自己身上那个事忘得一干二净。直到有天来店里的一个女顾客羞涩地说她想用一下卫生间，等那个顾客走后，我无意间发现纸篓里换下的带血的卫生巾，才意识到这个可怕的问题。例假比上一次晚了将近一个月，还迟迟没有踪影，这个铁一样的事实，一下子就把我的生活打乱了。中学时候粗略掌握的那点儿生理常识终于派上了用场。我心神不宁手忙脚乱，我跟老方只有过那么一次，就是在我过生日那个晚上。我真是恨死老方了，更恨自己不争气，这事我没脸跟我哥说。他要是知道了，准会去找老方算账，说不定又会惹出多大的乱子。况且，我跟我哥一再保证，我跟老方只是雇佣关系，我给他看店，他给我发工资，情况就是这么简单。尽管我哥对此半信半疑，可他也没有再去找过老方的麻烦。自从我们搬到这个新的住所，不跟老方住对门了，所谓眼不见心不烦，我哥也就不再关心老方了。

我对这种事一点儿招也没有。

我妈以前跟我讲过，说姑娘家没过门，就跟男人偷偷好，肚子弄大了会没脸见人，那就只有去跳河投井的份了。我们老家就有个年轻女子，她在城里给人家当保姆，有一年过年的时候，身上裹着宽宽肥肥的军大衣回来了，爹妈都没在意，高高兴兴忙过年的吃食。那天正好是大年三十，到了半夜，那女的独自出门蹲茅坑。乡下都是旱厕，四周是一人多高的土围墙，顶上最多再苫一片草席子。腊月里天寒地冻，估计当时那女的肚子疼得厉害，又淅淅沥沥流了好多的血，后来竟昏倒在里面，天蒙蒙亮时才被家里人发现，送到医疗点抢救时，人早已经冻得硬邦邦了，据说一个男胎也死在了肚子里。这件事后来就成了我们那里的反面教材，凡是进城找活干的姑娘，在临出门前，家人都要把这件事像紧箍咒一样在耳边狠狠念一通。现在一旦想到这个事，我真的连死的心都有了。

哪知，老方听说后竟喜上眉梢，他一把把我从地上抱起来，稀罕得跟没见过似的，一个劲拿他的短胡茬儿蹭我的脸。他说，这有啥好害怕的，小傻瓜，你要是真能给我生个大胖儿子，咱老方家祖坟都要冒青烟了！

我很讨厌这种大男子主义，好像要是怀了女孩，他就不想认账似的。

我嘟着嘴说，我跟你不清不白的，凭啥要给你们方家生孩子？

老方迟疑了一下，说，那我明天就去跟你把证领上。

我没好气地说，笑话，那你家乡的老婆和娃娃咋办？你想当陈世美？

他嘿嘿傻笑两声，又给我宽心，放心吧，反正我不会让你吃亏的。我迟早是要跟她离的，我那婚都是当年爹妈给包办下的，这些年我一直在外头，我跟她没有啥感情，我保证以后一准对你好，我挣下的钱全都归你和孩子。

我说，我才不稀罕呢，我已经吃大亏了，你这个老骗子，现在我该怎么办啊？

老方见我当真抹起了眼泪，就低声下气哄我坐在椅子上，他规规矩矩跪在我面前，两只大手紧紧搂着我的腰，一副一本正经的样子。

反正，窗户纸总要捅破，干脆我明天就去找你哥提咱俩的事，大不了让他再砸一次我的脑袋。没事，我天生脑袋硬得很，随他怎么发火解气。

我听了就呜呜地抹了一把鼻涕，又使劲捣了他一拳头。

你疯了！我哥知道了，他真的会杀了咱俩的！

老方一下子没了底气，他多少有些怯我哥，嘴里咕哝着，这也不成，那也不成，你说让人咋办好啊……唉！

其实，我方寸已乱，一点主意也没有，可问题就摆在眼前，光哭天抹泪有啥用呢，总得想法子解决。我沉默了好一会儿，然后抬起头，盯着老方，一眼一眼打量他，像是需要重新认识这个男人。

老方被我盯得有些发毛，直愣愣地问，你心里到底是咋想的呀？

我被他逼问得紧，这才一字一句地问他，你对我是不是真心的？

你最好想清楚再说。

老方很肯定地冲我点点头，说他要是有半句假话，就让天打五雷轰，出门开车遭横祸。

我赶紧捂住他的嘴，说，你也知道，我现在除了我哥，这城里就只有你了。为了你，我已经把我哥坑害苦了，要是有那么一天，连你也变了心，我发誓，就是做鬼也一定不会饶过你。

老方显然被我的眼神和口气给怔住了，但他还是又赌咒又发誓地冲我点头。

事实上，我也被自己的样子唬住了。可我还是很冷静地对他说，那明天一早，你就带我上医院吧。

老方一听，人顿时蔫了，额头、眉头都皱巴巴的，简直像极了他家的那条沙皮狗，要多难看有多难看。

城里医院就是不一样，妇产科查得很仔细，还要照一个什么彩超。大夫在我的腹部涂了一层冰凉的胶水一样的玩意儿，然后，就用一只类似圆珠笔头的东西，蘸着那些黏液，开始在我身上探来探去，那感觉既神秘又恐怖。我害怕地闭上眼睛，眼前就有小小的像鱼儿一样的东西游来游去。我隐隐觉得，那些小鱼儿都长着人的脸面，却又非常模糊，好像在白纸上随手画下的孩子的轮廓。

后来，大夫才让我从那张小窄床上坐起身，顺手塞给我几张卫生纸，轻描淡写地说，行了，自己擦一下吧。我害羞地低头在腹部反复擦拭着，这时又听见大夫叮嘱说，是初次怀孕吧，平时要多注意身体，头几个月不能再有夫妻生活。我简直羞得不敢抬头了。我还是头一次听到这四个字，脸皮烧烫得快要着起火来。

老方一直在门口焦急地等着，见我出来忙凑上前，像搀重病号似的扶住我，一个劲打问怎么样。我的脸早红透了，火烧火燎的，我随手把大夫开的单子递给他看，他迫不及待扫了几眼，又不得要领地说，这些英文字母我也看不懂啊。

我没好气地白了他一眼，傻样，谁让你看懂，你只要对我好就行了。

说完，我就径直往前走去，心里有种说不出的感觉，结果本来是意料中的，可经由大夫一番折腾，突然就变得神圣起来，好像真的有那么一条小鱼儿，得到大夫的准许后开始在我腹中游动了。我要有孩子了。我要当妈妈了。这两句话反复在我耳边回荡，让人既感到欣喜，又觉得害怕。实打实地说，来做检查之前，我并没完全想好怎么办，可是，当大夫亲口告诉我怀孕了之后，我才正儿八经去想这件事。我毕竟还没有结婚，而且，我喜欢的这个男人还是个有妇之夫，更要命的是，我哥一点儿都不喜欢这个人，非但不喜欢，简直讨厌得要命。现在，让我做出一个重大决定：要不要肚子里的孩子，这对我来说实在太难了。

我不禁又想起那个稀里糊涂就死在茅厕的姑娘，那结局实在太惨了。明明她在城里怀了别人的孩子，可是最终只能一个人偷偷跑回老家，瞒着亲人自己受罪。因为没人知道那女的怀的是谁的孩子，大伙就七嘴八舌，说什么闲话的都有，什么难听说什么。有的说，她在城里不好好干保姆，偏跟男主人勾勾搭搭，硬让女主人给撵了回来；还有的说得更难听，说她根本就没当保姆，而是专门跟不三不四的男人睡觉挣钱。总而言之，人死了也不得消停，让爹娘丢尽了脸面，在人前永远抬不起头。因为想到这些，我就不断告诫自己，决不能干傻事，到头来害人害己，我一定要把事情前前后后都想清楚了，再做最后的决定也不迟。

那几天老方哪都不去，整天盯贼一样盯着我。中午陪我吃饭，上下班他都亲自开车接送，要不是有我哥挡在那里，相信他肯定会一直护送我到家里。我能感觉到，老方从来没有对什么事这么上心过。我还是跟往常一样打理店里的生意，鱼泡眼女人隔三岔五来店里，来了就把她那一身赘肉摊在按摩床上，活像一只懒得动弹的母海狮。

不知怎的，我给她服务的时候老开小差，我想一定是肚子里的小家伙时刻牵动着我的神经。客人那一双鱼泡眼半闭半睁，她忽然瞪大眼睛盯着我，那感觉好像我是个什么怪物，她张开一股馊味的嘴说，小丫头，你不会是谈恋爱了吧？我被她惊得差点跳起来，我模棱两可地摇着头，脸皮一阵发紧发烫。

女客人一边察言观色，一边煞有介事地说，害啥羞啊，男大当婚女大当嫁，你人长得不错，手脚也很麻利，在城里找个男人应该没啥问题。只是，我得提醒你，有两种男人是不能招惹的，一种是有妇之夫，另一种是自己的老板，你要是稀里糊涂跟他们好上了，你的苦日子可在后头呢。

我心里顿时一怵，这个胖女人真是厉害，她简直是我肚子里的蛔虫，一眼就把我看得穿穿的，那话分明是冲着我和老方说的。也许，她说得没错，我真是鬼迷心窍，竟然就跟这两种都沾边的男人好上了，难怪我整天心不在焉，食不知味。

银川城里最著名的老街叫解放街，这条街东起羊肉街口，西至穿城而过的唐徕渠，跟这条街平行的，也是最繁华的街道就数新华街了。鼓楼和玉皇阁都分布在解放街上，正是这些青瓦红墙的古城楼式建筑，让这个城市弥漫着一种古老的历史韵味。在我们老家，也有古城堡子，远远看去方头方墩的，自然是跟这里的鼓楼没法比的。记得小时候，我还跟着哥哥们爬过那些黄土墙垛子，爬的时候没感觉，等爬到最上面往下看的时候，我吓得腿肚子都打转，快要哭鼻子了。我刚到城里那阵子，眼里整天只盯着那些高楼大厦，因为老家那边没有，所以对那些高高的大楼都很稀罕，尤其是看着它们闪闪发亮的玻璃幕墙，和不可一世的挺拔模样，心里就会有种难以抑制的向往。后来还是老方带我爬过一次玉皇阁，那里好像在办一个书画拍卖会，我第一次登上那个古色古香的城楼，仿佛一下子又回到了从前，回到当年跟哥哥们去爬老家堡子墙的情形。

玉皇阁那里居然有好多好多雨燕，从古老的廊檐下一群一群飞进飞出，好像它们比这些城里人还忙，它们一会儿飞上了蓝蓝的天空，一会儿又扑棱扑棱落在红墙和青瓦上。老家自然是少不了燕子的，每年春天，燕子从南方成群结队飞了回来，在我们的屋檐下丛窝生子，它们叽叽叫着，把人的心都叫活泛了，大伙都说有燕子的人家都是善良人，不然它们不会去那里坐窝。因为跟老方有过这样一次经历，让我忽然对这个城市有了更深的印象和好感，我暗暗发誓要在这个地方扎下根、好好生活。老方的店在新华街的最东头，每天傍晚，他都开着车自东向西返回住所，老方说新华街最先不过二三里长，他当初买下最东头的那个临街的铺面时，那里还不曾被开发过，周边都是破破旧旧的普通民房，还有一个农产品集散市场，连个像样的楼房都没有几幢，他就是趁那时地皮便宜才花钱置地，然后自己盖起了二层小洋楼。

这天我跟老方吃完饭，本来打算去新华街逛逛的，当我们路过步行街的宠物巷口时，我想都没想就径自走了进去。狭窄的巷子里面摆满了大大小小花花绿绿的动物笼子，最大的笼子能装得下凶猛的藏獒，最小的就是我哥以前用来养仓鼠的铁丝笼子，那些憨态十足的小动物都被圈在里面，有的闭目养神，有的爬来爬去，有的龇着小奶牙吱吱乱叫。那些卖猫的、卖狗的、卖兔子的、卖金鱼的摊位，一眼望不到头，将窄窄的巷道堵得水泄不通。城里人真会玩，他们专门在闹市里开辟这么一个动物市场，顾客总是熙熙攘攘，男的女的老的少的，尤其是那些天真活泼的小朋友，牵着爸妈的手在巷子里转来转去，小眼睛直勾勾地盯着各种动物，嘴里啧啧有声。女人和孩子总是经不住诱惑，不时地抱住一只小猫或小狗，喜欢得嘴里哇哇乱嚷，好像见到了久别了的一个亲人。

不知为什么，以往我总是觉得这些小动物很烦人，气味又难闻，可现在一点儿也不那么想了。我在一个摊位前停下脚步，好心疼的几只小猫咪，估摸着也就一个来月大，雪白雪白的小身子上，分布着几坨深黄色的斑点，看着就让人喜欢。摊主是个矮胖矮胖的老婆子，见我忽然蹲下来，立刻笑眯眯地从纸箱里捞出一只小猫递到我面前。小猫睡得迷迷瞪瞪，眼睛睁不太开，叫声细嫩微弱，粉粉的小舌尖像春天的桃花瓣儿，琥珀色的圆眼珠泛着胆怯的荧光，我想都没想，就把小家伙接到手上。它竟一点儿也不认生，雪团似的硬往我胳肢窝里钻啊钻，就跟婴儿见到妈妈似的。我身上那种叫作母性的东西突然间被唤醒了，我温柔地拿手掌轻轻抚摸着小猫的脑袋和身子，那毛茸茸的手感和热乎乎的心跳，竟来得那么真实、那么强烈。后来，就在我准备放下它的那一刻，小家伙突然用小舌头一下一下舔我的手心，我的心一下子被舔软了。

卖猫的老婆子眼尖，忙说，瞧呀，这猫咪跟你多投缘啊，抱回去养着玩吧，才五十块钱，再便宜没有了。

还没等我表态，一直站在我身后的老方早掏出一张纸币塞给了卖猫的。

在毫无思想准备的情况下，我从街上抱回了这只小猫。也许潜意识里，我真的想试着当一回妈妈。老方对我总是百依百顺，又懂得投我所好，他一个劲儿对我说，你喜欢的话就养着，猫狗都是通人性的。我还多少有些犹豫不决，可转念又想到了我哥，我倒是觉得现在养一只小动物，兴许会对他的健康有些好处，他一个人成天闷在房子里，除了跟一大摞稿子和香烟做伴，简直像个孤家寡人。而我之所以心血来潮来逛这宠物巷，很大程度上也是为他着想的，我本意是想买一只他以前最爱养的仓鼠或豚鼠，可我实在不喜欢那种贼头贼脑的家伙，实在觉得硌硬。至于猫我还是可以接受的，再说了，这只白毛黄斑点的小猫确实够可爱的，一般女的见了都会喜欢。

可我万万没想到，我哥那么排斥我养猫这件事。他来给我开门的时候，一眼就瞅见我怀里抱着的小东西，他愣了几秒，阴郁的眼光凶巴巴地盯着猫咪，好像他这辈子从来没有见过这种动物似的。小猫也冲他不无警觉地喵呜了两声，随即，扭过小脖子，拼命往我胳肢窝里钻。我哥的目光就很不满地挪到我脸上，我感到情况不妙，但我还是故作镇定。

哥，你看这猫可乖了，哥你放心好了，平时我来管它……

没等我把话说完，我哥几乎冲我嚷起来，谁允许你养猫的？你赶紧把它抱走！

他的样子凶得可怕，声音也大得惊人，连我怀里的小猫也紧张得哆嗦起来。

“我不喜欢这东西，猫是奸臣！”

他再次愤愤地强调着。

我一时不知该跟他说什么好，外面天色那么暗了，我总不能现在抱着猫，再跑回新华街宠物巷去退货吧。所以，我干脆不用跟他解释什么，反正猫咪已经抱回家了，生米煮成了熟饭，他不喜欢那是他的事，我也没别的办法。况且，这是老方好心好意买给我的。于是，我低头绕开他，径自跑回自己的房间。我把小猫安置在一只空的鞋盒里，里面铺了一件自己穿旧了的秋衣，好让小家伙在里面舒舒服服待着。

哪知，我哥随后像个密探那样又撵了过来，他气呼呼地站在门口，好像我养猫触痛了他的神经，非要跟我理论不可。

你耳朵聋了吗？听不懂人话，我说了，不准你养它！坚决不行！

他几乎冲我吼叫着，眼光比先前更阴狠，脸色比任何时候都难看，那架势好像随时会冲进来，一把将小猫抓起并扔出窗外。

哥，你别大喊大叫，好不好，不就是只小猫，我养它碍着你啥事了？你过去不是就喜欢养个小动物吗？

其实，我本来还想说，我这都是为了你才养的。可看他那副不近人情的样子，实在让人扫兴得很。兴许是我嗓门太高的缘故，刚刚在鞋盒里趴下的猫又抬起小脑袋，冲我怯生生地喵呜起来。我只好随手把房门带上，我估计小猫也饿了，我得给它弄点吃的，饭桌上还有早上我喝剩的牛奶，我找了个小碟子，倒上一点儿牛奶，再揉一小团面包屑进去，然后用指头搅和搅和，完全不顾我哥那副凶巴巴的模样，就给小猫端去了。小家伙舔食的劲头挺足，红红的小舌头在碟子里吧嗒吧嗒。我想只要肯好好吃东西，就好养活。

整个晚上，直到我们吃完饭，我哥也没有再跟我多说一个字，这样也好，说心里话，我也懒得再搭理他。我现在真是觉得，他这个人脾气越来越古怪了，简直就是无理取闹、不近人情。

等收拾完碗筷，我就一个人躲进房间里，我发现小猫已经在地上尿了一小摊尿，还把纸盒里铺好的秋衣扯得乱七八糟，我用卫生纸擦干净地板上的尿液，又把秋衣重新在盒子里铺平整。之后，我和衣躺在床上，让小猫乖乖地趴在我肚子上。小家伙吃饱喝足了，就显得有些懒洋洋的，呼吸声竟噜噜作响，很像我们乡下拉的那种风箱声。它好奇地在我肚子上翻了几个身，滚了个轱辘，起来又开始用小爪子一下一下清理自己。它把小爪子用舌头舔那么两下，再用潮湿的爪子去侍弄自己的脸，整个过程极其认真。这让我感到好神奇，这么小小的一只动物，谁也没教过它，它竟什么都会，能吃能喝不说，还能清理自己的皮毛，实在是了不起得很。

这样想的时候，我下意识地轻轻抚摸着自己的腹部，好像我已能感知到那个幼小的生命清晰地存在着。我知道留给我的时间不会太多，我必须尽快做出一个了断，要么把孩子好好生下来抚养成人，要么明天干脆就去忍痛做一次人流。

刚才，老方开车送我回来的路上，我就坐在他旁边，我能感觉到作为一个男人，他所表现出的那种欣喜和紧张，有一阵他把肥厚的手掌放在我的腹部，不无焦虑地说，乐乐，你千万要想明白，这可是一条生命啊，咱不到万不得已，可不能做傻事啊。我明白他说话的意图，可我已经做了傻事，一切都是傻乎乎地开始的。我也能感觉到他是真心想要这个孩子，至少，他表现出敢于承担责任的样子。我想他也许能做个好爸爸。

现在，我煞有介事地拿手掌摸摸自己的肚子，又抚摸着几乎睡着了的小猫，我从来没有觉得，一个人待在黑暗中感觉那么好，那么自足，那么安稳，我甚至一点儿也不觉得孤单。我忽然有种很踏实很踏实的感觉，到银川这么久，这还是头一次，身边仅仅多了一只刚满月的猫娃子，世界似乎就大不同了。要是真的有个小家伙成天围在我身边，笑着，跳着，说着，小嘴巴不停地叫我妈妈，我会更踏实吧。

我决定留下孩子，似乎跟留下那只小猫没多大区别。唯一不同的是，养猫的事不用藏着掖着，尽管我哥气得鼻子不是鼻子、脸不是脸的，可我依然养着。孩子就不同了，小家伙现在当然不显山不露水的，除了我和老方，谁也不知道这个秘密。我想到了一定的时候，自然是要原原本本告诉我哥的，我一定会想方设法让他接受这个事实，当然，我还要让他当我未来孩子的大舅呢。我下定决心后没过几天，老方提出来他要回一趟老家，说是那边的事情需要他去处理处理，他把店里的事都托付给我，装修方面的活自然是由他长期雇用的工长来负责。我没有过问太多，只问他什么时候能回来，他稍加思索说，来回也就十天半个月吧，又嘱咐我每天抽空去看看他的狗，我说这个不用你操心。

老方是开着他的宝马车一个人上路的。

那天，我在帮他收拾行李时，发现在车后备箱里，塞着好几个花花绿绿的纸盒子，都是些小孩子的玩具，有芭比娃娃、游戏机、彩色画笔和拼图之类。我装作什么也没看见，其实心里明白，那都是他给自己的姑娘买的，还有几只鼓鼓囊囊的服装袋，不用猜，里面肯定有他老婆的东西。老方上车前，跟我来了个电影里才有的西式拥抱，他趁机把嘴搭在我耳鬓边说，乐啊，我不在的时候可一定要照顾好你和咱们的孩子，该吃吃该喝喝，千万别老想着省钱。说着，又从裤兜里摸出钱夹，硬往我手里塞了两千块钱。我说，你不是月月都给我发工资吗？再说我也不缺钱呀。他说那可不一样，这是专门给你买营养品的，拿着，听话。他说话时的样子，竟让我有种莫名的愧疚感，觉得自己的决定也许是个错误。我太不近人情了，明明知道人家有妻子儿女，我这样做会让很多人为难的，也许每个人都得为此做出选择和了断。可我已经左右不了自己了，就像我根本没有办法阻止一个小生命悄然到来一样。我唯一能做的就是安静等待。

这个过程也许就是从老方离开的那一刻开始的，白天忙起来倒也没什么。可一旦到了晚上，一个人的时间忽然变得非常充裕了，我不由得开始胡思乱想，想我是怎么跟老方认识的，想老方是怎样对我的。当然，脑海中更多时候浮现出的还是那个有些恐怖的画面，男人的搏斗，硬邦邦的砖头，还有怎么也止不住的鲜血……总之，这些都让我这样一个年轻女人感到心惊肉跳。

自从小猫被抱到家里来，我哥变得越来越沉默寡言了。虽说他不再嘟囔着让我把猫赶紧送走，可他基本上也不怎么跟我说话了。兄妹俩住在同一个屋檐下，彼此好几天都不怎么说一句话。我倒也渐渐习惯了，只是在晚间把饭做好，然后盛好了端到桌子上，再冲我哥的房间喊两声吃饭了，他才闷声不响地走出来。我尽量不让小猫咪满屋子乱窜，以免惹得我哥吹胡子瞪眼。多半时候，我把猫锁在自己的房间里。

这晚也一样，我们又跟陌路人那样，无声无语地吃完了饭。我哥扔下碗筷，就钻进阳台吸烟去了，他的背影在黑暗中变得模糊。我很麻利地忙完厨房的活，打算出去一趟，我得赶到老方家去，那只沙皮狗得喂食和遛弯。

我哥像平常一样打开了电视，音量调得老高，然后一个人坐在客厅里死死盯着屏幕，又是体育台的足球比赛，他应该算是个球迷吧，反正电视上只要有球赛转播，他都要从头看到尾。他一边盯着绿茵场上跑来跑去的小人，一边咕咚咕咚往嘴里灌啤酒。我在自己的房间换衣服的工夫，突然听到外面“当啷”一声，起初我并没太在意，可很快我就听到一个男人的咆哮声，那叫声来得很迅猛，像是突然被谁激怒了似的，简直到了怒不可遏的程度。

我急忙从房间跑到客厅，只见空的啤酒罐躺在电视机正下方，屏幕上还残留着液体往下滴淌，遥控器已被摔得四分五裂，一节五号电池直接滚到客厅门口了。我哥愤怒僵硬的背影，如同一个发狂的斗士，在荧光屏的映射下，模样变得愈发古怪，又活像反特片里一个很邪恶的反派人物，因为恼羞成怒，正在歇斯底里大发其火，因为大发其火又显得乖戾恐怖。电视里的男解说员，正用那公鸭般的嗓子语速极快地嘟囔：“……现在留给中国队的时间不多了，如果我们的球员还不能抓住补时赛最后的半分钟，有效突破对方的防线破门进球，那么我们将注定无缘本届世界杯赛……”

一群蠢货，这么好的机会……为什么还不射门……射呀，快射呀，你到底犹豫什么呢？磨磨蹭蹭的，都是跑来混饭吃的吧……瞧你那只臭脚，往哪儿带球呢，眼睛瞎了吧……该死！该死！

我哥一面火冒三丈地吼叫，一边抬起脚就去踹电视机，好像那玩意儿是他的眼中一只足球，他可以一脚把它射进绿茵场上的球门里去。

咣当——电视机已经严重偏离了原先的位置，差那么一点儿就要倒向一边去了。我哥那副怒气冲冲的架势，仿佛电视里的那些球员招惹了他，刺痛了他脆弱的神经，他非得拿脚把那些被他骂成臭脚和蠢货的小人儿统统踢出来不可，这场面真让人啼笑皆非。

我虽然不懂什么足球比赛，可也知道中国足球队是怎么回事，屡战屡败，屡败屡战，大伙儿怒其不争，哀其不进（球），就像宋丹丹有一年在春节小品里说的那样，最闹心的事，就是看中国足球。我急忙从后面用力将他拽住，并随手关掉了电视机，相信我再晚上那么一秒钟，那台电视机就该彻底报废了，我哥的破坏力已经到了令人发指的程度。我连拉带扯将他弄到卧室门口，可他还是气鼓鼓的，像是吸足了风的船帆，口鼻呼呼乱喘，活像一头正在发脾气的犟牛，喉咙里始终不依不饶地谩骂着。

哥，你这到底是为啥？电视机招你惹你了？万一你把它踢炸了，伤着你自己该咋办……

我如训孩子般一股脑质问着他，心里实在害怕得要死。说心里话，我长这么大，还从来没见过世上有人这样对待一台电视机。

我哥大概在黑屏的电视机前站了一分钟，等我把遥控器壳的碎片和电池还有啤酒罐一一从地上捡起来，他才或多或少平静了一些，继而，眼神变得十分黯淡，目中无人的样子，或者鼻观口口观心，忽然陷入到某种无边的恍惚中去了，好像这房间里只有他一个人似的，又像是刚从一场荒诞透顶的怪梦中醒来，一时无法跟现实对接。这实在让人担忧，一个三十多岁的大男人，怎么会荒唐到这种程度，就算人家输掉了比赛，这又关他什么事，他又不是国家足球队的领导，他们踢得再烂，他操的哪门子心呀。他可以选择不看嘛，或者换个频道，何苦要跟那台机器较真呢？我越想越觉得后怕。我不知道我哥到底是怎么了。他咋就变得这么不可理喻了？

因为心里还惦记着沙皮狗，我犹豫了一会儿，还是一个人悄悄出了门。

这时，我哥已经回到了他的房间，门缝底下露出一道很窄的亮光，我蹑手蹑脚靠近他的房门，侧着耳朵听了听。我哥又开始点灯熬油，我依稀听到笔尖在稿纸上沙沙沙沙的声响，他一定又趴在桌上抄抄写写，或者只是在对付那些同样让他很厌恶的稿子。不过，我心里多少踏实点了，就算他再发驴脾气，反正那些稿子是不会威胁到他生命的。

我打车赶往老方的住处。沙皮狗应该知道主人出远门了。据老方说，狗是世上最聪明的动物，除了不会说话，什么都知道，上午老方出门前拿了几件换洗的衣服，狗大概看出来了。等我打开房门，被眼前的情景给惊呆了，从沙发到地板，再到阳台，到处都是雪白雪白的大大小小的棉絮团儿，我好像一不小心，走进了一个混乱至极的弹棉花的作坊。这狗竟把一对沙发抱枕活脱脱撕开花了。沙皮狗见有人进屋，疯狂地冲我扑上来，差一点儿把我扑倒在地，狗的两只前爪一举一举地抱拢我的腿，湿乎乎的舌头不停舔我的手和裤子，还激动得吱吱呜呜个没完没了，好像在冲我发泄它内心的种种不满。

我真是气不打一处来。讨厌，你们没一个让人省心的！我一边狠狠训斥狗，一边拿起塑料扫帚去收拾那些白花花的残局。狗还是不依不饶地纠缠着我，让我无法继续打扫，我毫不客气地朝它屁股上踢了一脚，它吱的尖叫了一声，有些胆怯地退后几步，终于老实点儿了。我嘴里依旧愤愤地骂着，坏蛋，快滚开，没人愿意理你，谁让你把家里东西咬坏的，今天就别吃饭了！它似乎听懂了我的话，终于低眉顺眼地趴在地板上，但亢奋的情绪并没有立刻缓解，所以喉咙间依旧发出那种吱呜吱呜的怪声音。

直到我把所有的地板擦得一尘不染，狗还趴在那里一动不动，下巴颏紧贴地板，眼神里终于有了一种可怜兮兮的味道。看来，狗确实比人好对付多了，只要你让它看到你的怒火，它就会有所收敛。我的火气也消得差不多了，女人总是能够通过干家务活让自己平静下来。我这才给它的食盒里加了些水和足够的狗粮，它吃得狼吞虎咽，好像什么事也没有发生过。我又乘机在老方的家里转了一圈，说心里话，这里还不能完全算是个家，跟男生宿舍差不多，卧室里只有一张大床和一个衣柜，我在床沿上轻轻坐下来，用手掌摸了摸床单，好像在抚摸一个男人的全部生活。我索性仰面躺下，在胡思乱想中竟闭上了眼睛。不知为什么，自从发现怀孕后，我老是犯困，白天在店里，也要打好多个哈欠。记得母亲以前说过，怀了孩子的女人会变得娇贵，尤其是月子里的女人，一点儿风吹草动都经不住。

睡意悄然袭来，我就那么迷迷糊糊打起了盹。

好像没多久，我哥怒火中烧地径直闯进这间屋来，他那张脸铁青铁青的，胡子拉碴的下巴颏，尖得好像镰刀头，两只眼同时往外喷着火。你个不要脸的小贱货！他一面破口大骂，一面气冲冲扑过来，一把揪住我的头发，使劲往外撕扯。我让你不学好！让你伤风败俗！让你给老子丢人现眼！他几乎一下子，就把我从床上拖到地板上，我痛得哇哇直叫，他不等我站起身，继续拖着我，像拖一条奄奄一息的死狗，穿过客厅和走廊，直接把我扔在外面的楼道里。我疼得说不出话来，下身开始流血，殷殷不止，我只是绝望地朝对门扫了一眼，我曾在里面住过一阵，那时我哥一点儿也不像现在这么凶恶。

在最紧要的关头，老方突然急匆匆地顺着楼梯一口气跑上来，他身强力壮，个头硕大，我还从来没有见过他跑得这么快过。这时，我哥正拽着我的一只胳膊，准备把我拖下楼去，老方就跟我哥撞了个正着。两个男人在狭窄的楼道里剑拔弩张，一个瞪眼睛，一个挥拳头，然后跟两只咆哮的野兽猛似的，不由分说又扑打在一起。这次，我哥手里没有拿砖头，而老方的拳脚也不是吃素的，他迎面给了我哥一击，我哥的鼻子顿时被打得血肉模糊，我吓得浑身乱抖，可喉咙里像是被什么东西堵住了，一点声音也叫不出来……

我一骨碌从老方的床上爬起来，疑疑惑惑地摸摸自己的小腹，又试探性地摸一下屁股，哦，原来只是一场梦！幸亏是场梦，什么事也没发生。唯独吃饱喝足的沙皮狗，正乖戾地蹲坐在我脚边，黑黑的眼珠子瞪得溜圆，不时地用粉红的舌头舔着自己黑亮黑亮的鼻头，像是还在回味什么。这种时候，它倒是有点儿小姑娘的样子，至少能安安静静地待着，一点儿也不惹人烦。若不是怕惹我哥不高兴，我真想把沙皮狗带回去，那样照看起来就方便多了。

等我从老方家赶回来的时候，房间里已是一片漆黑，兴许是门锁的声音惊醒了睡熟中的小猫，它随即出现在我脚下，并讨好似的喵呜了两声，猫瞳在黑暗中发出的光多少有些诡异。我一弯腰把它抱在怀里，小猫的身体柔软极了，这毛茸茸的感觉，很容易让人沉醉。

当我蹑手蹑脚洗漱完毕，准备回房休息时，才意识到一个问题。

出门前，我明明是把小猫关在自己房间里的，它根本不可能跑出来，可事实上，它却自由自在地待在客厅里，也就是说，它被人放出来了，那一定是我哥干的。我想，他也许是良心发现，觉得自己不该对小动物那么苛刻，他骨子里是喜欢小动物的。但我也只是想想而已，我瞥了一眼我哥房间的门，它依然像平时那样紧紧关闭着，一副与世隔绝的样子。

我确实太困了，一整天跑跑颠颠下来，还要照顾一个坏脾气的男人和不懂事的猫狗，也真够我受的。等我抱着小猫躺在床上，却又迟迟不能入眠。我翻来覆去老是琢磨刚才做的梦，心里总觉得怪怪的，具体哪里不对劲，自己一时也搞不清楚。我妈说梦都是心头想，怪就怪我整天胡思乱想的。

天将蒙蒙亮，一阵嘈杂声跟黑的乌鸦群一样，从我们住的楼下升腾起来。

我烦躁地在床上翻了个身，时间还早，我还想再眯一会儿。可紧接着，楼道里响起了一串慌乱而沉重的脚步声，咚咚咚咚，房门很快就被擂得鼓响。我闭着眼赖在床上，用被子使劲捂住耳朵，可敲门声越来越响了，带着一股一万火急的味道。确定有人在不停地敲我们的房门后，我才迷迷糊糊不依不舍下了床。原以为是我哥出门又忘了带钥匙，可此刻站在门外面的，却是对门那个脸色焦黄的中年妇女。记得我跟我哥刚搬进来那天，这个黄脸庞妇女就带着孩子般的好奇目光，来家里串过门，当时我们兄妹俩摆放东西忙得团团转，谁也没工夫搭理她，她有些无趣地满屋子东瞅西瞧，像个密探。

喂，姑娘，我问问，你房里的那个男的，他是你什么人？

对方探头探脑地发问时，我仍旧睡眼惺忪，不停张着哈欠，我的样子一定难看极了。

哦，阿姨您是说我哥吧，他怎么了？

黄脸妇人手里拎着两个蓝色的塑料袋，里面装着豆浆油条之类的早餐。看来，她确实有点儿紧张，双手正不由自主地颤抖着，我甚至能听到那塑料袋发出的沙沙啦啦的声响。

闺女，出大事啦！你还不快下楼去瞧瞧，你哥他，他一个人站在楼顶上，样子能吓死人！

黄脸妇人几乎大口大口喘着气对我说，显然她还心有余悸。我的脑子跟断电似的，半天没有任何反应。

别光愣着啊，闺女，我看你哥弄不好是想——跳楼！

直到这妇人急不可待地提高了嗓门，并冲我喊出这句危言耸听的话时，我才彻底从慵懒的睡梦中惊醒。

清晨特有的平静秩序，就这样被敲碎了。

我忘了自己是怎样跌跌撞撞一路冲下楼去的，连脚上的拖鞋都穿反了个儿；我更不记得，自己是怎样心惊肉跳地站在楼下扬起脸，朝楼顶的方向焦急张望的。在那片宁静的灰蓝色天空下，我们租住的这幢半新不旧的居民楼显得十分突兀，它的轮廓线呆头呆脑又四四方方，正生硬地割裂了眼前一大片天空。最突兀的是在那高高的楼顶上面，一个身着睡衣睡裤的男子，直挺挺站着，像大鸟飞翔时那样自由地张开双臂，似乎能看出来，那样子像是在做最后的一次尝试，随时都会服从什么召唤，纵身一跃，从高处直飞下来。

我早已惊得目瞪口呆，喉头上下乱颤，我想大声喊叫，可是发出的声音小得可怜，简直比蚊子还小，哥，哥，哥……我觉得这世界突然只剩下我一个人，孤苦伶仃，无依无靠，叫天天不应，叫地地不灵。我一点儿也不清楚，我哥他是什么时候出门的，又是怎么爬到这高高的楼顶上的。我总是睡得很沉很沉，我妈过去常笑话我说，死丫头你要是睡着了，被人抱着扔到寥天地里，自己怕是都不知道。而我知道自己近来的沉睡一定跟怀孕有关。

这种时候，我身边早已聚集了一大群男男女女，多半都是些有早起锻炼习惯的中老年人，他们个个惊恐不安，大呼小叫，指指点点，可他们说的是什么，我一句也没听清楚。我依稀听到呜呜的风在耳边叫，秋天早晨的风很凉，吹得人瑟瑟发抖，我身上的睡衣正随着风空荡荡地乱摆。我觉得眼前一片麻黑，整个人不受控制地前后摇摆起来，差点跌坐在地上。我这才哭出声来，这声音来得好汹涌，根本无法抑制住，我好多年没有这样大声哭过了，特别是当着那么多外人，除了我妈去世那次。呜呜呜呜——我越哭声音越大，可我就是说不出一句话来，我甚至连救命啊这样的话也喊不出来。我怕自己一旦喊出这三个字，我哥在楼顶上真的会破釜沉舟跳下来。我害怕极了。我有种被什么即将吞没的恐惧。我感觉到脊梁骨咝咝冒冷气。这辈子我还从来没有这么害怕过。不对，其实在我很小很小的时候，这种感觉也曾依稀出现过，每当父亲喝得酩酊大醉，他回家跟母亲大吵大闹大打出手的时候，我就像现在这样，怕得要死，那时我总是把小脑袋和小身子缩在被窝里，整个晚上都不敢露出来一下，那时我总是把眼泪一颗一颗都咽进自己的肚子里。我相信，只要蒙着头大睡一场，一切都会好的。

眼前的空地上，有好多人急急火火跑来跑去如临大敌。

居委会的大妈们也出动了，她们各自从家里抱来了一床床的棉被和褥子，有几个男人甚至还抬来了几张厚实的床垫，他们把这些东西左一层右一层地铺在了我哥所站位置的正下方的空地上；几个壮实些的男人也自发组织起来，五六个人一组，将两床大棉被用力撑开，把被角牢牢地攥在手里，他们跃跃欲试，随时做好接空中飞人的准备。人们始终在大呼小叫又忙得热火朝天，好像这里要举行一场很庄重很盛大的仪式似的。我总算让自己止住了哭声，刚才的怯懦都让居委会的大妈们的热情赶跑了。我的嗓门突然敞开了，能发出很响亮的声音，于是，我把双掌拢在嘴边做喇叭状，使劲冲着上面大喊起来：

哥！千万别干傻事，我求你了！以后啥事我都听你的，我再也不惹你生气了。

哥！你快下来吧，我求求你了啊。只要你赶紧下来，从今往后你让我干什么都行，我再也不养猫了，我再也不跟老方好了……

喊到最后，我忽然觉得腿肚子一软，就地跪了下去，好像再也站不起来了。这辈子我从来没有觉得自己这么虚弱过。

楼下的人越围越多了。后来，连 110 也呜哇呜哇开进了院里，还有几名消防警也参与到营救中。很快我就发现，楼顶上不光只有我哥一个人，在他身后悄然出现了一个人影，正慢慢地摸索着靠近我哥。一个领导模样的民警手里捏着一只对讲机，那玩意儿不时发出吱吱啦啦类似电焊机的声音，他径自走过来跟我搭话。

姑娘别哭了，听说你就是楼顶那个人的妹妹？

我一边用手背揩抹眼泪，一边使劲点着头。

说说，你哥最近受过啥刺激没有？昨晚你有没有发现，他有啥反常的举动?

民警的问题我听得很清楚，可我不知道该怎么回答他，我一直认为只有坏人才被警察讯问。我胆怯地摇了摇头。

民警对我的态度似乎很不满意，姑娘，你再好好想想!

对方用很严肃的目光打量我，口气也变得有点儿生硬了，好像他已断定是我把我哥逼到楼顶上去的。他的眼神变得凶巴巴的，好像已经抓住了罪魁祸首。

我尽量克制自己的情绪，尽管眼泪还是稀里哗啦流个没完。又过了一会儿，我才拖着哭腔说，我哥说他不喜欢小猫，他让我把那只猫抱走，不让我养着它，可我没听他的话，他一定是生我的气了……说着，我又止不住呜咽起来。我在想，早知这样，我真不该把小猫抱回家，现在惹出这么大个乱子。

民警听完我的絮叨，就不再问我什么了，他肯定觉得，我纯粹是在胡说八道，浪费时间，于是他往楼前走了几步，一面手搭凉棚往楼顶方向观察，一面冲着对讲机呜里哇啦吩咐着什么。那种类似电焊机的吱吱声又在耳边响起来，我紧张得快喘不过气了。

现在的情况是，楼顶上的两个人，彼此间也就相距十来步远。我哥的脸已经转向了那个正在靠近他的陌生人，对方长长地冲他伸出一只胳膊，似乎在跟我哥聊天似的，或者，只是试图把手够过来，好乘其不备一把抓住我哥。这时，我哥突然一回头，朝楼下望了一眼，像是在人群中找什么人，或者，他只是想寻找一个最佳的跳楼位置。

楼下的围观者顿时一片唏嘘，大伙不由得往后退了退，好像生怕自己会被从天而降的人砸着。我哥的脚又往楼边试探着移动了两步，这样一来，他真的就站到了楼顶的最边缘。我几乎能看见他的脚趾了，他居然是光着脚上去的，或者，上楼以后他干脆扔掉了那双拖鞋。此刻，他毫无羁绊，只要身体稍稍往前一倾斜，整个人立马就倒栽下来。我的心早提到嗓子眼儿里了。我连一丝气也不敢出。我甚至绝望地闭上了眼睛。我就要死了。假如我死了，能换回我哥的平安也值了。

就在这千钧一发之际，黄莺姐突然风风火火赶来了。我不知道是谁通知了她。也许，她只是公事公办跑来搞调查采访的，他们报社对这类消息的嗅觉，总是比狗鼻子还灵通，要知道这种突发事件，报纸和电视是最爱报道的。我看见黄莺姐从黑压压的人堆里挤进来的时候，就像看到了大救星。我上前一把抓住了她的手，我说莺子姐，求你一定想想法子，救救我哥吧，他会没命的……我有一肚子话想要跟她说，可嘴巴却不听我使唤，最后只是更加大声地呜咽起来。

黄莺姐匆匆搂了一下我的肩膀，安慰我说，妹子别害怕，我会尽力的。就过去跟那名领导模样的民警交涉了，很快，她被获准由一名执勤警员引领着穿过耀眼的黄色警戒线，迅速钻进黑乎乎的楼道里去了。

我一眨不眨地盯着楼顶。我哥始终背对我站在上面，活像一只巨鸟展开双翼，他身上那套蓝色带条纹的旧睡衣，此刻看上去特别刺眼，活像一套瘆人的病号服。我终于可以看得更清楚些了，那个试图拯救我哥的警员，并没有穿警服，跟普通人没什么两样。我哥孤注一掷地跟那人对峙着，时间一分一秒在流逝，他俩这样已经僵持了很长时间，看来对方一时并不能说服我哥。我把一根手指横过来用门牙死命咬住，咬得骨头咯咯响，我却感觉不到一点儿疼。

秋天的太阳已经升起老高了，可照在人身上一点儿也不暖和，我的牙甚至一个劲地在打战。我听见身边那些围观的人开始七嘴八舌。

一个戴眼镜的男人说，这人八成是得了抑郁症，肯定是不想活了。

一个头发染得黄兮兮的女人接过话头说，嗯，有这种可能。他们这些人啊，总觉着处处不如意，整天悲观厌世的，对生活不抱任何希望。

戴眼镜的男人微微点点头，摆出一副专家学者的嘴脸道，这种家伙脑子里经常会产生幻觉，老是觉得别人都想害他，看谁都不顺眼……

也许是年龄和见识的缘故，我对什么是抑郁，什么是悲观绝望，一时还无法理解，尤其是“抑郁症”这三个字，我这辈子还是头一次听到，隐隐觉得，他们说的跟我哥的表现有些相似。但我现在哪还有心思想这些，我只求他们能把我哥平平安安救下来，那就谢天谢地了。

我哥到底还是被人七手八脚地从楼顶架了下来。

怎么说呢，他当时的样子真够瘆人的：目光涣散，脸色蜡白，一点儿表情也没有，就跟丢了魂似的。我扑上去紧紧抱住他的时候，他就跟不认识我一样。也许考虑到他的安全问题，民警当时并没有把我哥送到家里，而是塞进那辆停在院里的警车里，直接把他带走了，当然，我也随他一起坐车去了。鸣着警笛的警车在路上行驶了一会儿，我才发现，黄莺姐一直坐在我身边，我紧紧地抓着她的手。这种时候，我觉得自己好孤单，好像这偌大的世界只剩下了我一个人。尽管我哥跟我同乘一辆车，还有跟他要好的黄莺姐，可这种感觉却异常强烈。我的眼前又不时浮现出不久以前我哥孤零零站在阳台窗前的可怕情形，也许从那一刻起，那个可怕的念头，就跟一颗种子那样在他脑子里生根发芽，越长越大，直到这天清晨，他悄无声息地独自一人离开房间，毅然决然地爬上了高高的楼顶。

我一直没敢问黄莺姐，她随警员爬到楼顶上以后到底跟我哥说了些什么，又是什么让我哥暂时放弃了轻生的念头。我只是打心底里感激黄莺姐，我觉得她真是我们的大恩人。我哥被送进医院，在精神科做了详细的检查，尽管他很不配合医生的工作，一个劲嚷嚷自己没病，但得出的结论却是非常肯定的。我作为他唯一的亲属，大夫直言不讳地告诉我，你哥患的就是抑郁症，需要马上进行药物治疗和心理干预。大夫给他开了一些口服药，包括盐酸帕罗汀片和盐酸氟西汀胶囊，另外还有帮助睡眠的安定和谷维素。幸亏，我临上车前口袋里揣着老方给的两千块钱，不然加上这堆药，还有做B超和脑CT的费用，我肯定要出丑了。

眼前这位主任大夫目光犀利，面相老成，说一不二，如果不穿白大褂，会让人觉得他像个当官的。大夫最后叮嘱我说，像你哥这种情况，以后最好不要让他单独一个人待在家里，即便晚上睡觉，也得有人监护。以往的临床经验表明，患者随时随地都有可能做出异常的举动。

大夫声色平静地跟我讲这些时，也许他并没注意到，我脸上早已没了一丝血色，只剩将要夺眶而出的两汪泪水。

这天以后，我的世界完全不同了。

每天，我得死死守在我哥左右，连老方店里的事我也只能暂时搁在一边了。有几个需要做按摩的客户，总不停给我打电话发短信，好像我这个人真的很重要似的。我只能实话实说，请求她们谅解，当然我没敢说我哥得了抑郁症。我每天都怕得要命，怕自己一觉醒来，空荡荡的房间里只剩下我一个人了。人没有吃不了的苦，只有享不尽的福。我妈过去常把这话挂在嘴边。吃苦其实我真的不怕，怕就怕我哥这种情况，我心里一点儿底都没有。我真的开始后悔了，当初就不该听我妈的话，心血来潮进城找我哥。所以，现在我老在琢磨，要是没有我，就没有老方和后来那件事，那样的话，我哥现在肯定还在报社好好上他的班呢，说不定他跟黄莺姐还能走到一起。从这个角度讲，我真的应该恨老方才对，他才是罪魁祸首，可问题是，我根本恨不起来。

偏偏在我最焦头烂额的时候，老方这家伙又不在身边，连个帮我拿主意的人都没有。好在，黄莺姐隔一半天会抽空来一趟，她拎来新鲜的水果和一些书籍给我哥，私下里也向我打问下一我哥的情况。这种时候，黄莺姐也会给我普及一下有关抑郁症的知识，她说得这种病的人，身体就像被什么东西给困住了，最终导致他的人生也像被困住了。那种东西看不见摸不着，可它却非常强大，就像给一个人施了魔咒，直到把这个人的身体和精神完全榨干，让患者万念俱灰，只想一死了之。

我听得一愣一愣的，真希望发生在我哥身上的这一切都不是真的。

黄莺姐的这番话，倒是让我想起我哥窗台上的那一摞手写稿。我悄悄地取出来拿给黄莺姐看。黄莺姐接过去，扫了一眼，她明显怔了一下，然后就坐在客厅里哗啦哗啦翻着看起来。她看得很投入，好像我哥手写的那些文字很吸引她，连我给她换了茶水她都没有在意。后来我问她我哥都写了些什么，她只是出了一下神，然后摇摇头说，也没什么，都是胡乱写的。之后，她就顺手将那一摞稿纸塞进她的手提包里，她说反正你哥现在也用不着这些东西，我可以暂时帮他保管着，等他身体恢复好了再还给他。我忙说，那敢情好啊。

黄莺姐临走前又反复叮嘱，说除了让我哥按时服药，最重要的是要想方设法让他保持心情舒畅，千万不要再刺激他了，他现在十分脆弱，就像那匹快被压死的骆驼，再多一根稻草，都能要了他的命。

我多少明白黄莺姐的意思，她肯定是指我跟老方的关系。有好几次，我都想一吐为快，可话到嘴边又咽下了。我趁她不注意，悄悄抚摸着自己的肚子，这感觉让人提心吊胆，同时又有种破釜沉舟的执拗和冲动。我听见内心深处的另一个女人在说，要服从你自己的感受，要服从你自己的选择，不管发生什么，孩子都是无辜的。过去，我从来没有过这种体验，直到确认自己怀了老方的孩子后，才开始一次又一次听到这个熟悉而又陌生的女人的声音。我想这个女人一定比我更聪明也更泼辣，她扛得住这世上的任何风雨。

记得还在乡里中学念高中那会儿，班上就有个腼腼腆腆的男生，好像很喜欢我。他五短身材，虎头虎脑的，平时不太爱说话，偶尔跟我在一起，他总是耷拉着头，好像犯了啥错似的。有天突然下起大雨，我们都没带雨伞，在放学的路上，他从后面赶上来，不声不响就把自己的衬衣脱了下来，他像撑伞一样用衬衣给我挡着雨，自己却被浇成了落汤鸡，他上身连件背心也没穿，就那么光溜溜地淋着。后来，他把我带到路旁一个看瓜的小棚子里，那是我这辈子头一次那么近距离地跟异性单独待在一起。外面雨下得好急，废弃的瓜棚里也在滴滴答答下小雨，他居然又跑出去，不知从哪块地里扯来一大片塑料薄膜，他手倒巧，我看他蹲在雨水中，刷洗干净了那片薄膜，然后又折又扯地折腾了那么几下，竟然就做成了一个简易的雨披。他默默地帮我披在头上和身上，他说你要是着急，我这就送你回家。我当时真的很感动，眼泪都流出来了，我很想对他说点什么，或者，紧紧地拥抱一下他。可说心里话，在这之前，我一点儿也不喜欢这个男生，他除了长得不好看，家庭条件也很一般。

由于受家庭的影响，我那时懵懵懂懂地觉得，找对象一定要挑个家庭条件好的，最好他将来能带我离开这破农村，也像我哥那样去城里生活。所以，那天包括后来一直到高中毕业，我都没有跟那个男生说过什么，更不可能做什么，尽管他确实对我一直很好，总是在关键时刻默默地帮我一把。我想，当初我要是真的动了他们说的儿女私情，可能一切都不同了。我现在可能已经嫁人，也说不定就嫁给那个蹲在雨地里给我做雨披的人了。

这样无边无际地胡思乱想时，我才猛然间意识到，老方其实长得挺像那个男生，他俩都是五短身材，都生得虎头虎脑，都不怎么爱说话。唯一不同的是，老方比他更成熟更有男人味。这可真是老天作弄人，在不知不觉间，老方竟成了中学时代那个男生的影子或替代品。

不管大夫怎么说，可我总疑心我哥像是把魂弄丢了。

于是，我就想起小时候的事，每当我们谁得了病，打针吃药老不见好，人总是病恹恹没精打采的，这种时候我妈就会神神道道地断定，说，准是撞着了。这种时候，我妈会悄悄地去镇上买些香火纸裱拿回来，夜里偷偷摸摸跪在院子外面的空地上，一面烧纸一面不停地念叨，让孩子的病快快好。我稍大点儿以后，还陪着我妈烧过两回这样的纸钱呢。我不知道自己是不是相信举头三尺有神明，不过有时我妈跟我烧完纸钱后，还真就遂了愿，家里人的病莫名其妙地好了。

事出有因，我不得不朝那方面去想。

我跟对门的黄脸妇人打听，她说小区外面巷子口有家生资日杂铺，那里应该能买到我想要的东西。不过，女邻居的眼神却怪得出奇，她肯定是在怀疑，我小小年纪，怎么也这么迷信。不过，她倒是跟我嘀咕了两句，别说，你哥的病还真有点邪性，烧一烧兴许管用。

我顾不了那么多，所谓病急乱投医，管它呢，现在有枣没枣，先打它三竿子再说。偷偷把东西买回来，我可不能让我哥觉察。接下来，我还得踅摸一个能烧纸的地方，楼前空地人多眼杂，不便行事。我到小区外面转悠了一大圈，最后，我挑中巷口那边的一个树坑，那里至少能看见一点儿土，我妈以前说烧纸得在土上烧，不然地下的鬼神根本收不到。我想也是，隔着厚厚的柏油马路或者水泥地面，至少对那些神明不够敬重吧。我趁我哥睡下的时候，偷偷摸到了他的打火机，然后，我蹑手蹑脚拎着那个鼓鼓囊囊的黑色塑料袋，屏声静气神色诡秘地溜出了房间。

凡事都是想起来容易做起来难，烧纸也一样，尤其是在城里，连我都觉得自己鬼鬼祟祟形迹可疑。我围着那个树坑至少晃悠了五六圈，总是有行人不时地打那里经过，他们虽然低头不语或行步匆匆，可还是让我有点做贼心虚。乡下大不一样，天一黑就没人影了，想在哪烧都行。

好在是黑夜，路灯也不太亮，不然我简直拉不下脸来。

可一旦想到我哥的病情，我也就豁出去了，管它三七二十一呢。

我始终垂着头，跪在那个潮乎乎的树坑里，颤颤巍巍点燃了纸裱香火，火光霎时亮起来，炙得人脸滚烫。我实在想不出该向哪位大神祷告，嘴里只好反复地念阿弥陀佛，通常电视都是这样演的。在老家每逢清明、冬至和除夕，都要给先人烧纸，我就学着当年大人的样子，也给我父母送些钱去，让他们在阴世也有吃有穿，好好佑护我们兄妹三个平平安安。

正当我虔心念叨的时候，忽然有个很粗暴的声音，像声炸雷，冲火光这边劈杀过来：他妈的，谁在那里玩火呢，你会把大树烧着的！我心里本来就有点儿打鼓，再加上人家那么一嚷，我简直吓得要死。我想弄灭那些正在燃烧的纸钱，可却毫无办法，火借风力，越烧越旺了。喂，你耳朵让毛塞住啦，这里不准乱烧东西！那家伙还在冲我大喊大叫、不依不饶。情急之下，我不得不站起来，用两只脚轮番踩踏那些烧了一多半的纸钱，火星子溅得我满脚满身，我觉得自己狼狈极了，最后几乎落荒而逃。想想城里真是太憋屈了，竟连巴掌大的一片烧纸的地方也找不到。

既然前功尽弃，信神也没什么指望，我只能相信医生的话了。我苦口婆心好说歹劝，我哥总算是勉勉强强开始服药了。但他的情绪似乎并没有多大改善，依旧不声不响的，在昏惨惨的房间里，一坐就是一整天，晚上他也不再盯着看那些体育节目了，电视机自打上次被他踹过两脚之后，好像得了严重的脑震荡，图像不时地会像火苗样上下蹿动，还有一些雪花点儿和乱糟糟的细线条闪来晃去。我想，这样也好，省得我哥看着看着不满意，又冲机器乱发脾气。

小猫倒是乖巧伶俐，它已经学会了在固定的沙盘里拉屎撒尿，对房间中的所有物品都兴趣盎然，总是喜欢用小爪子拨拉来拨拉去，尤其是我的鞋子和沙发垫子，它把东西抱在两爪间，左右开弓折腾个没完，好像里面藏着一只狡猾的老鼠，非得把它抠出来不可。小家伙调皮可爱的样子，多少能让我晦暗的心情晴朗那么一点儿。以前，我从来没有想过，其实人真的离不开这些小动物，看着它们在你身边晃来晃去，至少你会觉得自己并不那么孤单。

我哥对小猫的事一点儿也不在意了，他现在似乎对一切都无动于衷，他的孤绝和死寂有时真让人感到恐惧。他一味地沉浸在自己的世界里，似乎遗忘了他还有一个妹妹，他还是我的哥哥。他的眼神中经常现出六亲不认的光芒，好像从来就不认识我这个人似的。更令我感到害怕的是，他似乎连自己都忘记了，他不知道自己是谁，为什么会在这里。他只是一味地枯坐、发呆、不言不语。

而我到今天也搞不清楚，他好端端的一个人，怎么忽然会变成这个样子呢？他过去是一个多么要强的人，记忆力好得惊人，学习起来简直不要命，当年在乡里的中学回回考第一，以至于多年以后，那里的老师还能清楚地记得曾经教过我哥这个三好学生。该死的病真是不长眼睛啊，怎么不去找那些当大官的发大财的人去，偏偏缠上了我这苦命的哥哥，要知道他已经够悲催的了。他离了婚，丢了工作，卖了房子，可以说他现在什么也没有了。因为时时刻刻都要为他担惊受怕，有时候我真的觉得，自己也快活活郁闷死了，每天度日如年。

那家杂志社的主编，人长得尖嘴猴腮，头发长得出奇，好像刚从20世纪80年代的香港武打片里跑出来的。长发主编没进门脸色就已经相当难看了，气势汹汹地来找我哥。原来他负责的那本刊物马上就要刊印了，可我哥至今也没能按期交回那批校对稿，而且，电话又不开机，人也联系不上，人家急得快要发疯了。长发主编还是通过黄莺姐好不容易才找到我们的新住处，来者不善，他登门就是来讨要稿子和兴师问罪的。

我一个劲儿地解释说，我哥确实病了，最近一直在家休息，根本无法工作。我请长发主编先进屋坐下喝茶，然后才战战兢兢溜进我哥的房间，我哥正在睡觉。他最近变得很虚弱，像个婴儿，天刚一擦黑，他就上床静静地躺下了，也许是那些药物起了催眠的效用，使他变得无声无息。那摞厚厚的校对稿就乱糟糟地堆在桌面上，我蹑手蹑脚从里面捧出来，很不好意思地交还给对方。

长发主编气呼呼地叼着烟，斜着眼睛接过那摞稿子，他很随意地翻看了几页。可翻着翻着，他突然就从沙发上蹦起老高，屁股像是被火烧着了，猛地一扬手，就将那些稿子抛撒在空中，纸片哗啦哗啦纷飞着，雪片样落了满地。

妈的！搞啥名堂，哪有这么干的，快去，让那个姓顾的给我滚出来！

我简直被吓傻了。我稍一迟疑，忙蹲下身去顺手捡起一张，不看还好，一看连我都气乐了。在那些稿纸上，几乎无一例外被打了满篇的红叉，那种记号笔的颜色好像鸡血，所有的文字段落全都被画得支离破碎，同时血红血红的，跟鬼画符似的，根本无法辨认。

之前，我知道我哥对这些稿子心怀不满，常常看着看着，就会骂骂咧咧大发脾气，甚至还扔在地上拿脚踩过一回。可我压根没料到，事情会严重到这种地步，他闯了这么大的祸。我忙连声赔礼道歉，请求对方谅解，说大不了给他们赔点损失费。

小姑娘，这不是赔不赔钱的问题，应人事小，误人事大，你懂吗？

长发主编怒不可遏了。

他、他、他这纯粹是在拿我们刊物开玩笑，他眼中还有没有我这个主编！你让他赶紧滚出来，这事必须当面解释清楚！

见人家不依不饶，我只好犹豫着放低了声音实话实说，对不住了，我哥他得了抑郁症。

对方显然愣了一下，什么？你是说他得了那种……怪病？

我使劲点点头。我真希望我哥从来没有得过这该死的病，大夫对他只是一次误诊。

长发主编一边撇着嘴，一边盯着我的眼睛，好像怀疑我是不是在撒谎，过了那么几秒钟，他才阴阳怪气地嗤了一声。

一个大老爷们，有啥可抑郁的？矫情！

说到这，他像妇女那样，右手突然翘着兰花指，往脑后撸了撸乱蓬蓬的长头发，终于打算要拂袖而去了。可这家伙的嘴巴并没闲着，走到门外的时候，嘴里依旧尖刻地嘟囔着。

早知道脑子有病，我们杂志社就不会花钱聘这种家伙搞校对，真是倒了八辈子血霉！晦气……

打这天起，我哥再也没有做过任何事情。

其实，他现在的样子别说做事，就连与别人简单的交流都十分困难，他那么爱钻牛角尖，又好动怒，身体越来越瘦。夜里睡不了几个钟头就醒了，一个人盘着腿坐在沙发上，像尊苍白的蜡像；白天又无精打采，总是呆望着某个地方一言不发，好像周身上下的零件都锈住了，根本发动不起来。尽管我又担心又害怕，可我也知道，如果我的精神也倒了，这世上就再也没人来照顾他了。我得让自己坚强起来，尽量打起精神。我顿顿都按医嘱，将一把药塞进他手里，一直盯着他喝了水，“咕咚”一声，咽下去才离开。我听大夫说，他们这种病人会假装吃药，然后乘人不备，再把塞进嘴里的药片吐出来，丢掉。

每每这种时候，我哥表现得更像一个不听话的大男孩，他总要冲我嘟囔半天，讨价还价，说自己没有病，根本不需要吃什么药，让我千万别信医生的话。我只好说，谁说你有病了？人家大夫开的药，都是帮你调整体质和睡眠的，你吃了身体慢慢就会好起来，就能休息好，休息好了你就不会老胡思乱想了，更不会到处乱跑。我当然只字不提他想去跳楼的事，那样也许会刺激他，适得其反。但他自己也好像已经遗忘了，就跟那天只是梦游了一次差不多。或者，他心知肚明，只是嘴上什么也不说。沉默于他已是常态。

大概是因为长发主编的那次造访，我打算给我哥好好剪剪头发。

说心里话，他的头发都快赶上那个坏脾气主编的水平了，我觉得留这么长的头发，尤其像我哥这种情况，看上去简直跟疯子无二。

那天中午吃过饭，我多烧了一壶水。

哥，我给你洗洗头吧，你的头发都有味了，难闻死了。

说这话时，我温柔地把双手搭在他的肩膀上，一下一下给他按摩颈部和肩周，我学会的那些美容手艺还是很奏效的，他的脑袋不受支配似的来回晃动起来，一副很受用的样子。我趁机把自己身上的围裙摘下来，轻轻地围在他的脖子上。

你头发也太长了，干脆也帮你修一下吧。

我这样说时，他不置可否，或者，在我训练有素的按摩中，他真的有些昏昏欲睡了。事不宜迟，我立刻拿起早就准备好的剪刀和梳子，开始干活。这时我才发现，我哥的头发长归长，可前额和头顶其实相当稀疏，鬓角里还藏着根根白发，我的心一下子又潮湿起来，要知道他才三十来岁，正是一个男人的黄金时期。我强忍着没让泪水流下来，剪刀在我手里一张一合，我哥的烦恼丝就跟秋天的树叶一样，一片一片落了下去。

小时候，逢年过节，都是母亲给我和两个哥哥拾掇头发。我的头发相对简单些，洗一洗、剪剪刘海儿，再扎个羊角辫就好了。两个哥哥的则复杂得多，母亲为了省钱，竟摸索着学会了用推子给哥哥们理发。那只银亮银亮的金属推子，是母亲多年省吃俭用的战果，她是软磨硬泡从镇上理发馆的老师傅手里买回来的旧货，她总是爱惜地用蘸了煤油的小布团，将推子擦了又擦，使金属闪闪发亮。每次理发前，她还要在推齿上滴几滴煤油，不然，那推子准会夹住头发，哥哥们老是鬼哭狼嚎地瞎叫唤，疼死啦，妈，你咋弄的嘛……一定是我想着想着走神了，剪刀猛地夹住了头发，我哥也吱地叫了一声，吓得我差点扔掉手里的工具。

我哥的表情惊愕而又震怒，瞬间的一股疼痛，也许让他回到了过去，回到了童年或少年时的某个生活场景。在这午间明媚的光线中，他也许又看见了我们的母亲，正用皴裂的右手捏着银光闪闪的推子，在他的头顶上默默耕耘，推齿冰凉，擦着头皮，簌簌有声，发丝落地。母亲微微呼喘，一个女人的气息笼罩着哥哥的脑袋，应该说，那是人生中最美好的记忆，哥哥是否还能记起，或早已遗忘？

此刻，我看到他的眼神随即黯淡下来，他一声不响耷拉着脑袋，仿佛一个罪孽深重的人。

我发现我哥的眼眶渐渐湿润起来。

有了这次的成功经验，平时我尽量想办法跟我哥多待一会儿。

我总是没话找话说：哥，你还记得咱们小时候的事不？有一回，我让一个坏同学欺负了，他把一条毛毛虫塞进我脖领子里，吓得我呜里哇啦哭叫，他还老用脏手扯我的小辫子，让我当他的马，你回家听了气不过，第二天竟找到我们班上，硬把那个家伙从教室里揪出来。后来在土操场上，你对我说，乐乐你先踢他一脚，我害怕，不敢踢，你抬起脚冲那小子屁股狠狠来了一下，那家伙一个狗啃屎趴在地上。然后你又说，乐乐你再去扇他一个嘴巴，我还是不敢，你就黑着脸说，咋那么窝囊？他用哪只手揪你的辫子，你就用哪只手扇他的脸。我生怕你不高兴，就战战兢兢举起手，可落下去的时候，还是轻飘飘的，跟羽毛一样，你一把推开我说，真没出息，这叫人不犯我我不犯人，人若犯我我必犯人。说着，你又给那个家伙来了一巴掌，那男生歪着脖子捂着脸蛋，鼻血都流出来了，眼看就要哭了。我实在看不下去了，就扭头一溜烟跑开了，把你气得要死。不过，打那之后，我们班再也没人敢随便欺负我了，因为大伙都知道，我有一个好厉害的大哥……

讲着讲着，我突然就把自己讲哭了，讲得泪珠子噼噼啪啪落下来，我已经很久很久没有当着我哥的面流眼泪了。我真希望他还能像小时候那样，搂搂我的肩，摸摸我的脑壳，再拿手指勾一勾我的鼻梁，然后不无调皮地对我说，羞羞羞，把脸抠，这么大个姑娘家，还好意思哭鼻子抹眼泪呢……

可是如今，我哥对我无动于衷，好像刚才我什么也没有讲，他就那么面无表情地枯坐着，活像个呆子。

我终于有些理解黄莺姐说的话了。

那天她说，你哥这种人，脑子里像是压着一块石头，而且，那石头还在不停地疯长，整个大脑的回路都被堵得死死的，对别人说的话做的事毫无反应。

我真恨那些该死的石头！

那几天在家照顾我哥，手机通常放在饭桌上，而且，为了避免打搅病人休息，我特意调了震动。所以，这天傍晚，我从烟熏火燎的厨房把饭菜端出来的时候，才发现有两个未接电话，都是老方的。估计他是想我了，还想他的狗姑娘了，等我再拨过去的时候，那边又没人接听，我就想等会儿再打吧，先叫我哥出来吃饭。饭刚吃到一半的时候，电话又来了，震得桌面笃笃乱响。我赶紧拿起手机，一转身钻进卫生间里，我可不能让我哥听到我们谈话的内容。我估摸着，老方应该在返回途中了，他肯定是想给我个惊喜，说不定这会儿，他人已经快到家了。这样想着，我心里多少有些激动，对于这种小别后的即将重逢，充满了期待，再说，我得好好跟他说说我哥的事。

奇怪的是，手机那头讲话的人却不是老方，一个非常陌生的声音，正冲我喂喂叫喊，感觉十万火急的样子。

我心头一沉，一种极不好的预感倏地攫住了我。

稍后，我就听到对方在急切地盘问我是机主的什么人，我的心早已经悬在嗓子眼儿了，心里说可千万别再出啥事啊。我犹豫着说出我是老方的女朋友，这个称呼我还是头一次对外人讲。讲完后，我立刻就有点儿后悔了，我觉得自己真是太冒失了，万一这是他老家的亲友怎么办？那会给他惹来很多不必要的麻烦。懊恼一下子攫住了我，心里正追悔莫及呢，耳边又传来一阵很急促的喘息声，电话那头的人也一定是吓坏了，他说话时明显带着焦躁与慌张：喂，你男朋友他开车追尾了，他的宝马车钻进我们的大货车屁股底下了，整个车顶都让推平了，你最好要有个思想准备……一个晴天霹雳砸在我头上。我整个人僵在那里，泥塑般一动不动。过去总听人说五雷轰顶，我此时的感觉肯定就是这样，可我老半天却欲哭无泪，眼泪变成了冰，全部凝固了。我看见洗手池上方镜子中那张脸，几乎一瞬间扭曲变形，就像是一个正在迅速脱水而干瘪的苹果。

老方是在即将驶离高速公路时出的事。

当时，他距离我也就剩下半个钟头的车程。我一直在想那两个未接电话，它们之间仅相隔了十几秒，也就是说，如果电话刚一响，我恰好就接上了，那么，也就没有十几秒后老方再打给我。毫无疑问，一边开车一边拨电话，肯定让他分神了，否则，他准能避开前面那辆刚刚超过他的大货车……我恨我自己，那天为什么没把手机揣在身上。我知道自己可以找出一千条理由，可那一点儿用处也没有。是我害了老方，我真该死！

我挂断陌生男人的电话，便飞也似的出门下楼打车，风风火火赶奔车祸现场。一路上，我都在不停祷告，老方一定不会有事的，他那么强壮，虎头虎脑的，而且，我还给他怀了孩子，他就算是看在这个小生命的分上也会没事的。我一面想，一面下意识地抚摸着自己的肚子，好像要唤醒那个微小的生命，让小家伙跟我一起祈祷。我到那里的时候，隔老远就看见警车顶上的警报器正在乱闪，那种红蓝相间的灯光，以及快速闪跳的频率，很容易让人想到凶杀和鲜血，我双腿一软，瘟鸡一样倒在路上。

场面显得异常混乱，这条道路暂时被封闭了，成串的大小车辆正在交警的疏导下向别处分流和绕行。有人正在指挥一辆吊车，机器轰隆轰隆冒出黑烟，吊车的长手臂正在挂提那辆巨无霸大货车。从我这个方向，几乎看不见宝马车的影子，正如电话里说的，它完全被压在货车底盘下了。汽油味浓得像烈酒，到处飘散，空气似乎一点即燃。尽管我浑身瘫软，可我还是让自己拼命往前爬，柏油路硬冷硌人，夜色阴沉，秋风在耳边不停呜咽，像一群悲伤的妇人在集体号啕。我感到一阵绞痛，心脏几乎已经停止了跳动，唯独双手机械而发狠地用力往前爬着。后来，是一名交警把我从地上扶起来的，他大概问我是谁，我不知道怎么回答的，或者，我什么也没说，只是无助地点头或摇头。我的恐惧和眼泪，已经替我说明了一切。我基本上丧失了行动和思考的能力。

不知过了多久，那该死的大货车总算被吱吱嘎嘎地吊了起来，就像一头巨大而狰狞的鲨鱼，车尾朝天倒立着。一伙警员迅速扑过去实施抢救，老方车上的玻璃早就碎裂了，之前那个大货车司机，准是从裂口处找到老方的手机的，然后才根据机主的最后通话号码拨打给我的。很快地，那边传来一二、一二的号子声，救援人员集体发力，变形的车门终于被野蛮地撬开了，一条黑乎乎的东西，硬是从瘪瘪的车厢里被扯了出来。

我距离人们也就三米远，我不敢再看，生怕心脏会受不了，我死命地闭上眼睛，心中却竭声喊叫，老方老方老方……我的老方啊，我孩子的爸爸。

可是，不论我怎样歇斯底里地号叫，老方再也没能醒来。

交警先对着一动不动的老方，咔嗒咔嗒拍了一会儿照，然后，我才被获准上前去辨认。他们又陆续从老方身上取出钱夹、钥匙串、手表，还有那条金链子，统统交给我保管，交警说手机需要拿回去做进一步事故调查分析。此刻，躺在冷冰冰的柏油路上的那个人，除了衣服裤子被刮破成碎片儿，真的就跟睡着了似的，看上去非常陌生，又非常不可思议。无论如何，就算沧海能变成桑田，我也不愿意相信他就是老方。我跪在这个像石头一样纹丝不动的男人身边，真想大哭一场，可我怎么也哭不出来，我简直像个傻瓜，比傻瓜还傻，连最起码的哭也不会了，也没有了。有的仅仅是，心在一下一下抽搐，在滴血，在变冷。

直到警员拉开一条崭新的裹尸袋，准备把老方塞进里面的一刹那，我终于像一座火山那样爆发了。我歇斯底里地扑向人群，见人就推，见人就骂。

别动，谁也不能动他，你们都走开，快走开啊……

我始终像个女疯子那样，张牙舞爪，胡喊乱叫，神志不清。

过去，我妈常在我们几个孩子耳边念叨，她说，世上没有过不去的火焰山。现在，这句话就像最古老的真理，忽然又从我脑子里蹦出来，我对自己说，就是，没有什么过不去的火焰山！我想这肯定是我妈在天有灵，她老人家不忍心看着我们在城里受煎熬，她想以一个过来人的口气，指引着我们继续往前走。

后来，我被警车从高速路送回来的途中，双眼死死盯着黑乎乎的窗外，耳中又依稀听到母亲的这句话。这天晚上，我头一次没有回去跟我哥住，而是直接去了老方家里。老方如果在天有灵，他也一定乐意我这样做，我不能丢下他一个人，我要带着他的魂儿回到他的住处。

房门一开，沙皮狗一跃而上，像个急切的孩子一样，一下子就抱住了我，我也紧紧地搂住它，要知道它每天都被锁在这空荡荡的屋里，每天都在望眼欲穿地等待主人的归来。我抱着狗，眼泪像断线的串珠落个不停。沙皮狗皱着眉头，不停拿舌头舔舐我的脸，泪水的咸涩滋味一定让它感到了某种不安。很快，它就嗅到了揣在我裤兜里属于主人的东西和气味。这狗真是太聪明了，它竟用牙齿执拗地叼出了老方的钱夹。

灯光下，我才注意到，咖啡色牛皮夹子上，尽是斑斑驳驳的血迹，先前外面太黑，我什么也没看清。

这时，我终于大声地哭了出来。是生死两端的血迹，是阴阳阻隔的气味，让我终于意识到这世界有多残酷。我们从来都是渺小的飞蛾，穷其一生扑向火焰，却愚蠢地以为是飞向光明和幸福。我要是再憋着不哭的话，准会把自己活活憋死。狗反反复复嗅着那只钱夹，仿佛在闻主人身体的某个鲜活的部位，后来它也开始汪汪汪汪疯狂地乱叫，满屋子乱转搜寻，好像谁把它的主人藏在哪里了。它那哀伤幽怨的吠叫声，完全淹没了一个女人的哭声。它无法理解生命的消逝，就像我无法理解生离死别。我忽然觉得，这狗比我还要可怜，它这辈子再也见不到主人最后一面了，而且，它永远也不会明白，老方到底上哪儿去了。

后来，我从地上捡起那只被狗舔得湿漉漉的钱夹，一步一摇地走进老方平时睡觉的房间。这里有我们好过的记忆，这里的床、柜子、台灯、窗帘还有墙壁，都曾见证过两个人相爱。我把钱夹手表钥匙串还有那条项链，都摆在他的枕头上，随后，我让自己侧着身，像忠实的狗一样蜷缩在旁边，然后慢慢闭上了眼睛。

我依稀能闻到一个男人的气味了，浓浓的汗液中，夹杂着一丝血腥。

我甚至能听清那块手表发出的吧嗒吧嗒的声响，显得非常有力，好比一个人的心脏，还在这里鲜活地跳动，我多希望老方的魂儿潜入了这只手表，永远滴滴答答走下去。

整个晚上，我都在反反复复想，老方要是没出意外的话，现在也该躺在这里了，那样的话，明天一早，等我睁开眼睛，就能跟他见面了……

我始终没有跟我哥提及老方的事，就像他从来也不跟我讨论自己的病情一样。

尽管我对此讳莫如深，可我相信，我哥能感知到我内心巨大的伤痛。我哥跟哑巴一样，什么话也不说，从早到晚安静而顺从地待在小屋里，我让他做什么，他就做什么，啥时间该吃饭了，啥时间该吃药了，啥时间该上床休息了，等等，一切都是机械的按部就班，他总是默默地照我说的去做。他终于变得服帖了。

有时，他也会奇怪地盯着我，似乎有什么重要的话要对我讲，可老半天却欲言又止。也许他并不清楚自己的脑子正被一块石头压着，这注定了他不能正常地与别人交流情感。

从车祸现场回来后，我的两眼再也没有干过，终日以泪洗面。我觉得自己现在跟行尸走肉差不了多少。我去喂狗的时候，狗就会变成老方的样子，冲我摇尾巴舔舌头；喂猫的时候，猫也会变成老方的样子，瞪着眼珠冲我喵喵直叫。它们全都长得虎头虎脑、憨态可掬。我几乎不敢多看它们的眼睛，我怕猫狗的瞳孔里浮现出老方的样子。唯独我的眼泪一次次弄湿了它们的皮毛。我最怕的还是跟我哥对视，怕他问我乐乐你到底怎么了，那样我会彻底崩溃。这种时候，我赶紧扭过头去，假装什么也没看见。我只想一个人在房间里安安静静待着，怀里紧紧抱着那只小猫。

树欲静而风不止。

老方的老家终于来人了，临时通知我去跟他们碰个面。

那个妇女相貌平平，表情有些木讷，身上的穿戴包括发式，都透着一股子乡气。我暗想，要是我一直待在老家，活到她这个年岁，估计也差不了多少吧。在这妇女身后，怯生生地躲着一个小姑娘，个头不太高，看上去矮墩墩的，大概是随了老方，脸蛋子红得出奇，像是受了很严重的冻疮，唯独套在身上的新衣新裤，颜色鲜艳，完全是城里孩子的样式。我一眼就看出，这衣服准是老方回家时捎去的，崭新崭新的。

此外，还有两个男人，一老一少，老的浑身上下都皱巴巴的，像是刚刚从一个很憋屈的石头洞子里钻出来的，脸膛黝黑，蹲在角落里不停地吸烟，咳嗽，吸溜鼻涕。那个前额和鼻头上爬满粉刺的年轻后生，神情有些凶狠，看见我的时候，腮帮子一鼓一鼓，嘴角直往下撇，像是有仇。

我来之前，已经有了心理准备，我把老方的家门钥匙等物，直接交给了老方长期雇佣的那个负责装修的老工长。能看出来，这个木匠出身的南方男人，心情跟我一样沉痛，他是老方早年在街边揽活时就结识的，可以说多年来风雨无阻，一直追随老方走东窜西，他们是同甘共苦的伙伴。老工长跟大伙简单交代了几句，意思是你们今天碰面，就好好坐下来商量商量，看老方身后的事该怎么妥善解决。

等工长介绍完情况，我才弄清楚，皱巴巴的男人是老方的父亲，年轻后生是老方的小舅子，那娘俩不用说我已猜到，是老方的妻儿。我的身份在这一伙人里，显得最为突兀和尴尬，参加这样的商谈，对我来说简直是种折磨，我几乎想转身逃之夭夭了。但我万万没有料到的是，老方最信任的老工长开门见山地说，老方回老家之前，已经把这套住房过户到顾乐名下了。这个消息无异于重磅炸弹，一下子就把包括我在内的所有人都镇住了。我一时反应不过来，老方为什么要这么做呢，难道他早就有什么不好的预感？尤其是想到那天跟他分手时的情景，我就使劲摇头，眼泪又止不住淌下来，心里不无劲埋怨，老方啊老方，你为啥非得这样做，这让我多为难啊？

最先从沙发上跳起来反对的是年轻后生。

凭啥？她算老几，我姐夫的财产，统统都归我姐和娃娃，旁人休想占一分一毫！

老方的父亲一直默默吸着烟。这阵子，总算是把他皱巴巴虾米样的瘦身子往直挺了挺。

小伙子，话可不能那么说，我儿子辛辛苦苦闯下的事业，咋说也有我们老方家一份吧。

老工长见他们互不相让，争执起来，忙插话说，老方确实跟我合计过，他这次回家，把攒下的三十万全取了出来，说他跟老婆再没感情，可这些年她在家里拉扯娃娃过日子，总得有个交代，不然良心上过不去。

老方的父亲一听这话，马上拍着桌子吼，好啊，好啊，你们娘俩不声不响地，昧走了三十万元，连句实话也没有，如今还不知足，啊，可怜我儿子那么仁义哟……

老方的小舅子当仁不让，梗着脖颈强词夺理，说那笔钱是给他姐的精神损失费，可他外甥女今年才十岁，往后还要念书出嫁过日子，这些费用理该从姐夫的遗产里出。

老方的父亲气得一通猛咳，脸膛憋得紫黑紫黑的，像只秋后的老茄子，他嗓子里含着黏痰，用手指着年轻后生的鼻子道，你这话放在屁里怕都挑不出来，我儿子人都没了，哪还管得了那么多闲事，你们这是诚心要讹人吧！

双方各执一词，闹得不可开交。

老工长不得不再次出面调停。我听见他郑重其事地说，还有个特殊情况，你们恐怕还不知晓。说到这里，工长突然指了指我，我的心一下子又提到嗓子眼儿。这姑娘怀了老方的孩子，照你们刚才的说法，人家娘俩以后也得过日子不是，既然老方走前做好了安排，肯定有他自己的道理，毕竟亡人为大嘛，咱们还是别违拗了。

老方的父亲听了这番话，才竭力瞪大那双被皱纹包裹的三角眼，在我的肚子上瞄来瞄去，可惜，我的肚子依旧很平坦，他注定什么也看不出来。老头想了想，又不无狡黠地咕哝着，你要是这么说，到时候她能给方家生下个大胖小子，我看啥事都好商量……

哪知，老头的话音未落，那边又叫嚣起来。

哼，没啥商量的，谁能证明她肚子里怀的是我姐夫的种？就算是，她也就是个小三，又不是明媒正娶的，有啥资格跑来跟我姐抢财产……

腹内一阵翻涌，兴许是妊娠反应吧，我觉得自己从来没有这么恶心过。

我忽然想到以前历史课讲过的“瓜分”这个词。我从他们每个人脸上，看到了侵略者可怕的狰狞，奇怪的是，他们竟没有一个人显露出过度的悲伤，包括那个红着脸蛋的小姑娘，她始终旁若无人地往嘴里塞着糖果，腮帮子跟鱼似的一鼓一鼓。按理说，失去最亲的人，一定非常难过，我不明白事情为什么会这样。

我的脑袋忽然一阵生疼，仿佛里面被塞满了大大小小的石头，在一片嘈杂声中，每块石头都在急速变大，要爆开似的，压得我几乎抬不起头来。我感到天旋地转，昏昏沉沉，无法呼吸。我似乎终于理解了我哥那种生不如死的状况，我真怕跟他同病相怜。我实在不能待在房间里了。我不想再看到他们唾沫横飞、面红耳赤的样子。

从进门到出去，我一句话也没有跟他们说。我的眼前一遍又一遍地浮现那个情景，老方在路上开着车，两次想打电话给我。那时，他离老家越来越远，而我离他越来越近了。他终于摆脱了过去那段不如意的生活，他一定有许多许多话要对我说，他要亲口告诉我老家的事终于办妥了，接下来，他将履行自己的承诺，为我举办一个隆重而幸福的婚礼，好让我肚子里的孩子有一个名正言顺的爸爸。他也许还想告诉我，有关我俩未来的事……不过，我其实什么也不需要，只盼着他人能平平安安地回到我身边。

那一天离开这所令人伤感的房子时，我手里只牵走了那条已经忧郁成疾的沙皮狗。这狗成天趴在窝里默默流眼泪，给它的狗粮也不怎么好好吃了。

我终于明白了，在狗的世界里，只有一个人是它最牵肠挂肚的。

第三部

真是奇了怪了，时风农用车今儿怎么也跑不快，我越是猛踩油门它越哼哼得欢，像头犯懒的老母猪，死活也不乐意挪窝。我平常开快车开惯了，这三条腿的破玩意儿，回回都让我摆弄得快要飞起来。车今天跑不动，顾乐偏偏在车厢里跟我嚷嚷。

二哥，慢点，开慢点，都快把人颠散架了！

我没好气地怼了老三一句，哼，才进了几天城，丫环身子就变小姐了，把你还娇嫩起来了，怕颠，你下来自己走啊。

哪知，老三比我口气还冲，她喊着说，我倒没什么，可大哥他身体本来就弱，哪里经得起你这通折腾！

我只好埋头开车。我可说不过老三，这丫头原先就嘴皮子利索，现在在城里更是学得伶牙俐齿的。中间，我回过头瞅了一眼车厢，老大靠着我后背的车厢板坐着，老三穿着件又肥又大的黑色羽绒服，可还是冻得够呛，她怀里抱着一只白毛黄点儿的花猫，那猫跟人一样瑟瑟发抖，老三就跟娃娃似的搂紧了猫，依偎在老大身旁互相取暖。此外，还有一条皱巴巴、瘦得皮包骨的沙皮狗，始终趴在老三他们脚底下，舌头不停地在鼻头前抽进抽出，还不时呜汪两声，模样又丑又老，哈喇子乱淌，看着就叫人恶心。我死活弄不明白，他们城里人养这些玩意儿图啥，真是吃饱撑的，连回家过个年也不得消停，还得带着这些畜生一起上路。

一路上，老大除了脑袋不停地来回晃荡，一句话也没有，好像要睡着了。上车前，顾乐倒是悄悄跟我嘀咕了两句，说是咱大哥最近病着，心情不好，一直都在吃药调理呢。我明白老三的意思，她是怕我说话没轻没重顶撞了老大。可我总觉得这病蹊跷，老大的样子有点怪，看人的眼神呆呆的，我跟他打招呼，他连头也不怎么抬，整个人乏不邋遢的，跟那些挨到了年头的老骡马差不多。车厢靠后的地方，放着我刚才在镇上采办的一堆年货，无非是些吃的喝的，还有娃娃们喜欢的炮仗，再有就是他俩背回来的两个大大的旅行包。

眼看就到大年了，国英一大早就把我从被窝里提溜起来，非派我到镇上，把她养了快一年的两只绵羯羊卖掉，再用卖羊的钱办好今年的年货。女人家总是把过年的事看得顶当紧。国英说，眼看时候不多了，你抓紧去把过年的东西置办齐全，有钱没钱，剃个光头过年嘛。老婆的话就是圣旨，在这个家里，花钱的事向来都是她说了算的，我顶多也就是个跑腿的命。羊卖得还算顺利，毕竟赶上年关，市场上买卖红火得很。

说心里话，这两只羊没少让国英操心，从春夏到秋冬，割草、喂料、饮水、绞毛，整整折腾了一年，硬是把一对羊羔，喂成肥大的绵羯羊。一早我往车里抱羊的时候，国英眼圈湿湿红红的，我知道她那是舍不得，好不容易养大的东西，又要出手卖掉。可也没啥法子，地里种的粮食卖不上什么好价钱，种菜更是操蛋得很，你永远也搞不懂行情。就说去年吧，我们西红柿种得少，人家收购价居高不下；今年夏秋，我们几乎把所有的旱地都种上了西红柿，没想到狗日的价格一天三跌，从头茬果子一块二，接连跌到八毛、五毛、三毛，最后一毛钱人家也摇头，说五分钱倒还可以考虑考虑。七八亩柿子啊，红彤彤的果子一眼都望不到地头，光是每天雇人摘果子的钱就花海了。到最后，卖柿子的钱远远不够付人家劳务费的，更别提搭进去的种子化肥农药和血汗钱了，我干脆一狠心一跺脚，一通犁铧把剩下的柿子全部翻埋到地里造肥去。

有时候，我这心里就觉得吧，种庄稼真没意思，纯粹是瞎子点灯——白费蜡，要不是被这个家拖累着，我做梦都想进城找个活儿干，再不伺候地了。虽说眼下这费那费上面都给减免了，每亩地还能拿到点儿补贴，可那百十块钱不够坐吃山空的，光阴还得往人前扑腾不是。别的不说，大龙小龙这对双胞胎儿子，总得供着让好好上学念书吧，将来还得为他们盖房子娶媳妇。再有，老母亲下世后，国英就跟我合计过，想把这院老屋推倒翻新，说来这院房实在老旧得不成样子，少说也快三十个年头了，墙壁都裂了指头宽的缝，椽头全开了花，下雨天屋顶老是不住地渗漏。最让人窝心的是，如今左邻右舍都你追我赶，盖起了敞亮的砖瓦房，还都比着把地基垫得老高老高，眼看就把我们一家淹没了，成了贫民窟。这种被别人团团围住看笑话的感觉真要命！

这一点，国英比我心劲大得多。她说，咱们狠下一条心，再好好种几年地，等攒够了钱，咱也好好地扬扬眉吐吐气。她说这话的口气，倒像个威风八面的妇女主任。她还说等条件真好起来，咱们再添一个闺女，姑娘才是爹妈的贴心小棉袄，将来咱俩老了，要是指望不上儿子，还有个闺女嘛。我拨浪着脑袋直皱眉头，那万一再来两个儿子，咱们这辈子干脆别活了，抹脖子、上吊算了。国英一把捂住我的嘴，骂，呸呸呸！乌鸦嘴！我只好长叹一口气说，唉，说到底，还是人家顾责好啊，在城里上班，旱涝保收，一点儿罪也不用受。可我万万没料到，老大把好端端的工作混丢了，饭碗让人砸了，硬生生把老母亲都给气死了，还把自己弄得病殃殃的，活像一个小老头，看来这城里的光景也不是万般好。

我是在镇上办年货的时候冷不丁地接到老三的电话，才知道这两个人要一起回来过年，他们坐的那趟长途车，得晚两个钟头才能到镇子上。看看时间还早，我就找了家面馆，进去要了碗刀削面，边吃边等。就着几头大蒜，稀里呼噜吃完了刀削面，再喝一大碗面汤，身上就暖和起来了。想想，还得再添点什么，比如肉、烟酒糖茶啥的，姊妹仨能聚在一起过个年也不容易。

我还记得老三最爱吃鸡膀子，小时候家里杀了鸡，鸡膀子都留给她一个人吃。我妈过去常说，吃了鸡膀子，闺女会梳头。还说，会梳头的姑娘长大有出息，准能嫁个好婆家。老大嘛，大小算个文人，平时爱吸烟，也爱喝两口。不过，他这个人脾气一直怪怪的，逢年过节回到家里，也不怎么说话，整天抱本破书，窝在屋里哗啦哗啦翻个没完，你想问他句什么，他顶多嗯哼几声，当然我也没那么多话跟他闲扯，我手头总有干不完的农活。说句心里话，老大当年考学出去后，这个家的所有农活，几乎都落在我一个人肩上，白天在地里出一整天的力气，晚上吃完饭倒头就睡了，哪还有心劲跟他瞎白活。后来在爹妈的操办下，我娶了比我大两岁的国英，这个敦敦实实的女人长相一般，皮肤跟麦粒一样的颜色，可天生一副大手大脚，真是把干活的好手，农田里干活她一点儿也不比我弱，一个人随便扛起一麻袋稻谷，最厉害的是，她还一下子就给我生了两个胖小子。

那阵子，我妈简直乐疯了，她说庄稼人不就图个人丁兴旺嘛。关键是，老大在城里跟那个小学教师结婚之后，一直也不肯生个娃娃，我妈着急得跟啥似的，提起这事牙根都痒痒。她说，我早就知道城里女人都是花瓶，中看不中用，连个娃儿都不会养，算啥女人。有一次，我为这事还问过老大，我说嫂子咋还没动静？他不置可否地扫了我一眼，说，你是皇帝不急太监急。顾责这人就这样，一句话就把人堵到南墙头上。我暗地里寻思，他俩要么是嫌娃娃麻烦，要么就是有病，生不出来。后来他俩果然闹翻离婚了，我估计跟不生娃的事有直接关系，可我也懒得再管老大的闲事，反正问了他，他也不给句实话，吞吞吐吐的，他们文化人都是死爱面子活受罪。

腊月天的后半晌，天灰蒙蒙的，路旁的一排老杨树全都是光杆司令，直戳戳插向天空，四周的田地鸦雀无声，远远就能望见高高的树头上，悬着一团一团黑乎乎的东西，那是老鸹窝，却看不见一只老鸹的影子。它们准是飞到附近的庄子上找寻吃食去了，寒冬腊月肃杀，连这些鸟也不好活。

时风车刚拐进那条窄窄的通往庄子的石子路，突突突，突突，突……发动机像被谁卡住了脖颈，忽然就没了声气。

我连着打了好几下马达，车再也动不了窝了。妈的，早不坏，晚不坏，偏偏这阵子歇菜了。我愤愤地跳下车，狠叨叨地踢了两脚车轱辘，然后，满怀希望地朝路的两头张望，半天也没见过来一辆机动车。我回头冲车厢里的兄妹俩说，车坏了，走不了了。之后，我才掀开椅垫子，下面是个工具箱，我从里面找出扳手钳子和改锥，然后猫着腰，去搬弄发动机壳子，我得先把火花塞拔下来瞧瞧，这玩意儿隔三岔五就会积上碳，让机器点火失灵。

天气确实够寒冷的，大团大团的哈气，从鼻孔不断往外喷，我的嘴唇鼻头还有眉毛上，结了厚厚一层霜，干起活来真碍事，那些小零件几乎看不太清楚。火花塞头倒是黑黢黢的，我哆嗦着用手指甲抠了又抠，总算抠下一层黑油灰。我再把金属点火头在裤腿上来回蹭了蹭，然后又重新安装好。我坐回驾驶椅上，一边给油门，一边做点火尝试，刺啦啦，刺啦啦，这空响的声音真叫人绝望，反复试了好几遍，一点儿希望也没有。

之后，我又抱着最后的侥幸心理，拧开了油箱口的旋钮，假如真没油了，这事反倒好办些，只要耐心在原地等上那么一阵子，准有什么车开过来，到时候用一条胶皮管，从他们的油箱里吸出一点儿油就够了。可是，里面还有半箱油，液面上能映出我的头脸呢，看来，这车真是坏了，每年一到数九寒天，这车准得给我撂几回挑子。要是就我一个人还好办，大不了现在就拆了发动机折腾一通，可那兄妹俩眼看快冻僵了，我哪还有心思待在路边好好修车呢。

趁这个工夫，老三慢吞吞爬下车来，她把沙皮狗也抱了下来，好让这家伙撒泡尿去。能看出这是条母狗，半蹲着的架势有些滑稽，撒完了，狗立刻转过身子，拿黑油油的鼻头去地皮上闻，像是要牢记什么的样子，随即又拿爪子原地乱刨。完事后，老三牵着狗慢慢往回走，黑色羽绒服又长又宽，穿在她身上像件道士袍子，显得有些夸张。我总觉得，大过年的，她应该穿喜庆点儿的颜色，比如大红大绿的，乡下人都爱这样，黑大衣总让人有种不祥之感。

顾乐走路时，脚下确实放得很慢，鞋底总擦着地皮，不敢抬高似的，有些过于谨小慎微了，她的腰身往前凸起，一只手还习惯性地搭在胯骨处，好像不这样撑着劲，会随时仰面朝天跌个马趴。我听见老三走到车边说，大哥，你也下来活动活动，坐在上面快冻死了。她一面说，一面不停地使劲搓手又跺脚。老大只是侧过脸朝车外看了看，随即又耷拉下脑袋，一副昏昏欲睡的样子。

老三径自走到我跟前，问，二哥，这车还能修好吗？

我缩缩脖子，抿抿干巴巴的嘴唇，够呛，要修得拆散了才成啊。

老三就把羽绒服的帽子扣在头上，又瑟瑟地系好下巴上的两根细带子，整个人包裹得严严实实，只露出一双湿乎乎的眼睛。我看不清她的表情。

那咱也不能在这里干等着吧，二哥，你快想想办法吧。她用两只黑黑的眼珠盯着我说。

这破车就这样子，主要是天太冷，老毛病犯了。

跟妹妹搭话时，我再次朝路的两端使劲张望，希望能来辆什么便车，先把他俩捎回家去再说，可是半天，只呼噜噜跑过一辆摩托车，而且，上面居然挤坐着两女一男，像串糖葫芦。

老三想想，又说，到家也没多远了，实在不行，就推回去吧。

我吃惊地瞪了她一眼，这么远，怎么推？

老三朝远处庄子方向望了望，然后，像是要下定了决心似的说，让大哥来稳住车把，咱俩在后面推！

我们到家时，天早黑麻了。

国英黑着团身子站在小路口，她肯定是等着急了。

大龙和小龙一望见时风车的影子，嘴里就爸啊爸啊叫唤开了。很快，这小兄弟俩疯疯癫癫朝我们跑过来。这俩小子一点儿眼色也没有，也不说过来帮大人一起推推车，竟一个个猴急猴急地往车厢上爬。他们一定是想看看，我都买了些啥好东西。可最先看到的却是狗和猫，准确点儿说，是四只放着荧光的猫狗眼睛，花猫倒是悄无声息的，可那沙皮狗一见陌生人，尤其是小娃娃，它就汪的一声狂吠起来，音量大得惊人，把娃娃们吓了一跳。

老三赶紧呵斥了一声，听话，别瞎叫！

那狗才不依不饶低声哼哼着，又老老实实在车厢里趴下来。不过，大龙他们到底是男娃子，兴奋远远大于害怕，他们马上快活地叫嚷着，哦，是狗啊，还有小猫呢，准是爸爸给我们买的！

我气哼哼地说，都滚蛋，老子哪有闲余的钱，买这些畜生！

国英始终惊得跟什么似的，好半天才醒过神来。

我没好气地冲她翻眼珠子，喂，你还傻愣着干啥，他大爹和小姑都回来了，你也不知道问人。

国英听我数落她，终于不敢再袖着手了，慌忙跑上来搭手，一起往院子里推农用车。平时也不觉得这车死沉死沉的，这一路上可把人累惨了。老大倒是没费啥力，可说心里话，他好像一点驾驶经验都没有，有好几次，悬悬地就要把车拐进路沟去，亏得我眼疾手快，一把上去抢过方向盘。

小龙喜欢猫，大龙喜欢狗，这下家里可热闹坏了，他俩一个去抱猫，一个拽拉着狗绳子，满院子里快活地哇哇乱叫乱跑，一点儿也不知外面天寒地冻。

我把年货从车厢里一一搬下来，还有那两个大行李包。国英皱着眉头，冲我嘟囔了句什么，转身就钻进伙房去了，她忙着往堂屋桌上端饭端菜。我估计饭菜做少了，她做梦也没想到，家里一下子多出好几张嘴。这也怪我，应该往隔壁家打个电话，好让邻居早早转告国英，怪就怪那破车突然坏在半道上，弄得人有些措手不及。

娃娃都是人来疯。有了猫和狗，大龙小龙连饭也不好好吃了，匆匆扒拉两口，就闹腾着要去跟猫狗耍了。这样也好，省得他们在旁边吵吵闹闹，大人连句话也说不上。

在饭桌上，老大好像只说了一句话，还是国英问他的。

国英说，大哥真的把工作弄没了？

老三马上接过话头，大哥最近身体不太好，需要好好调养一阵子才能工作。

国英这人偏偏爱打破砂锅问到底，又问，那到底得了啥大病，严重不严重？

老三就冲我眨巴眼，意思是让嫂子别总问这问那的。我装作啥都没看见。国英这人哪都好，平时就是喜欢东家长西家短说个没完，我可管不住她那张嘴。

你们咋还神神秘秘的，多大的病嘛，人还不能问了？

国英显然有些挑老三的理儿了。

老三忙解释说，嫂子，其实也没啥大病，大哥就是睡眠质量不好，神经有点儿衰弱。

哪知她话音刚落，老大腾地从凳子上立起身，动作有点猛，把一根筷子都碰到地上了。老大在扭头离开饭桌时，总算撂了一句话，也是他一下午到现在说过的唯一一句话：

我没病！我想休息了！

后来躺在被窝里，国英又黏过身跟我叨叨这事。

我看你大哥病得真不轻。

她说着，煞有介事指了指我的脑壳，我看他，八成是这里有毛病！

我从早到晚忙乎了一整天，实在太累了，刚躺下眼皮就开始打架了。可我还是嘟哝了一句，管那么多干啥呢，他们也就回来过个年，没几天工夫又都走了，咱别咸吃萝卜淡操心了。

可是，国英始终在我旁边翻来覆去的，眼睛瞪得溜圆，像只刚刚发现老鼠动向的母猫，一点儿想睡的意思都没有。我就闭上眼懒得再理她。我实在困得要死。

上下眼皮子刚一挨着，国英又拿胳膊肘捣我，喂，顾产，先别忙着睡，你好好听我说嘛。

我还是一声不吭，这女人神经起来够我喝一壶的。她竟腾愣一下又从被窝里坐起来，诈尸样突兀，我身上的被子都快让她扯跑了，她精神头十足，像只斗鸡似的，又跟着了什么魔似的。

顾产，你今儿注意到你妹没有？

我被她搞得越发烦躁，刚说完老大，又开始说老三了，在她眼里世上就没有完人。可是我又不想惹她生气，眼看过节了，惹火了她对谁都没好处，别的不说，饭谁来做啊，一家子人总得吃喝。

老三人家好好的，我看你就是神经过敏吧，咋看谁都不顺眼呢？

你懂个屁！你看到她的身子没，我是说她那腰身，肚子！从进屋到吃饭，她老是舍不得脱掉那件黑色羽绒服，我让她脱了吃饭，她说自己感冒了，身上怕冷。后来，我上耳房给她送床被子去，她总算是脱掉了那件衣服，你猜咋着，我人刚一进去，好像把她吓了一大跳，赶紧又把那件黑乎乎的羽绒服披在了身上，还用力裹紧身子，就像是怕人看见啥了一样，你说，你妹怪不怪！

女人家真是要命，亏她的脑袋能想出这么一通莫名其妙的话。我哈欠连天，眼泪直流，实在不能再跟她这样没完没了磨叽下去了。

最后，我打了个大大的哈欠，哦——啊，老三也是大姑娘了嘛，怕羞也是有的……就扭过头呼呼睡去。

老大和老三回来的第二天上午，我在车棚子里把那辆不争气的时风车拆得七零八落，手上身上都是厚厚的油污。没法子，我就是这个命，家里啥物件坏了，都得我亲自动手，谁叫我属鸡，天生要靠这双爪子刨食吃，不像人家老大，消消停停坐在办公室里喝茶办报纸。

修车之前，我到底忍不住把国英修理了一顿。让我怎么说这个女人呢，一大早起来，我眼皮还没睁开，她就急赤白脸弄醒我要问这问那，跟审贼差不多。

顾产，我问你，昨天在镇上到底花了多少钱，咋多买了那么多东西？这日子还过不过了？

我边揉眼屎边解释，这不是老大老三回来了，年不得过得像样一点儿。

国英听了，二话不说，立刻动手翻腾我上衣和裤子的口袋，好像生怕再晚一秒钟，那些钱全就打了水漂。果然，她把我身上那点儿余钱全搜刮跑了，一个钢镚儿也没给我留。瞧她数钱的样子，简直就是个老财迷。

三百、五百、九百、一千二、一千二百五……喂，咋就剩下这点儿了？老实说羊卖了多少钱？别的呢？是不是背着我，你又昧去了几百？

事关声誉问题，我当仁不让。

我倒是想存些私房钱，可你下手比贼娃子还快呢。

她听了就拿三角眼上下翻愣我，好像要估出我有多大胆量似的。

哼，你敢！她自信地说。

我不甘示弱，还了嘴，那可不一定，兔子逼急了还咬人呢，你可千万别太过分了。

她听了撇了撇嘴，她的嘴唇本来就又扁又薄，跟母鸭子差不多，再那么故意往下一撇，简直像个刻薄的小人。

国英先把那些钱小心翼翼地锁进她的小柜子里，又将钥匙串在腰间别好，然后才回过头跟我说话。

真是个烧包，他俩也不是啥稀客，都是自家人，你倒大方得很，又是烟又是酒的，还买了那么多鸡翅膀，给谁吃啊！

大龙小龙都没长嘴吗？还有，我们老三打小爱啃这个，她如今也不常回家，就过年回来一次，我这当哥的不得表示一下。我一边往腿上套秋裤，一边给她使眼色说，姑奶奶，你声音低点吧，生怕人家听不见。好不容易过个节嘛，别那么眼皮子薄的，叫人笑话，要是咱妈还在，还不知咋张罗这个年呢！

国英一听这话，反倒更来劲了。

哼，不提你妈还好，你也不想想，她老人家是咋没的？还不是让他俩活活给气没的，我要是他们啊，都没脸再进这个家门……

你这娘们，大过年的，诚心跟人捣蛋是不？

我嘴里嚷着，顺势照她后背踹了一下，哪知她屁股只挨了一点儿床沿，竟啪嗒一下蹲坐在地上了。这下可捅着马蜂窝了，国英哎哟着从地上爬起来，抄起那把秃尾巴扫床笤帚，劈头盖脸朝我打过来。

我知道自己出手重了点，真不想一大早就搞得鸡飞狗跳的，就赶忙穿好衣服，一溜烟跑到了外面，好男不跟女斗么。国英当然不依不饶，又一直追到院子里，好在，出门就撞上了老三刚上茅房回来，国英倒也算机灵，马上举着手里的笤帚改口，说人家给你扫身上的灰尘呢，你跑得比驴还快。老三就冲嫂子点点头，双手一直搂住胸口，黑羽绒服长得快拖到地面上了。

我这才想起头晚国英在枕边说的话，就上下瞅了瞅老三，好像是比上次奔丧回来胖了不少。我就想，城里吃得好睡得香，身上多长点儿赘肉，那也是应该的，我可没心思瞎琢磨这些。车还坏在那里一动不动呢，我得抓紧时间把它捣鼓好，国英说到时候要我拉上他们娘仨去老外父家拜年去。

老大不知什么时候一个人站在车棚口，正出神地望着让我拆零散的农用车，样子多少有些古怪。

夜里睡得咋样？没冻着你吧？

我总得跟他说句什么，从昨天下午到现在，我们弟兄还没腾出工夫好好拉拉话呢。实际上，自从他当年考学离开这个家后，我们哥俩就很少有机会说话了。老大直愣愣地瞅着我那两只黑油手，好像从来没见过似的，他的表情像是被三九天冻僵了，一时半会儿缓不过劲来。这里可不比他在城里，家里没有暖气，他和老三睡觉的那间耳房，已空了好久了，还是昨晚临时点的炉子，那里的寒气够他受的。

腊月的日头软塌塌的，一团无力的阳光落在老大的头顶和两个肩膀上，那张我所熟悉的脸越发显得阴沉。我忽然发现，老大鬓角和脑顶心已经有了好多白发，这让我多少有点儿吃惊。按说，他比我只大两岁多，整天在城里风吹不着雨淋不着，怎么就有了那么多白头发？又过了一会儿，当我低头继续忙乎的时候，老大终于像是从严寒中慢慢苏醒过来，他来回搓着双手，嘴里哈气不断。

老二，我来给你搭把手？

他征求我的口气安静又低沉，又像是在跟自己说悄悄话。

好啊，那你把地上的那个 2 号扳手递给我。

我觉得这样也好，答应让他帮忙是个幌子，倒是可以趁机跟他聊聊。有关他的情况，我知道的不算多，他跟那个佟老师离了婚，又跟别人打架让局子拘了几天，后来单位开除了他，再后来就是老三昨天说的，他病了。

老大有些犹豫，两只白惨惨的手在地上那堆工具旦划拉，显然他不太清楚 2 号扳手长啥样，地上大大小小有好几种型号的扳手，这也难怪，他离开农村的时间不短了，整天坐在楼里写写画画，哪里动过这些粗笨的铁东西。我用一只黑乎乎的指头远远指给他。

喏，就是靠车轮边上的那个大家伙。

他听了才迟钝地蹲下身去，按照我指的位置，总算是拿对了。

我从老大手里接过工具，顺便仔细看了看他。这个比我大两岁的男人，看起来弱不禁风，脸色有种不可思议的苍白，跟我沾满油污的大手一比，他的手简直像个娘们，整整小了一号，手指细长，手背光滑，一看就知道干不得啥重力气活。

我把 2 号扳手套在一只黑螺丝帽上，然后又对他说，你过来，帮我扶住发动机壳子，我得把这个大螺丝拧下来。

他也不作声，只是低着头按我说的去做。我注意到，他的双手在接触到冷冰冰的机器的一刻，手指忽地缩了回去，像是被发动机的热量烫着了似的，其实发动机是冰冷的。也许，他仅仅是怕脏，那玩意儿的确糊得像个油葫芦，几乎没有一丝下手的地方。

喂，快点，用你的手抓稳它啊。

老大听我喊，才终于鼓起勇气似的，将双手谨慎地贴上去，我听见他喉咙里发出咝咝的声响，像菜地里的一条青蛇。他一定是在用力，他的表情多少有些变化，一个眼角快速抽动着，整个人看上去有点很夸张的卖力样子，好像抓的不是一台发动机，而是一只会咬人的老虎。等我把上面的几颗大黑螺丝都拧下来时，他还一动不动保持着那个奇怪的姿势。

我觉得有些可笑，就说，你可以松开了。

他像是没听清，照样把持得稳稳当当一丝不苟。我觉得他反应太迟钝了，大概是读书读傻了。

我只好大声说，看见堂屋窗台上的机油壶没？你快过去拿来，再帮我往这零件上滴点儿油。

他才如梦方醒，赶紧撒开手，一路小跑去窗台边拿我说的东西。

这间车棚没有装大门，只是在院里靠东山墙的空地砌了三面土墙，棚顶铺了一层草席和泥皮，这里的东西都是这么简陋的。老大的背影在晨光中显得好单薄，唯独那只大大的脑袋在逆光中晃动，像只缓慢笨拙的蜗牛。

你到底哪里不舒服，我听老三说，你好像一直病着？

等老大把机油壶拿过来后，我没轻没重地问了这么一句，其实还有一句，你别身在福中不知福啊，可我到底没能说出口。

老大起初默不作声，他右手很仔细地端着那个铁皮机油壶，正按照我的吩咐，一点一点往发动机钢圈里滴着油。每滴一下，他的呼吸就粗重一点，好像这件事让他很费劲，或者，让他心里感到某种痛苦和不安。对于我提出的问题，他保持着自己原有的沉默，像块冷冰冰的石头。

我用手来回转动那几道刚滴了机油的钢圈，晶亮的液体让钢圈之间的摩擦越来越小，我得让这些玩意儿装得严丝合缝，不能留下该死的间隙。我总能查出车的故障在哪，可我实在搞不懂，老大为什么会变成现在这副样子？难道说，城里的日子不够好吗，难道说城里的房子住着还不自在？最让我弄不懂的是，城里的女人多俊多水灵啊，别的我不知道，就说原先那个嫂子佟欣，长得跟七仙女一样。可老大连这样的女人也搂不住焐不热，非要闹腾着跟人家离婚。有时我真替他着急，他这个人怎么那么奇怪，离了婚也就罢了，没想到又把好端端的工作也丢了。他这个大学算是白念了，早知这样，家里当初真不该供养他念书，真是苦了那些钱了。我真是不明白，他那脑瓜子里成天都在琢磨啥呢。

想到这里，我竟气不打一处来，一把从他手里夺过那个机油壶，油点子差点溅了他一脸。我几乎狠叨叨地说，我问你话呢，你怎么老跟个哑巴一样！

我想，一定是我突变的态度让他吃了一惊，他大口大口喘着，寒冷的白气萦绕在我们之间，他终于第一次正式地抬眼盯着我看，眼神中不无怒气，好像随时会跟我动手打一架似的。不过我一点儿都不怯他，从小到大他根本不是我的对手。我的力气可比他大得多。

我说过，我根本没病，就是老睡不着觉，脑袋里被一块石头压着，一闭上眼睛，就喘不过气！

他的口气带着很浓的怨恨和恼火，他的声音突然高得有些吓人，他的样子凶巴巴的，好像是我让他变成现在这个样子的。

随后，老大又很痛苦地垂下头去，陷入到刚进车棚时的那种沉默当中，仿佛刚才他什么话也没有对我说，一切都只是我的幻觉。我一时有点儿不知所措。睡不着觉也能算病？老三真会小题大做。

但我终究没有被这种可怕的沉闷压制住，接下去我更大声地跟他说话。

这有什么关系，我也有睡不着的时候，秋上一两千斤西红柿一斤也卖不出去，全烂在地里了，你知不知道那是一种啥心情？我他妈的真想去跳河，去抹脖子！可我不能啊，家里还有国英他们娘仨，要是我死了，国英就得守寡，两个娃娃就成了没爹的孤儿！

我这样说还不解恨，猛地飞起一脚，把地上的那只装了半盆废机油的搪瓷盆踢翻了，瓷盆飞出去又撞到了农用车的金属栏杆上，发出咣啷啷的刺耳声响。

显然，老大被眼前的情形怔了一下，他再次抬头看了看我，然后，眼光就呆呆地落在那只反扣在车厢下的搪瓷盆上，好像只有那玩意儿对他很重要。

我停下手里的活，用油乎乎的手指擤了擤鼻涕，又在屁股上抹了一把。这鬼天气够冷的，我觉得眼前一阵模糊，我竟像是流了眼泪，大概是被冻出来的。每当日子过得很艰难的时候，我都会想起过去自己念书的事，我那时脑子确实很笨，上课老是开小差，成绩总是班里倒数的。后来好不容易熬到初中，家里承包了土地，正好缺劳力，爹妈说你们兄弟两个得有一个人回家，帮大人干活，我想都没想，就自告奋勇回来了。其实，我也不是没合计过，老大天生是学习的材料，回回都能考班上头一名，光“三好学生”的奖状，我们家就贴了满满一墙。我拿什么跟他比呢，除了身上还有一把臭力气，我也只能认命了。说心里话，这么多年，我从来没有为此后悔过，相反，有时候左邻右舍提起我这个文绉绉的大哥，我还是感到很自豪的，他可是我们顾家的一张脸面啊，他在城里过得好，我也光荣。

真是奇怪，我为啥要跟他说这些，自己的担子自己扛，自己的屁股自己擦，跟他说了有屁用，我向来不是一个爱磨叽的人。我把沾了清鼻涕的手指又在屁股上蹭了蹭，然后，将已经调试好的钢圈重新塞进发动机壳内。我抓起2号扳手上螺丝的时候，老大也悄无声息地凑了过来，继续帮我扶稳油乎乎的发动机壳，好像干好这件工作是他的责任。看来，他并没有太生我的气，不过我们谁也不再说话了，只有扳手拧紧螺丝的吱吱声，还有我吭哧吭哧在使劲的声音。我们兄弟俩已经很久没在一起干活了，今天这种场面真是难得一见。

大龙小龙这一对小懒虫总算起床了。

现在是寒假，不用早起上学，兄弟两个揉着眼睛，不无好奇地钻进车棚里东瞧西望。兴许是我刚才说话的动静太大，引起了娃娃们的注意，他们是不是觉得，爸爸要跟大爹干一架，所以才凑过来看稀罕。

我没好气地呵斥道，你俩成天就知道睡懒觉，太阳不晒到尻蛋子不起来，老师布置的寒假作业都做完没？

两个小家伙立刻傻眼了，就跟孙悟空听到了紧箍咒一样愁眉苦脸的，一个冲我吐舌头，一个使劲抠头发。

眼前的情形，让我忽然意识到，将来他们俩不会重蹈我们兄弟俩的老路吧，一个留在农村，一个进城去？还是小龙活泛些，他挠挠后脑勺，说有好几道难题不会做咋办？每回，我就怕娃娃问我这题咋做，我学的那点东西，早原封不动还给老师了。

我想了想说，笨蛋，不会的去问你们大爹呀，人家可是城里的文化人。

说着，又回过头心平气和地对老大说，这里怪冷的，你赶紧回屋烤火去，当心冻感冒了，你正好给这俩小笨蛋讲讲那些题。

老大还在迟疑的工夫，大龙小龙早一人拉住大爹的一只手，乐颠颠地拽着往车棚外走了。我听到一阵娃娃们的笑闹声，比廊檐上的那群麻雀还要吵。

发动机轰隆隆地吼叫起来，车尾喷出一股股黑蛇样的弯烟，车总算是让我捣鼓好了。

我把修好的车从车棚子里挪了出来，得着手干这一年当中的最后一个活了。每年赶在春节前头，我都要把鸡窝猪窝还有羊圈里的土粪，统统铲出来运到地里去，这样开春种麦子刚好能赶上趟，农村永远都是这样，不管年节不年节的，种地的事大于天，谁也耽误不起。国英在院子里跟我嘀咕，让我把老大也叫上，说人多好干活。

我不屑地撇撇嘴，快算了吧，他一个白面书生，屁也干不来，叫上他不够麻烦的。国英有点儿不高兴了，说我老护着他。我说人家本来就有病，万一回来没待几天，再累出个三长两短咋办，还是让他在家指导娃娃们做作业吧。

国英见说不过我，就噘着嘴进伙房忙乎去了，她要着手炉馍馍，还要炸油饼，毕竟这年不同往常，总得预备些好吃食，别的不说，娃娃们可都盼着这一天呢。

国英倒是不客气，又扯着嗓子在伙房叫老三的名字。

顾乐，顾乐，快来帮嫂子揉揉面吧……

老三应声从耳房出来，总算是换了件灰不溜秋、宽宽大大的新毛衣，看着像是把整条麻袋套在身上。我说你嫂子叫你去伙房帮忙呢，你穿成这样咋行？她还是那句我怕冷，就匆匆地钻进伙房去了，我闻到从她身上飘过来的一股淡淡的香味，这丫头进了趟城，真的长大了，再也不是过去那个傻乎乎没有主见的小姑娘了。

家畜圈里的粪土早都积得老厚了，上面至少有半尺来深被冻得瓷瓷实实的，我找来洋镐，一下一下用力抡刨，等刨得松动了，再用铁锹一锹一锹往车厢里装。这个过程很吃力，没干多久，我浑身上下都开始冒汗了，头发跟狗舌头一样湿乎乎趴在额头上，一车粪土上满之后，我真的有点儿喘了。我回屋喝了口热茶，才去发动车子准备往地里去。

就在这时，老大正好从外面慢悠悠走进院子，我估计他又去村子周围转悠了一圈，自从回家后，他每天一大早爬起来，都要一个人出门走走。我还没来得及跟他说话，国英就把头从伙房探出来，她喊着说，顾产，你把大哥也拉上嘛，让他陪你去地里说说话。我知道国英那是心疼我，想让老大跟我下地去搭把手，可我实在看不上他干活的样子，跟他在一起反倒让人心里不自在。哪知老大却很爽快地答应了，他也不征求我的意见，径直过来就往车厢上爬，那些粪土堆得老高老高的，他爬得很吃力，土疙瘩噼里啪啦滚落下去。他摇摇晃晃总算爬了上去，屁股就坐在一侧的车厢沿子上，两条腿耷拉着，我也不好再撵他下去，就开上车突突突地出了院门。

在刺骨的寒风中，刚修好的农用车颠簸着朝村外驶去。迫于腊月的寒气，我不得不缩着脖子，眯着眼睛，虽说也戴了双线手套，可手指还是不听使唤，它们一根根都直得像筷子，根本握不回来。我动作僵硬地稳着方向，扭头朝后面扫了一眼。老大用双手紧紧搂抱着自己，整个人早缩成了一团，一副冻死鬼的样子。

要不，你还是下来，自个回家去暖和着吧，这天太冷了！我喊着对他说。

可他像是没有听见，半天也没吭一声。

车一跑出村路，四周就空旷起来，远处的田野平光光的，风突然大得有些邪乎，把人叼得眼睛都睁不开，我也就不好再说什么了。

我不由得想起，我们弟兄俩小时候帮着大人收麦子的事。

七月的日头，快要把麦地烤焦了，大人在前面挥动镰刀，我和老大负责把割倒的麦子一摞一摞抱起来收拢，这样便于他们最后打捆装车。那阵子，我总是干得很欢实，浑身上下有使不完的力气，我就是这么一个怪人，只要离开沉闷的课堂和让人打盹的书本，让我干啥活我都没意见。老大跟我截然不同，他好像天生就不属于乡下，他的动作总是轻飘飘的，好像几天没吃饭，手上一点力气也没有，干起活来慢条斯理的，每抱上一会儿麦子，他就要停下来大口大口喘气，还用一只手来回在眼前扇着凉风。中间我们休息，他赶紧找片树荫坐下来，这种时候，他居然还有心思从裤兜里变魔术似的拿出一本小人书，津津有味地看上几页，好像那东西比命都当紧，往往还忘了喝水和吃干粮。那些在地里干活的大人，总是夸奖我是好样的，说我们顾家老大舍不得下力气，就知道偷奸耍滑。更可气的是，我俩明明都在一起干活，一起晒太阳，每次我干的又都比他多得多，可身体最先吃不消的那个人总是他。要是我没记错的话，他光在麦地里就中过好几次暑，人突然就翻着白眼晕倒了，害得大人得临时把他背回家去。以至于后来，连爹妈都不稀罕让他下地来了，委派他在家负责做饭看门，或者，往地里送一两趟干粮和茶水。我那时打骨子里是瞧不起他的，我觉得他一点儿当哥的样子都没有，我才应该是这个家里的老大，爹妈一定是记错了我俩出生的次序，他不配当大哥。

不足两里路，转眼就到。我熄掉发动机，从踏板上跳下来。老大的屁股在车厢边沿挪了几挪，总算从车上滑了下来，可他的腿脚刚一着地，就哎哟着一屁股跌坐在地上，半天动弹不得。我看他在那里抱着一条小腿，一个劲吱吱叫着，就明白他是把腿脚困麻了。我觉得有些好笑，才牙长的一段路，居然也能出这种状况，不过，我倒也觉得，这更符合我刚才回忆中那个不善干农活的老大。我懒得搭理他，就利索地打开了车尾的厢门，然后抄起随车带来的那杆铁锨，爬到车上开始卸粪土了，这个活比刚才装车可容易得多。我飞快地挥动铁锨，尘土纷纷扬扬，三下五除二就在地里卸好了第一堆。

老大总算能站起来走路了，但多少还有点儿一瘸一拐的。我听见他接连用巴掌拍打着自己不争气的双腿，一步一步挪到我身后来。“让我试试？”他是这样对我说的，明显带有征求的意思。我不置可否，只是将铁锹用力插在刚卸下的那个圆圆的土堆上，然后就去发动车子，往这块地的另一头开去，这车粪我计划卸成四个等分。我停下车的时候，老大已经积极地拎着铁锹跑过来了，他果然要动手试试，我什么话也没说，正好得空从兜里掏出烟点上一根，有滋有味地吸了起来。同时，我眯缝着眼，看着老大慢吞吞地爬到车厢上，然后双手紧握铁锹，一下一下铲动粪土。

说实话，他干活的样子实在不敢恭维，一锹下去，也就只能铲小半锹粪，像娃娃们在瞎糊弄似的。不过，我还是能看出来，他今天干得确实很卖力，他用右脚使劲踩踏锹背，用力撬动那些硬邦邦的土块，长这么大，我好像从来没见他这么卖力地干过活。更多时候，我觉得我们兄弟俩，像活在两个完全不同的世界，我的生活中没有他，而他的世界里也没有我，我永远也不知道他在城里忙些什么，就像我到现在也搞不懂，他怎么会变成这个样子。

后来，我又把车发动起来，往其他地方挪动过两次，车里剩下的粪土都是老大亲手卸到地里的,尽管他所用的时间至少是我的两倍还多，不过这时我一点儿也没有嫌弃他的意思。我俩后来并排坐在田埂上，一起吸了两根烟，彼此呼出的烟气在我们面前稍稍缭绕一下，很快就被冷风吹向别处去了，我们都是一副若有所思的样子。

这种时候，我觉得顾责人很正常，根本看不出有啥毛病，等抽完了一根烟，他就举起自己的手掌，用另一只手去抠弄刚刚被锹把磨出的血泡。我忘了把手套给他用，像他这种从不干农活的人，手皮细嫩，偶尔干一次，一定会磨出满手的血泡来。

今儿晚上你准能睡个好觉！

我盯着他那双可怜的手，这样戏谑着，又顺手从田埂边的干枯草丛中，拔下一根又尖又硬的芨芨秆。我一把拉过他的手，也不跟他商量，就拿芨芨秆的细尖儿去戳他手上的血泡，戳破一个，再去戳另一个，血水被放了出来，泡儿迅速瘪下去了。最后我又从地上捻起一撮干沙土，轻轻撒在他的伤口上。这个过程，老大始终压抑着没有叫唤一声。

我看着他说，没事，血水放出来就好了，人也是一样的，别啥事都憋在自己心里。

说话的工夫，我又细细打量着老大。老大确实比我想象中还要瘦，眼窝陷得很深，腰身痛苦地向前佝偻着，干巴巴的手背和手腕上青筋凸起，眼神中有股很茫然很憔悴的东西在微微闪动，就像我那辆车的发动机，随时都会熄灭。

这时，老大也回过头看了我一眼，但马上又将目光瞥向远处，像是害怕别人看他似的，那里有一片歪歪扭扭的柳树林。小时候我们在地里收麦子，他总是抽空跑到那边的树荫里，去看他最痴迷的小人书。他确实打小就爱看书，不像我，一看见那些密密麻麻的字儿，人就开始犯困，哈欠连天。我不知道此刻他在有意躲避什么。大约过了一根烟的工夫，他终于主动开口说话了。

老二，你可能还不知道，在城里我最怕早上在镜子里看见自己，老有个声音在不断地问我，为啥还要起床？为啥还要穿衣吃饭？既然一切都归于虚空，生活还有什么意义？活着还有什么用呢？老二，不瞒你说，我前后自杀过两回。头一次要不是老三看见，我差点儿从阳台的窗户跳下去；还有一次，一大清早，我鬼使神差地一个人爬到了楼顶上，后来让邻居发现报了案，人家110把我救了下来。老三说得没错，我确实有病，尽管一开始我自己没意识到。有时，我一个人待在房子里，坐着坐着，就觉得那房子越变越小，小得像火柴盒子，四面的墙都朝我挤压过来，我就想赶紧逃跑，跑到没有墙壁没有门窗的宽阔的地方。夜里，我刚合上眼皮，没一会儿又醒了，醒了再也睡不着，我闭上眼数数，从一数到一百，再从一百数回一，或者一只一只地数绵羊。有时候数得口干舌燥，还是睡不着，这时房子又开始缩小，四面墙又朝我压过来，脑袋里就像压着块大石头。我喘不上气，隐隐听到外面有个什么人叫我的名字，来呀，颐责，你快出来吧，咱们到外面好好透透气去，外面的天地多敞亮啊。那天，我都不知道自己是怎么爬到楼顶上的，放眼望去，四周白茫茫的，感觉就像我们眼前这大片大片的庄稼地，那时我就想，只要闭上眼睛跳下去，以后就再也不那么痛苦了……

身边这个跟我说话的男人，感觉比他实际年龄要苍老好多，虽然他的语速不急不缓，可我却感受到从未有过的恐惧，我不由得打了两个寒战，我再也不敢多看老大一眼了。我的脑子就像那辆农用车的发动机，突突突突一阵乱颤，我甚至有些残忍地想着，老大从高高的地方一跃跳下时的样子，脑浆迸裂，血肉模糊，就像我们村路上被汽车碾死的牲畜，而他自己并不知道死神就在眼前，以为自己会从此解脱呢。老大太可怜了！人怎么会活成这样？想到这里，我几乎吓得从地上跳了起来，我再也没有勇气坐在旁边，听他讲那些荒唐又可怕的事情了。

现在，我宁愿相信，老大刚才讲的不过是那些城里人的故事，跟这个叫顾责的男人半点儿关系也没有。

翻过天，窗子外面才蒙蒙亮，我就听到院里传来吧嗒吧嗒的脚步声了。国英还睡得死死的，昨天她在伙房忙乎了整整一天，香喷喷的炉馍和油饼准备了一大笸箩，够娃娃们美美地吃上一个月了。我蹑手蹑脚下了床，披着棉衣走到屋外，原来是老大在院里来回踱步，他一面走一面伸胳膊蹬腿，模样有些滑稽，用他们城里人的话讲，老大是在晨练。

我正想打声招呼，老大已经主动走到我跟前，表情有些激动，却还是压低声音说，让你说对了，昨晚总算睡了个囫囵觉。

他说话时多少带点儿神秘兮兮的味道，好像掌握了什么了不起的玄机，他甚至还用两根手指给我比画了一个“八”字。

好久没这样过，足足八个钟头！

他最后夸张地对我说，简直压抑不住心头的狂喜，对他这样经常失眠的人来说，这似乎是一次创举。可我一点儿也不奇怪，要知道昨天他跟我来来回回往地里跑了四五趟，干了他多少年没干过的体力活，劳动量应该是他这辈子的总和，睡不着觉那才真的见鬼呢。

我尽量裹紧身上的棉衣，低着头吱呀一下拉开院门，然后朝墙角那边的茅房走去。说实话，夜里我睡得并不踏实，总觉得有尿，可又不想冒着寒气跑到屋外去方便，就那样一直憋着，人始终半梦半醒的。当然，最主要的原因还是睡觉前国英在我耳边叨叨的事。国英说，白天她让老三去伙房给她帮忙，她怕面粉和油渍沾到顾乐的新毛衣上，就找了条蓝布围裙想给老三系上，也就是伸手系围裙的工夫，国英说，她的手一下子摸到了老三的小肚子，尽管老三身子被那件麻袋样宽大的毛衣遮着，可还是让她摸到了异样。

当时，国英吃惊地问了老三一句：他小姑，你这肚子咋这么大？

老三一时也慌了神，不过她是这样跟她嫂子解释的。

噢，嫂子，也没啥，可能是在城里吃得太好了，营养过剩，就长胖了呗。

其实，这个疑问打头一天起，就种在了国英脑子里。她这个人包打听惯了，我们左邻右舍谁家有个大事小情风吹草动，从来都瞒不过她的眼睛。所以，国英睡觉前一个劲跟我叨叨这事。

一点儿没错，老三准是有了！

我不以为然地嘟哝，别瞎琢磨，她一个姑娘家，能有个屁！

国英瞪着那双黑豆眼珠说，不信，咱俩打赌，少说也有五六个月了，怪不得她见天大衣都不敢离身呢，那是怕咱们看见她的秘密。

这话终究让我的心里动了一下，俗话说得好，纸包不住火，老三要是真的怀了谁的娃，那可不是闹着玩的，毕竟，她还没结婚呢。

这阵院门一开，老大先跟着我上了一趟茅房，接下来，他就开始绕着村子去转圈了。我朝着他的背影望了一会儿，这个时间家家户户鸦雀无声，村路上还空荡荡的，却被这个城里来的男人踩得嗒嗒响，比起我还算强壮的身体，他看起来实在有些弱不禁风。一旦想到他一个人孤绝地站在高高的楼顶上不想再活下去的模样，我的心里就七上八下翻涌起来。我真是搞不懂，大伙分明都想脱离农村进城去讨生活，别的不说，光我们这个村子，前后少说也有二十来人抛家舍业地进城去了，木匠老孙头的两个儿子，都在工地上干木活，泥瓦匠李三多也带着女儿女婿在城里给人家搞装修，还有好几个姑娘也去城里干保姆的干保姆、端盘子的端盘子，好像是人人都觉得只有进了城才能扑到好光阴。

可是，唯独咱们家的老大，他可是当年正儿八经考出去的状元啊，是咱们老顾家的光荣啊，怎么偏偏他就在城里待得那么苦，那么难呢？甚至都快待不下去了。我一直在琢磨，到底是什么让老大走到了今天这步田地，可我就算绞尽脑汁，也想不出一条能够站得住脚的理由。

想不通，干脆不想了。我也没有回屋睡回笼觉的打算，而是径自走进了老大老三休息的那间耳房。

这间屋子，原先是我跟国英结婚时住过的，爹妈下世后，我们才搬进老人住过的有里外间的堂屋，耳房就空了出来。国英在房子中间临时拉了一道布帘子，正好隔出里外两间，这样一来，老大睡外间老三睡里间，彼此也方便些。我进门前敲了敲门，老三在里间迷迷糊糊吱了一声，知道是我来了，就窸窸窣窣在床上翻动起来。

进屋我先抓起炉钩子，使劲捅了捅地中间的炉子，白炉灰在眼前升腾起来，有些呛鼻子，我干咳两声，很快火星子也从炉池子里溅了出来，我这才揭开炉盖，从旁边的炭盆里捡了七八个拳头大小的炭块，统统添进炉膛里，再拿起一根火筷子，在刚添好的炭块中间，捅出一道笔直的火心，最后盖好炉盖子。

我趁老大不在屋里的工夫，想跟老三好好聊几句，不然的话，今晚我也别想睡踏实。我这个人不喜欢拐弯抹角，我向来是有一说一有二说二。

老三，你是不是在城里搞对象了？

尽管我们之间隔着一道帘子，我还是能感觉到对方显然愣住了，或者，她只是在琢磨该咋回答我的问题。

二哥，一大早咋就想起问这个？

顾乐的声音低低的，没有什么底气似的。我本来想直说，你嫂子都摸着你的肚子了，你别想再瞒着我。可又觉得，那样会把姑娘家逼到死路上，于是就改口问，那你就跟二哥掏实话，到底有还是没有？

她在里间沉默了一会儿，我听见床身吱扭响动着，顾乐无声地穿好了衣裤下了地。

她一把拉开了那道布帘子，披散着头发出现在我眼前，样子看上去病殃殃的，脸色好白，嘴唇上没啥血色，也许是冻的，在炉火生起来前，这间屋子够冷的。她怯生生地迎着我走过来，好像犯了大错的娃娃，她跟我面对面站在火炉跟前，她把双手举到炉盖正上方，来回搓着纤细的手指。炉火正慢慢烧起来，能听到炉膛里呼噜呼噜的烟气，正不停地往烟筒里蹿动。

她一边烤火，一边思考着什么，半天才喃喃地说，二哥，这事我也不想瞒着谁了，我确实怀上了别人的孩子，那个人对我很好，他本来答应好要娶我的，可是……后来……他出了车祸，人没了……

顾乐突然就哽咽了，话再也说不下去。

我看见她的双肩乃至全身都在剧烈颤抖，她拼命用手捂住口鼻，泪水雨点样稀里哗啦淌了下来，像是急于倾诉她在城里所遭遇的一切。她一下子扑到我身上，把我抱得紧紧的，就像淹在大水里的人，突然抱住一截能救命的木头。我快喘不过气来了。我忘了老三有多久没这样抱过我这个当哥哥的了。我能清晰地感受到那个来自她腹部的神秘凸起。我也听到了那种歇斯底里的号啕声，正从她胸膛深处一股脑地窜出来，那感觉像极了刚断奶的小羊羔撕心裂肺的叫唤声。我的心猛地被揪住了，情况比我想象的还要坏一百倍，老三才满二十岁啊，她还没有过门就要守寡，还要给那个死鬼生娃娃，这事也太残酷了！

先头我进屋前揣着的那份责任和勇气，一时间全都无影无踪了，我不知道这种事该怎么办好。我开始怨恨起老大了，我从来没有这么恨过一个人。他这个当大哥的到底起了啥作用？老妈把好好的一个妹子交到他手上，他怎么能一点儿心都不操呢？他这个人也太自私了，是他活活气死了咱妈，现在又把老三害得人不人鬼不鬼的。不行，我非得找他算总账去，不然从今往后我就不姓顾。

就在这时，我从窗户里瞥见院门被推开了，老大慢腾腾地探身走了进来。我心头的怒火再也压不住了。我一把推开老三，扭头冲出屋子，跑到老大跟前。

老大显然还沉浸在晨练的舒缓氛围中，对眼前即将发生的事，像个傻瓜，一无所知。我不由分说，上去一把就死死薅住了他的衣服领子，由于用力过猛，他几乎立刻就翻起了白眼。与此同时，我怒不可遏地朝他胸口猛击两拳，他那张脸因为疼痛和剧烈的咳嗽瞬间扭曲变形。

我听见自己一股脑地冲他嚷叫着，亏你有脸进这个家门！都是你干的好事！老三这辈子都毁了！你到底还能干屌点啥？连自己的妹妹都照顾不好！你这个窝囊废，你这个没用的东西……

腊月清晨特有的宁静，在我嗷嗷的喊叫声中被震得粉碎。我像一头发了疯的野兽，双手猛地一用力，硬把老大直挺挺摔翻在院子里，他平躺在地上，像个死人，只有鼻孔往外喷着些微的白气。我正要扑上去摁住他再打一顿，腾、腾、腾、腾，从屋里慌乱地跑出来的两个女人，一左一右把我拉住了。

国英吓得脸都白了，她扯着我的胳膊一个劲问，你这到底为啥？一大早发这么大火，你是不是疯了？

她当然不明白我为啥动手打架。可是老三什么都清楚，她只是流着眼泪，趁我被国英拽住的空档，赶紧去搀扶老大。老大慢慢地翻身坐在地上，默默地拿手背揩抹着鼻孔和嘴角。我这才注意到，他好像在流血，应该是鼻子摔烂了，他活该。

我下意识地一扭头，就看见那两张娃娃脸了，正紧紧地贴在堂屋的玻璃窗上。打学校放假以来，大龙小龙还没这么早从被窝里爬起来过。此时，他俩正惊惶不安地趴在窗前，眼睛一眨不眨地往院子里张望。娃娃或许永远也不会懂，大人有时也会像他们那样动拳头。

正是从双胞胎儿子惊恐的表情中，我的思绪仿佛又回到了遥远的过去。那阵子，我们兄弟俩都还小，跟眼下趴在窗前的这对小兄弟俩差不了多少。那时的日子过得真是苦，缺吃少穿在所难免，最令人痛恨的是，爹妈总是没完没了地吵架，而我妈说得最多的一句话就是，你就好好喝吧，总有一天，那些猫尿会要了你的命。

多年以后，那个被我妈反复诅咒过的男人，终于因长期酗酒患上了严重的肝腹水和肝硬化，临终时非常痛苦，整个人抽缩成一疙瘩，浑身上下紫黑紫黑的，像中了什么毒，可怕的癌痛让他差点没咬断了自己的舌头。在我眼中，老爹实在是个不顾家的人，儿女和老婆统统可以抛在脑后，只图今朝有酒今朝醉。为了能多混一顿酒喝，他经常不惜步行十几里土路，也不管谁家有亡人，只要得到一点儿消息，他都会第一时间兴冲冲去赶场，好像他天生就是人家的一个孝子贤孙，也不论春夏秋冬，像更换老衣，哭灵，守丧，吊孝，挖坑，抬棺入土，这些晦气的活儿，他干得那叫一个心安理得。

打小我最怕的倒不是老爹骂人打人，而是他那双鬼气十足的手，谁都不清楚他用这双手侍弄过多少死鬼，他浑身上下总弥漫着一股子很难闻的气味。偶尔，他心平气和想拿他的手来抚摸我的小脑壳和身体的时候，我总是吓得要死，恨不得找个地缝钻进去。我真担心那些看不见的鬼魂，会通过他的十根手指，神不知鬼不觉钻进我单薄的身体里。我那时的全部恐惧和梦魇，都来自那双晦气的手。有件事我至今难忘，就是终于有一天，当老爹又在外面喝得酩酊大醉，半夜里跑回家跟我妈耀武扬威张牙舞爪的时候，老大突然从被窝里蹿出来，他跟小老虎似的，一下子就把那个醉鬼撞翻在地，让对方疼得鬼哭狼嚎，半天也爬不起来。

我还记得就在那晚，老大一个劲冲瘫软成一摊烂泥的老爹叫嚣着，来啊，有本事来打我啊，你就知道欺软怕硬……你要是再敢动我妈一指头，我绝饶不了你！在那以前，我从来没有想过要反抗，更多时候，我只是尽量把自己藏起来，躲远点儿，像虫子钻进白菜心那样，直到那次老大挺身而出帮老妈解围，我才知道自己其实很懦弱，比起老大，我简直无地自容，别看我长得比他壮实，力气也比他大。打那之后，大哥在我眼中一下子高大起来，我忽然觉得这个家又有了主心骨，老大不光学习成绩好，还很有责任感，是一个顶天立地的男子汉，这个家只要有他就有盼头了，我再也不那么恐惧那双沾满晦气的手了。有很长一段时间，我似乎是仰仗着大哥的日渐强大（至少在心理上）才算勉勉强强地度过了惨淡的少年时光……可如今，我不知道老大怎么会变成这样，让我这个当弟弟的打心底里瞧不起他，甚至还冲他动起了拳头，这真是悲哀啊。

那天后来在堂屋里，国英数落了我半天。

你犯啥神经呢，老三肚里的种，关人家大哥啥事。

她这番话好像有点儿道理，老三偷偷跟别人好上了，老大也不能整天把她拴在裤腰带上吧。我倒好，没头没脑地先跟老大瞎闹了一场，眼看过年了，弄得人人心情不好，想想自己真是够蠢的，连问题的方向都没搞清楚，难怪我打小就念不好书呢。

国英私下里又去找老三谈心，然后气了一鼻子灰，回来跟我说，你妹简直傻到家了，她铁了心要把那个野种生下来。一个姑娘家，咋就一点不害臊呢，我看她真是鬼迷心窍了，这回你们老顾家的脸啊，非让她丢尽不可！

听女人这样一通嘟囔，我又有些按捺不住了，老三毕竟是我的亲妹妹，这事我可不能学老大袖手旁观。

国英皱着眉头说，你咋管，轻不得又重不得，搞不好人家将来拿咱们当仇人呢。

她见我愣在那里一筹莫展，自己又寻思道，胎儿都那么大了，打胎肯定来不及，要是能给她寻个婆家就好了。

我听了直晃脑袋，谁会要一个大肚子女人，你这是大白天说梦话吧。

哪知，国英突然来了精神，她把两只大手在我面前紧紧攥成拳头说，差点忘了，我娘家那边有个亲戚的侄子，媳妇跟一个外乡侉子跑了，他还是一个人单过，要是能把老三撮合过去当媳妇，麻烦不就解决了。

哼，刚才你还说我犯神经病呢，我看你也好不到哪去，这事亏你想得出来，把老三嫁给一个光棍！

光棍咋了，人家一不缺胳膊，二不少腿，再说，你妹也不算啥黄花闺女了，这叫半斤配八两，谁也不欠谁！

国英说着话，腾地就从床沿上跳下来。

不行，这事一刻也不能耽误，再耽误娃娃就该生下来了！顾产，你赶紧去院里热车吧，我稍微拾掇一下，你这就送我回娘家去。

把国英送到她娘家后，我实在是等不住了，就决定先开车返回。主要是，她那张嘴只要跟娘家人唠叨起来，天上一句地下一句，永远没个完。说心里话，对国英这次的做媒计划，我并不抱多大希望，虽说我拗不过她，可我也不想耐着性子在那里干等。

平常一个人的时候，我总是把车开得飞快。腊月头上飘过两场大雪，路上时不时还有融雪后又冻住的冰辙子，车轮碾上去会左右乱摆，发出吱吱嘎嘎的响声，随时都有翻车的危险。风一阵紧似一阵，刮得人头皮生疼，神情恍惚。

我仿佛又回到了许多年前的某一天。也是快近年关，那晚老爹又在外面喝得摇头晃脑，舌头直得像锅铲，嘴巴不听使唤，他进屋就来寻衅我们。一阵子嫌我妈不赶紧下地给他沏醒酒茶喝，一阵子又抱怨我们兄弟俩没一个好东西，他说外头的两姓旁人都比我们强，事实大概也如此，因为那些人总是管他吃还管他酒喝。过了一会儿，他又用那双手晦气的脏手来拉扯我，我和老大原本趴在桌边安静地写作业，他忽然揪住我的胳膊，喝醉酒的男人力气大得惊人，他一下子就把我从凳子上拉到地上。我屁股着地，“哇”的一声哭了起来。我不光是被摔疼了，更可怕的是，那只刚刚摸过死人的手在抓我。我的哭声震天响，可并没有引起我妈的注意。当时她就盘腿坐在炕上，始终低着头，怀里抱着还不到两岁的小顾乐，她的一边衣服前襟撸得老高，妹妹吮在她白花花的乳上，小嘴吧唧吧唧响。

我想，一定是我大哭不止的样子惹恼了老爹，他又猛地扑上来，抬起脚就往我后背上踹，他嘴里咕咕哝哝又骂骂咧咧，狗日下的，连你也不让老子碰，连你也学会嫌弃老子了，都跟你那妈穿一条裤子！我连着挨了他两脚，身子已经歪斜着趴在地上了，我一动也不敢动。那些醉话混话当时我并不懂，直到长大后通晓了男女私事，我才明白了他当时指桑骂槐的本意。我也才知晓，在这个家，不光我惧怕那双手，作为一个女人，我妈更是害怕得要命，她很长时间都不敢也不允许老爹碰自己一下。事实上，长大后我才真正懂了，长期酗酒不光伤肝伤胃，更使一个男人丧失了他的本能。别看他每次喝多了酒都纠缠我妈，其实他什么也干不了，难怪我妈总是在深夜里充满怨恨地嘟囔道，你个窝囊废，除了能灌二两黄汤，你还能干啥？就在那天晚上，老大突然从桌子那边扑过来，他跟老鹰护小崽似的，张开双臂，从后面抱住了我，他正是用自己孱弱的身体，挡住老爹那只愤怒的大脚。那时候我俩都还很小，尤其是老大，他还没有成长到几年后可以为老妈挺身而出像个爷们那样跟老爹面对面地干。

眼看就要到家门口了，突然“砰”的一声，车头直冲冲撞到了什么东西上，我这才从漫无边际的胡思乱想中醒过神来。没等我跳下车去仔细查看，就见老大风风火火从家门那边一路小跑而来。看那样子就知道，他正在追赶什么人。紧跟在老大后面的，是大龙和小龙，他俩也争先恐后地朝我跑来，嘴里叽叽呱呱嚷叫着。

原来，上午国英跟我在里屋说的那些话，全让赖在床上的小哥俩听见了。刚才老三问他俩，你们爸妈上哪儿去了，娃娃们嘴快，就把说媒的事原原本本跟姑姑讲了。老三听了气不打一处来，当即回屋收拾自己的行李，出门前她没有忘记抱上那只花猫，牵上沙皮狗，那畜生汪汪叫着，一挣一挣往前扽着绳子，好像比主人还要回家心切似的。大龙小龙顿时傻了眼，预感到事情不妙，赶忙上外面去找大爹想办法，老大那时正一个人在村里溜运呢。

我几乎是连滚带爬冲下路边的斜坡，一不留神自己先摔了个马趴。这斜坡下面是村里的一条老排水沟，每年夏天这里都臭气熏天，大伙不管脏的烂的都往里面倒，弄得沟里的水黑绿黑绿的。眼下沟底早冻得硬邦邦了，不时能看见死鸡野狗的尸体，还有村里人胡乱丢进去的破鞋烂袜子和塑料片，这些玩意儿得等到第二年沟里有了活水，才能慢慢地腐烂或被水冲走。老三还是穿着那件又长又肥的黑羽绒服，平躺着的身体压倒了一大片干芦苇，一只脚上的皮鞋不知飞到哪里去了，那只沙皮狗正吱呜吱呜围着她边嗅边叫唤，花猫却不见踪迹。

我一时感到天旋地转，我真是瞎了眼了，竟然开车把自己的妹妹撞成这样。我觉得这一天，自己就是个六亲不认的大混蛋，一早先跟大哥动手，下午又把妹妹撞飞。

我惊慌失措地从冰面上抱起妹妹时，她的一只鼻孔正在流血。我顾乐顾乐地叫了半天，她始终也没有睁开眼睛看我一眼。我就以为她死了。我的脑子里一片空白。我的腿脚几乎瘫软无力，不听使唤。好在这时，老大和大龙也都跑下来帮忙，他们捡行李的捡行李，牵狗的牵狗，小龙咪啊咪啊叫了好几声，也没有看到那只花猫的影子。

我听见老大在我耳边万分急切地喊着说，老三的情况怕是危险啊，得赶紧往医院送！这是老大回家以来，头一次那么大声那么理智地跟我说话。我忙又重新振作起来，抱起老三，不顾一切地顺着斜坡往路上跑。我忘了自己是怎么手忙脚乱把农用车发动起来的，车子冲出好长一段路了，我才敢回头朝车厢扫一眼，老大一脸严肃地坐在里面，双手紧紧抱着老三，老三跟睡着了似的，脑袋在他怀里胡乱摇摆。

可怜的老三啊，人还在昏迷中，可她的羊水已经破了。镇卫生院的大夫对我们哥俩说，看来大人孩子只能保一个。我早慌得没了主张，站在诊室里浑身直筛糠，一句完整的话也说不出来。老大倒是镇定地回答，当然是要保大人，大夫，求你一定保住她的命啊，我们就这么一个妹妹。大夫就让老大在一张手术单上签了名字。接下来，老三被送进了门上贴着“肃静”二字的产房，我和老大焦急地守在外面，像两只热锅上的蚂蚁，却又不敢轻易发声。

当初，大龙和小龙就是在这家卫生院里出生的，那年是龙年，听电视上说，南方好多地方都在发大水，成千上万的人畜被淹，可我还是给这对双胞胎儿子用“龙”字起了名。我们这里的人常说，龙多天旱，儿子多了不养娘。我偏不信这个邪。我有一双儿子，将来他们会不管老子？

此时，我只能焦灼地掏出烟来，强塞给老大一根，点烟的时候，我手抖得厉害，打火机都快捏不住了，后来还是老大发现，我把烟头叼反了，过滤嘴被烧出一股焦臭味。

老大看上去比我沉稳些，他没有像我那样始终在发抖，也许是心理作用，毕竟，祸事是我闯下的。我俩谁也不说话，除了死命吸着嘴里的烟，一副听天由命的呆样。我感觉头脑一阵阵发胀，手脚变得冰凉。自从家里买回那辆时风车以来，这些年我还是头一回开车撞人。国英以前总在我耳边唠叨，说我开那么快又不是赶着去投胎，可我总是把她的话当耳旁风。我绝望地闭上眼睛，大口大口吸烟，像所有交通肇事者那样又惶恐又落魄。药味、消毒水味……这里到处都充满了恐惧的气味，我觉得自己快喘不上气了。手术间的门突然敞开一道缝，一个女护士探出头，用蹩脚的普通话喊道，谁是顾乐的家属？我们哥俩几乎同时应声站起来。

女护士说需要马上给产妇输血，问谁是B型血。我根本不知道自己是啥血型，老大很肯定地说他是A型的，城里人经常体检，这并不奇怪。护士就把希望的目光转移到我的脸上，让我赶紧跟她进去验血。

护士拿起很粗的针头，在我的中指上狠狠戳了一下，血就亮汪汪地涌出来，对方用一块小玻璃板快速刮集着新鲜血液，我竟一点儿也没觉得疼。我好像已经麻木了，只要能救活妹妹，这阵子让我上刀山下火海，我也绝没二话。随后，我和老大又开始在外面埋头苦等。

这时，我的脑子里就像刚才的鲜血一样，忽地冒出两个古怪的想法：一个是这一切也许都是天意，妹妹命中该有此劫，就像她不该怀上这个倒霉的胎儿；再一个，准是老顾家的先人显灵了，他们不能眼睁睁看着顾乐一个人跑回城里，偷偷生下肚子里的小野种，辱没了列祖列宗，所以才让我的车半途拦住了她。

我还在瞎想呢，护士又出来叫人了，她说我是O型血，现在可以进去给病人输血了。我一时喜出望外，好像一个正在低头忏悔的罪人，终于得到了一次可以弥补自己过失的好机会。我撒脚往手术间奔去的时候，听见老大在身后一个劲嘀咕。

真是怪事，你是O型，我是A型，老三她怎么可能是B型血呢……

不会是护士搞错了吧？

这晚国英住在她娘家没有回来，我糊里糊涂蜷缩在黑黢黢的屋子里，就像那个刚刚从妹妹肚子里拿出来的胎儿。只要闭上眼睛，胎儿血淋淋的样子就会闪现出来，看着叫人脊梁骨冒冷气。护士说可惜了这个女婴，少说也有五六个月大了。可我心里一点儿没想着那胎儿能活，反倒觉得死了最好，不然我妹妹这辈子可就惨了，她一个没结过婚的女人，咋带着娃娃生活下去。

第二天上午，老三终于在病房里清醒过来，她下意识地用手去摸自己的肚子，那里一下子瘪了进去，就像水米不进地被饿了好几个月似的。她神经质地在身上无力地摸索着，仿佛做了一场噩梦，眼睛睁开时，一切却都变成真的了，变成噩梦中的样子。她一边竭力回想着什么，一边挣扎着想从病床上爬起来，幸好，让整夜都守在她身旁的老大轻轻摁住了。昨晚我回家去住了，大龙小龙需要照顾，一大早我又开车匆匆赶到病房。此刻见她终于醒了，我们都长长地出了口气，不管怎么说，人总算没事了。

老三失魂落魄地望望我，又望望老大，眼中除了憔悴和绝望，一点儿光亮也没有。也许，她并不知道昨天傍晚发生了什么，或者还不太清楚是我开车撞了她，事情发生得太快了，我们谁都没有反应过来。

老大这才对她说，乐啊，你得好好躺着休息，千万不要乱动，很快你就会好起来的。

停顿了一会儿，他又说，你昏迷的时候，是你二哥给你输的血，可惜我的血型跟你不符。

我不知道老大为什么突然说起这个，他是想让老三记住我的好呢，还是别有用心？我是个大老粗，不像他读的书多又见过世面，对于血型这玩意儿我一窍不通。老大就不同了，尤其是当他得知我们家单单老三是B型血，跟我俩都不一样，他就开始犯起了嘀咕。

晌午，我们弟兄俩在街对面的刀削面馆吃饭时，老大又强调说他记得清清楚楚，那年老爹住院时是他陪着验的血，化验单子上写得很明白，老爹跟他一样都是A型血；再有，老妈前年进城在他家里住了半个来月，正好他们单位体检，他就带着老人好好检查了一番，那次他也留意到，老妈的血型跟我一样都是O型。现在，问题出现了，老大疑惑地说，爹妈是O型和A型血，生下的儿女只可能是这两种血型，那么，老三怎么会是B型血呢？我虽然听不太懂那些科学道理，但也隐隐觉出点什么了。其实，老大绕了一大圈，就是想说明，老三不是咱爹妈亲生的，至少，不是同一个爹生的。这又怎么可能？爹妈在世时从没提过这件事，二十年的亲妹妹，说话间就不是亲的了，我无论如何也接受不了这个事实。

我直着脖子质问老大，那我为啥还能给她输血呢？

老大沉着地说，O型血也叫万能血，可以给其他任何血型的人用，这跟亲不亲生没关系。

后来老大侧过身，朝面馆外面的街上张望着，可能他是在思考什么。这是镇上唯一的一条街道，卫生院、邮局、储蓄所、百货商店、粮油铺、镇中心中学，还有一片农贸市场都在这里，多少年都没有丝毫的变化，在这里时间似乎是被冻住了，一切都让人觉得懒洋洋的，提不起精神。街上不时突突地飞奔过一辆农用车或拖拉机，尘土霎时飞扬起来，过路的人也是懒洋洋地朝街两旁走几步。

老大果然想起了什么，他回过头一本正经地对我说，你还记得小时候的事吗？那时有个男人经常上咱家来，总是热心热肠地帮咱妈干这干那，那人长得很魁梧，话不太多，干起活来是把好手。他来的时候，老爹多半都不在家，咱妈总是留下那个人跟我们一起吃饭，妈还不时地给他碗里夹菜。

老大讲起过去的事，我的思绪也渐渐被带回当年。老大所说的这个男人，我多少有点儿印象。

我说，妈好像让咱们管他叫大平叔，记得那时他经常用他那双大手把我举起来，在院子里一下一下用力往上抛，我又担心又欢喜，心里总觉得，要是这个人是咱爸就好了，因为他身上从来没有那股子难闻的酒气，让人觉得很安心。可惜咱们那时都太小了，啥也不懂。

听我这么一说，老大的面部表情突然变得凝重起来，他的一只眼角抽动了好几下，像是眼睛里钻进一条讨厌的小虫子，弄得他快要流泪了。

没错，我说的就是这个人！我记得有一天下午放学，我一进门就觉得家里气氛不对，咱妈坐在屋角用手不停地抹眼泪，咱爸唾沫星子乱溅，正站在地当中跳着脚骂人，我没想到那个男人也在，他的脑袋都快垂到裤裆里了，地上有摔碎的一摊瓷碗碴儿，白花花的看着好刺眼。我进屋也就是放了个书包的工夫，就让咱爸恶狠狠地给撵了出来，好像我犯了啥大错似的。那天，我一出门，就碰见了你，我说咱俩还是到外面耍去吧，大人在家吵架呢。真的，我们那时太傻了，啥都不明白。如果我没记错的话，打那以后，那个叫大平的男人再也没来过咱家，后来又过了半年左右，妈就给咱们添了个小妹妹……现在回过头想想，咱妈那些年过得太苦了，爸整天就知道在外头混吃混喝，这个家里里外外全凭妈一个人操持，连个能说话的人都没有。

老大说到这里，突然闭口不说了，毕竟这不是啥光彩的事。他再次把脸决绝地扭向临街的那扇窗户，同时抬起手背抹了抹眼睛。

外面的光线突然有些刺眼，我无可奈何地闭上眼睛。

这个年注定过不太平。家里平白多了一个重病号；我和老大的关系又搞得不尴不尬的；国英好不容易托娘家人保的媒也黄了。一闲下来，国英准拿话奚落我，说我真是成事不足败事有余。

我觉得最可怜的还是老三，她成天以泪洗面，整个人虚弱得不成样子，为了那个夭折的胎儿，她受了多大的罪啊。好在农用车并没有把她撞得太厉害，当时人只是被擦碰后顺势滚到路沟下面去了，有点儿脑震荡。国英说女人小产跟坐月子一样，所以，老三整天只能按她嫂子的要求乖乖躺在床上，连门槛也不让她跨出去。国英生怕老三冷，又让我把家里的电褥子腾出来给老三铺上，耳房里的火炉子白天黑夜不间断地往里添炭。这一点我还比较欣慰，别看平时国英跟我叽叽歪歪，关键时候她还是能顾大局的。

国英还特意跟大龙小龙交代过，说，别人要是问起来，就说姑姑是不小心自己跌到沟里的，别的话一概不准乱说，谁要是说漏了，就撕烂谁的嘴。

两个小家伙吓得直冲他妈吐舌头。

可私下里，国英总揪住我的小辫子不肯撒手，狠叨叨地数落我。

你眼睛又没瞎，大活人也敢往上撞呢，亏得那是你亲妹妹，不然这回非讹死咱不可！

她冲我翻翻白眼，不忘再补上更严厉的一句，死催的，让你以后再开那么快！

这种时候，我只能低头认罪。我这心里烦闷得慌，又没处诉苦去，干点儿啥总是分心走神。国英让我带两个儿子在院里放会儿炮，炮捻子点着没及时扔出去，“砰”的一下，把几根手指炸得乌黑，我龇着牙吱吱叫，娃娃们还在旁边嘿嘿傻乐。我没好气地把手里的炮丢给他们，说，去去去，自个放去，就垂头丧气地往大门外走。

路上黑咕隆咚的，连个鬼影都没有，头顶时不时炸开一片花火，照得夜空鲜亮那么一会儿，眨眼又黑沉了，好像这块天再也不会亮起来。乡里过年真没意思，跟城里那是没法比的，这里没有歌厅没有商场没有电影院没有任何娱乐，有的只是跟老婆娃娃缩在屋子里看电视嗑瓜子吃糖，再不就是没日没夜地耍牌。电视晚会里的人都像小丑，要么嗲得叫人想吐，要么个个都赛过狐狸精，把脸蛋子涂得花里胡哨，嘴唇子红得像鸡屁股。

国英看电视嘴巴还老不闲。一阵说那女的咋那么不要脸，硬往男的怀里钻；一阵又说，城里男人没几个好货，不好好上班，就知道哄着女人睡觉。总而言之，整个晚上她都在说长道短，有时生生把我说迷糊了，头靠在沙发上竟打起呼来。

还没走几步，眼前就是村里唯一的杂货店了。那是老毕家临街单盖的一间平房，铝合金窗户大得惊人，过路的一眼就能把货架上的物品看得清清楚楚，里面的荧光灯总是把那截路照得雪亮雪亮的，大过年的也不例外。平日里需要个针头线脑油盐酱醋的，大伙都得来这里给老毕家送钱。

这时，几个娃娃闹哄哄地从店里涌出来，手里捏着几根老长老长的花棍子魔术弹，刚一出门就迫不及待地要点燃。店主掀起厚厚的门帘子，像老狗探着脖子叫唤，走远放，走远放！我就被那军绿色的棉布帘子挡住了路。老毕见是我，忙堆起生意人的笑脸，眯着眼说，这伙娃娃皮得很，昨天在这放炮，险些把我的门帘子蹦着了。我实在没心情跟人搭讪，正要低头往前走，老毕却把我叫住了，二掌柜的你忙啥呢，可有些日子没见你进来了。自从父母下世后，村里人都管我叫二掌柜的，意思是，我已名正言顺是顾家的掌门人了。说话间，对方客气地把门帘子揭起老高，我不好意思不进去看看。

老毕开这店有年头了，他本人是我们的村委之一，有时村里开个会宣布一下上面的政策啥的，干脆就让村委的几个人来他店里说事。爷们儿凑在一起，总得抽抽烟嗑嗑瓜子，夏天还要一捆一捆喝啤酒，直接在他这里消费，省得再去跑路了。老毕天生就是个精豆子，村干部当着，小生意也做着，什么都不耽误。玻璃柜台上堆着瓜子，那玩意儿被灯光照得黑亮黑亮，像一摊老鼠屎。老毕抓起一把就往我手里塞，我不想嗑，又原封不动推回到柜台上，我说都嗑了半晚上了，嘴皮子都是咸的。我就掏烟给老毕让，老毕摆摆手说早戒掉了，还是嗑瓜子对身体好，瓜子里含的锌多。老毕说到身体和锌，突然就改了话题。

喂，你家老大这次回来，咋觉得怪怪的，见了熟人老躲着走，别人跟他打招呼，也带搭不睬的。我听你媳妇说他病了，究竟得了啥病，当不当紧？

我迟疑着把烟点上，满满地吸了一嘴，又鼓着腮从鼻孔里喷出去，老毕那张肉乎乎的奸商脸，就变得捉摸不定了。

我想了想说，谁知道呢，城里人都娇贵，没病也说有病。

显然，老毕不太满意我的说法。他又单刀直入，说，怕是心病吧，我听说他把工作都混丢了，报社开除了他，有这事？

我觉得自己一不小心掉进了老毕挖好的坑里，早知道他凡事包打听，真不该进他店里来。他这里好比是广播电台，村里发生屁大点儿事，都能传到天上去。

抑郁了，我妹一直住在他那里，大夫说这病就叫啥抑郁症。

老毕没听懂我的话，又皱着眉眼问了一遍。

这次，我提高嗓门说，就是抑郁症！

说心里话，我对这怪病一点儿也不了解，抑郁了到底会怎样，人又为啥会抑郁呢，鬼才知道。

老毕把“抑郁”这两个古怪的字，在他包子皮样的嘴巴里掂量了半晌，终于疑惑地说出了他个人的看法。

知道了，人家电视上播过，好像就是那个神经上的毛病吧。

烟灰已续出老长一截，我用力弹了一下，灰白色粉末纷纷落下。

我纠正他说，不是神经，是精神，精神，说了你也不懂。

然后，我又指了指自己的脑瓜，解释道，就是这里整天盘想得太多，老失眠，睡不着觉，人就抑郁了。

这回老毕像是听明白了，或者，装出了一副听懂的样子，他大张着嘴连连冲我点头。

老毕的老婆抱着一只花猫，从自家院里的小门闪进来，脸上不知涂了什么玩意儿，刺鼻的怪香叫人犯晕，白天通常都是这个女人在店里守着。

我一眼就认出那只猫是老三从城里抱回来的那只。那天出事后，光剩下沙皮狗了，原来这小畜生竟窜到老毕家享福来了。它可真会挑地方，这里有的是各种火腿肠和零食，猫都爱吃这玩意儿，难怪人家都说猫是奸臣。我听小龙说，他姑姑后来知道猫跑丢了，着实叹息难过了一阵子。

我正要开口问问老毕两口子，花猫是打哪儿弄来的，这时门帘子又被忽地揭起，伴着一股冷飕飕的寒气和火药味，一前一后钻进两个女人。

其中那个中年扁脸妇女，一见我就唠叨起来，顾老二，原来你猫在这啊，老毕叫我们过来打牌，你也一起耍会儿吧。

每年，从腊月头到正月十五，村里是少不了大大小小的牌局的，反正大伙儿都在家里闲散窝冬，耍牌可以消磨消磨光阴，是村里最受欢迎的文化活动，如果弄得好的话，有时打牌赢回来的钱，比庄稼的收成都好。我心情烦躁，本来是想推脱掉走人的，可老毕一副很真诚的样子，他拽住我的袖子说，你嫂子还得看店，咱们正好三缺一。我想回家也好不到哪儿去，不如就在这里散散心吧。

说话间，我、扁脸女人就尾随老毕穿过店内那扇小门，像三只老鼠钻进了老毕家堂屋。一旦坐在牌桌旁，水光溜滑的麻将牌往指缝里一夹，就把那些烦恼都抛到九霄云外了。我确实有些日子没摸过牌了，眼看快把人憋疯了，今天麻将牌一挨手，没想到要什么就来什么。头一圈耍下来，我平和了两把，自抠一把，最后一把牌竟是个清一色，我事先又下了两道鱼，这下他们仨都傻眼了。

老毕一个劲拿话揶揄我，二掌柜的今儿踩了狗屎了，手气壮得挡不住。

我尽量沉住气不搭讪，只把麻将牌在指缝里来回搓磨得发烫。第二圈又是我起头坐庄，我事先给自己码好了门牌，掷色子又掷出五自首，三下五除二又是把自摸，加上两道鱼，那三个人一下子就被赶到山上了。没办法，手气上来了，老天爷也挡不住。

总输不赢，那三个人就打得不那么专心了，乱七八糟的闲话也就多了起来，该说的不该说的，都由着嘴往外抖漏。这叫心理战术，老牌游子都好这一手。一会儿说，老毕真是个老财迷，大过年的还让自己的婆娘看店；一会儿又说，扁脸女人越活越风骚了，那嘴巴涂得血红血红的，一看就是想去勾引野男人……左一句右一句，说起来就没完，我知道他们是想分我的心，我偏偏一句话也不接，只好好摸牌，营造胜局。

喂，顾老二，有个事正想跟你打听呢，扁脸女人突然斜着丹凤眼瞟我，听说你家老三在卫生院做人流了，有没有这事？

该死的，真是哪壶不开提哪壶。我忽然感到有些紧张，手指都哆嗦了一下。

你听哪个狗屄瞎嚼蛆呢，根本没这回事，我家老三她就是走路跌了一跤，受了点皮外伤……

没等我再说下去，扁脸女人撇着猴屁股一样的大红嘴冷笑两声，哟，跟你老姐都没实话，我家闺女那天上卫生院做孕检，说着，妇人用下巴颏指指坐在她对家的年轻女人，我才注意到对方的肚皮上果然像扣着个锅底。

我闺女回来啥都跟我说了，你还在老毕这里哄骗人，再说了，跌一跤还用查妇科呀……

我一下子哑巴了，连证人都在场，我还有啥好说的，只想找个老鼠洞一头钻进去。好事不出门，坏事千里传，老话可真是半点儿不假。

老毕开始幸灾乐祸，嘿嘿笑着，接过扁脸女人的话。

说一千道一万，这闺女家，就是不能放出去，一进城就变坏了，原先都是靠手脚吃饭的，这一到城里，就光靠脸蛋子和屁蛋子啦！

扁脸女人马上发出一串怪笑，哈哈，谁说不是呢，那个谁家的丫头，进城当了不到两年保姆，肚子都让雇主搞大了，那年不是偷偷跑回家过年，半夜里大人娃娃都冻死在茅坑里了，啧啧，这年头姑娘家真是没皮没臊！

我始终不敢插话，脸早烧得像红锅底了，牌在手里搓了半天，也犹豫地打不出去。

老毕更加阴阳怪气，这年头才好呢，个个笑贫不笑娼，只要能抓到票子，那才是硬道理嘛！

这话太刺耳了，我当然知道老毕的真实意图，他不就是想说我们家老三在城里卖吗，这狗日的，真不是个好鸟！村里但凡谁家有个小灾小难，只要传到杂货店里，就等于传到广播站了，用不了小半天工夫，老毕两口子就会添油加醋地滚动传播到全村的角角落落。

这样想着，我再也坐不住了，猛地一挥手，就将面前的牌垛子稀里哗啦拨拉倒了，妈的，不想好好打算尿了！

我闷声闷气冲他们吼完，站起身头也不回地走了。

等我气急败坏地踏进自家院里的时候，看见大龙小龙正仰起脖子，围在老大左右，嘴里欢快地叫着，老大指缝夹根香烟，他吸完一口，就用红红的火头去引燃一根双响炮，他的手神经质地哆嗦两下，那玩意儿“咚”的一声，蹿上天去，接着又“咚”的一下，在半空里炸裂。两个娃娃都紧紧捂住耳朵，吓得一个劲往屋檐下躲闪。我也莫名地打了个冷战。

这种时候，我很想骂上谁几句，我一肚子羞臊和恼火没处发泄，可又找不到要骂的那个人，于是，我就把火气撒在儿子身上。我指着他俩吼，两个没出息的货，见天就知道缠着大人，你们没长手么，就不能自己放个炮！骂完，我才气呼呼地钻进堂屋。

国英好像一点儿也没觉察出我脸色难看，她的眼睛始终不离那台电视机，腮帮子里来回咕哝着一块糖，她心不在焉地问了声，这半天工夫上哪儿去了。我正气得鼓鼓的，一句话也不想跟她说，满脑子都是杂货店里那些家伙的丑陋嘴脸。我现在终于认识到，这兄妹俩到底给这个家带来了什么，我真希望他们压根没有回来过，这个年全让他俩搅和了不说，从今往后我休想在人前抬起头了。我从来没有像现在这样嫌厌自己的兄妹，现在我觉得他们在家多待一天，我就得难受一天。

饭桌上的白酒还没来得及收走，酒是那天我在镇街临时买的，先前吃饭国英特意从柜子里拿出来，想让我跟老大好好喝两杯。在她看来，兄弟之间偶尔红红脸也没啥，喝顿酒啥都过去了，可是我们谁也没有动。此刻，我顺手拿起瓶子，愤愤地用牙齿启开铁皮盖子，咕咚咕咚猛灌了一气。

国英这才注意到我情绪不对头。

喂，你发啥神经，刚才让你喝你不喝，这阵子自个又灌起来没完。

我实在没心搭理她，继续扬起脖子又喝了几大口，半斤多酒下肚了。

国英大概怕我喝醉胡闹，我那点儿酒量她是知道的，就抢步过来想夺我手里的瓶子。我死活不撒手，她就更加用力抢，憋得脸都涨红了。

这样僵持了一会儿，我猛地使劲往外一推，她的手就从瓶颈上滑脱了，整个人跟个陀螺似的，旋着跌向一边。国英倒地的时候，后脑勺重重地磕在火炉边角上，她身子笨重，整个炉台都朝一旁歪斜了，她跟火车拉汽笛一样吱呜起来，龇着牙用手捂摸着自己的头。接着，这个女人就跟疯了一样，猛地从地上爬起并朝我扑来，这时她已顾不得自己脑袋正疼得厉害。

你这没心肝的，你这挨千刀的，你心里不痛快，难道老娘心里就痛快了？我天天费心费力，伺候你们吃，伺候你们喝，反倒伺候出你一身的驴脾气来了。你狗日的有气冲你兄妹撒去，你这个吃里爬外的货，就知道在屋里欺负老婆。你们老顾家没一个好东西，离婚的离婚，偷汉子的偷汉子，真是上梁不正下梁歪啊……

她嘴巴像机枪胡乱扫射，嗒嗒嗒嗒再也停不住了，凡是乡下女人能骂出来的脏话狠话，都从她那薄嘴唇里源源不断地冒出来。最可恶的是，她的两只手也不闲着，挥舞得要多起劲有多起劲，她就是要抓烂我的脸，撕坏我的衣服，让我再也没脸见人。

大龙小龙放完炮就钻进了屋子，见到这种情形也吓得呜里哇啦号开了。国英依旧泼妇样地乱抓乱抠乱骂，她让我感到头晕眼花，一阵阵恶心。我这辈子从没这么猛地喝过那么多白酒，酒这东西装在瓶子里的时候安安静静，就像放凉的白开水，可一旦装进人的肚子，它就变成了火苗子和魔鬼，把人烧得浑身燥热，眼珠子通红，这人就跟魔鬼附了体一样张狂起来。

我手里一直拎着那只酒瓶子，面对女人的不断撒泼，起初我并没有要还手的意思，我摇摇晃晃，节节败退。可是，当双胞胎儿子进屋，哇哇哭闹的时候，我的忍耐也就到了极点，我都后退到墙角了，脸盆架子都让我的屁股给撅翻了。

国英还是不依不饶。她竟当着我们儿子的面，狠狠地扇了我一个大嘴巴，“啪”的一下，那声音要多响亮有多响亮。

我瓷住了。

她也好像愣了一下。

也就短短的几秒钟沉默后，我突然高高地举起了右手，瓶子里剩下的白酒哗啦一下全倒了出来，洒得满地都是，酒精的味道火辣辣的，整间堂屋像是快要燃烧起来了。

此刻我再也不是我自己了，我不知道我是谁，也许我就是狗日的酒精变成的一个不折不扣的恶魔。再不，我是亡故了好多年、一辈子爱酒不要命，喝醉了就打老婆骂儿子的坏脾气男人，这些年他一直阴魂不散，现在又通过酒精附在我身上了。我还记得，他老用那双摸过无数死人的手，恶心地抚弄我，至今想起这事我还心有余悸，我那时真是害怕极了。有一晚他又醉醺醺地用脚踹我的时候，是仅比我大两岁的哥哥扑上来，用他单薄的身子挡住了那只邪恶的大脚片子。我那时觉得，这辈子能摊上这样一个大哥真好。

接下来，我耳朵里听到，空酒瓶子砸在人脑壳上的闷响，砰，砰……两个儿子歇斯底里地号叫起来，国英捂着脑袋跌跌撞撞拼命往院子外面奔逃，她一边跑一边喊叫：救命啊，快救命啊！

我跟疯了一样拎着酒瓶子，一直沿着村路追到亮着灯光的杂货店门前。

国荬忽然跌倒了，也许只是跑不动了，她仍旧捂着黑乎乎的脑袋喊救命，正在看店的老毕女人突然把头从门里伸出来，她惊恐地看着我举起瓶子又往国英头上抡去……

这种时候，我眼中看到的不是女人不是脑袋，是一大片西红柿烂在地里，它们红得像血，在银亮的犁铧的翻动下汁液乱溅，然后都被深深地埋进秋天的泥土里……就在干完活的当天晚上，我严重失眠了，我向来是脑袋一挨枕头就睡得像头死猪，可那夜死活也睡不着，胸口像压着块石头，只要把眼睛闭上，到处都是大片大片的血红，也是在那晚，我流了眼泪，要知道我好多年都没怎么流过一滴眼泪了，一个大老爷们，就为那几亩卖不出去的烂西红柿流泪，说起来真够好笑的。

我到底是啥时候醒的，为啥会在这么陌生的地方，我一点儿也不清楚。脑壳里像塞满了碎石头，稍微一晃，就能听到轰轰的杂响，头重得让人天旋地转，根本动不了。

我隐隐记起昨晚的事。一开始，我在老毕家打麻将，我好像还赢了他们不少钱呢，我摸摸裤兜，那些钱卷儿好像还在。我再低头瞧瞧自己，胸膛上一大片血红，就跟洒了好多西红柿酱一样。家里每年秋上都做西红柿酱，把那些红透了的柿子挤烂，一点一点塞进那种大号的葡萄糖玻璃瓶里，再把装好的瓶子放到锅里蒸熟。每年，国英都要花不少工夫做这件事，这样到了寒冬腊月，还有青黄不接的春季，家里依旧可以吃到味道不错的西红柿，而每次做酱，她的衣裤上都溅满了这种红色。今年秋上，几亩柿子卖不出去的时候，我还荒唐地想过，要是能把那几千斤果子都做成酱，怕是够咱们家吃上一辈子的。因为想到西红柿酱，我这才想起了国英。我低头看看自己，衣服裤子上红得有些发黑，我才意识到那不是西红柿酱，好像是血，人血。

天哪！

我不由得打了个激灵，甚至还抻着脖子干呕了两声，浓得发臭的酒气立即从鼻孔喷出来，我呼哧呼哧就像牲口在打响鼻。我总算渐渐恢复了记忆。我又把两只手摊在面前瞅了瞅，才知道手是被铐上的，金属环银亮银亮的，看着很坚固的样子。

国英？老婆？龙龙他妈？你在哪儿呢？喂……这里有没有人……快来个人啊！

我像个十足的疯子，两只手抓住钢筋栅栏用力摇晃，满嘴喊叫个不停。过了一根烟的工夫，我才听到了皮鞋底在水泥地板上踏出的呱嗒呱嗒声，然后是钥匙嘎啦啦拧动铁门的刺耳声，一个全身穿着黑色警服的瘦高个男人，摇晃着肩膀走进这间窄狭的关押房。

妈的，叫魂呢！你到底喝了多少酒，醉到这阵才醒！

我咋能在这……警察同志？

夜里干了啥，你自己难道不清楚吗？

我……我……喝得太多了。

你小子够狠的，大过年的，把你老婆脑袋打得像个血葫芦。

我的脑子简直像被狗舔了，半天想了几想，只想出事情的那么一点儿影子，过去发生的一切都变得模模糊糊。我好像是跟国英动过手，我再次低下头去看裤子上的血，那感觉就跟去年家里杀猪时溅上去的一样，血黑得发亮了。

她死了？是不是？同志，国英是不是让我打死了？同志，我没想要打死她啊！

我真不是故意的，同志，求你快放了我吧，我要回家看看国英……

嚷啥嚷？这里又不是自由市场！现在说这些管屁用，你要好好反省你的罪行，把该交代的如实交代一遍。

那我老婆人呢？她……她……真的死了？

估计还在医院抢救，不死是你娃的造化，死了你得给她偿命！

我一下子颓萎了，身子比面条还软。我彻底傻了。我恨我自己。我更恨昨晚的老毕和那个扁脸薄嘴女人，都是他俩挑唆的，要不是他们硬拉住我打牌，要不是他们的臭嘴叽叽喳喳个不停，我肯定能好好待在老毕家里，一直打个通宵，我的手气不赖，我咋会中途发脾气推倒了麻将，一个人气冲冲跑回家去喝闷酒呢？

这样想时，我又开始恨老大和老三，要不是他俩心血来潮跑回家来，我和国英的小日子过得好好的，我们俩从开春到秋后一直忙着种地的事，辛辛苦苦好不容易熬到过年了，我怎么会干出这么没人性的事。

我把自己心里憋了好久的话，都一五一十跟警察交代了。我说要是老大不得那种怪病，要是老三没有怀上那个野种，我相信自己啥都不会干的。警察大概不想听我扯得太远，“啪”的一下，用力合上了手里的黑皮本子。

你自己干的蠢事，还要找别人的理由！

对方的样子好威武，大檐帽上的银徽刺得人睁不开眼，我就不敢再盯着他多看了。

哼，你这充其量也就算个家暴，像你这样动手打老婆的家伙，我们见得多了，一抓住尻子就松了，一放回去又开始胡作非为。

警察说完，照旧把我丢在阴暗狭窄的关押房，他的皮鞋踏出一串有力的呱嗒声，每一下都像是踩在我的脑门上。

老大来派出所探视我的时候，已经是第三天了，也可能是第四天，我记不太清了。自打我酒醉醒来之后，就再也没好好睡过觉，这里光线昏暗，很容易把昼夜过颠倒了。

见面后，老大半天一句话也没说，只是透过眼前的栅栏空档，给我递进一根他刚点燃的香烟。我抖索着叼进嘴里，我拼命抽烟的样子，一定像个烟鬼转世，我被烟气呛得大声咳嗽，生生憋出两行眼泪来。老大就在外面盯着我看，好像在打量一个非常陌生的男人。我再也不是他原来的弟弟了。我是个不折不扣的罪犯。我身上手上都沾满了血。

等我抽完第一根烟，老大又点了两根，一根他自己抽了。我们都不说话，我们之间隔着坚固的栅栏，彼此就这样陷入云山雾罩中。后来他嗫嚅着，总算开口了。也许，他一直在琢磨该怎么跟我谈，像他这样念过大学，又在城里工作多年的人，是不会随便说话的。

这都是咱们兄弟的宿命！他很用劲地一字一句地说着，好像说话这件事让他非常吃力。命中注定得有这么一劫，咱俩打小最恐惧的事情，现在都发生在自己身上了。

你知道这是为什么吗？因为我们兄妹仨心里都有病，这个病根在很小很小时，就长在咱们身体里了，想拔也拔不掉。所以，我现在能理解老三了，她之所以不顾我的一再劝告，非要跟那个姓方的男人好，说白了，她就是为了找到一个能够依靠、给她安全感的人。她认为自己找到了，我知道多少年来，她最最需要的就是这个，她要尽快地摆脱那个可怕的梦魇。

我听得懵懵懂懂，但我知道那也是在说他自己的事，他不就是因为拿砖头砸烂人家脑袋丢了工作吗？我以为老大还会就这个话题继续唠叨下去，可是老大忽然停住了，他把手里的烟头一点一点掐灭，然后抬起头看着我。

还有一件事，也是关系到老三的。那阵子，我刚上大学不久，放寒假的时候我回来了，那晚被两个要好的同学叫去小聚，回来时已经很晚很晚了，因为怕吵醒大家，我就蹑手蹑脚走进院子，刚走到堂屋窗跟前，就听见爸妈在屋里争吵，我没敢惊动他们，而是站在外面偷听了一会儿。就听咱妈恨恨地说，你这个老畜生，连猪狗都不如，毕竟她爸长爸短地叫了你那么多年。不用猜咱爸肯定又喝了酒，舌头根有点儿直，我只听他嚷道，狗屁，老子够仁义的，没把你跟那小野种赶出家门就不赖了。妈说你现在赶也不迟啊，爸说反正我不能太便宜了她，妈又狠狠地说，要是你敢动她一根手指头，我就骟了你这个老酒鬼，我说到做到。后来妈大概说不下去了，隔着窗户我听见她呜呜咽咽的抽泣声，听起来又伤心又愧疚。我当时真傻，居然没有把他俩的话当回事，以为只是很普通的一次吵架，现在我终于明白了，自从老三在这个家一天天长成个大姑娘后，妈成天都在提心吊胆地过日子，她总担心老三会受到咱爸的伤害。这个男人尽管是咱们的父亲，尽管已经死了好几年了，可我觉得他真的很邪恶，他这一辈子除了喝酒打骂老婆，竟然还对老三虎视眈眈，就因为老三不是他亲生的，他一直想找机会报复母亲。

我不知道老大怎么突然跟我说起这些陈芝麻烂谷子，反正我的心情已经坏到了极点，再加上这么一桩丑事也无所谓了。现在我谁也恨不起来了。要恨就恨我自己。我隐隐觉得，我们的骨子里都有一种可怕的东西，就像老大刚才说的什么宿命。

老大在离开这里前，像是做了一个重大决定，他一本正经地对我说，老二，你放心，不管你和国英怎么样，家里的事还有我这个大哥呢，我会把大龙小龙照顾得好好的。我真没想到他会这么说，他的话让我忽然想起多年前那个用身体掩护我的大哥，我的心里稍稍宽慰了一些。

直到后来老三哭哭啼啼见到我时，我才从她嘴里得知，为了能救醒国英，老大几乎把自己的积蓄统统取了出来。老三说，实在不够的话，她城里还有一套三居室的房子，就是那个姓方的男人出车祸前过户给她的，她可以把房子卖掉。

我使劲摇摇头说，这可不行，二哥不能把你的生活全毁了。

后来老三又说，大哥已经去找嫂子的娘家人谈了，希望他们那边不要起诉你。我看着脸色苍白如纸的妹妹，一时间心如刀绞，我连着说了好多遍，都是我连累了你们，都是我连累了你们……妹妹始终吧嗒吧嗒流着眼泪，她穿过钢筋栅栏紧紧攥住我的手。

去他娘的血型，我才不在乎呢，在这世上我统共就这么一个亲妹妹。

第四部

黄莺依旧过着那种形单影只的单身生活。

她最先爱过一个人，那还是她大学时代的校友，之前因为校团委搞联欢活动有过几面之交，男女关系正式确定是大三以后的事了。两个人有着共同的兴趣爱好和对未来幸福生活的憧憬，爱情的导火索一朝被年轻炽烈的目光引燃，恋爱的甜美滋味可还没有完全尝尽，大四就残酷地摆在眼前了，两个人分属相距千里之遥的省份，男方是家中的独生子，且三代单传，父母满心盼望儿子能回到老家工作，娶妻生子。当时黄莺想也没多想，就跟随对方回了一趟南方老家，人生地不熟，语言又不通，生活习惯也大不同，还有一股无处不在的排外情绪在那座热气腾腾的城市弥漫，让她很快就为自己的草率行为感到懊悔。最要命的是，男友在当地似乎还有斩不断的初恋，从他俩回去的第二天起，便有个狐狸脸的漂亮女人隔三岔五来家里缠他，说起来话来嗲声嗲气很会撒娇，这些都是她一个北方姑娘所不具备的。而且，每次他都遮遮掩掩，讳莫如深，甚至连黄莺是他的正式女友都不乐意当面公开，仅搪塞说她是一个大学同学，趁暑假过来玩玩的。这个男人并非她想象中那么简单，说他脚踩两只船也不为过，竟然背着她偷偷去跟那个女人约会，她无意中在他裤兜里发现了头晚的两张电影票根，他却骗她说是去看望中学时代的班主任。他俩为此吵过也红过脸，惹得男方父母老大不痛快，嫌她不懂事，这家人本来就不大喜欢北方人，这样一来，简直对她爱答不理了，再后来当然是不欢而散。

黄莺在临别前跟男友深谈了一次，她希望他能慎重考虑，她可以既往不咎，但从今往后他必须对她用情专一，决不能拖泥带水。她到家大约一个月后，便收到了他发来的最后一份电报：家命难违，各自珍重！那一天，她觉得世界走到了末日，她一直还满怀痴心苦苦等待，深信对方不会负她，不料等来的却是字字扎心的一份绝情电报，而就在那个时候，她却发现自己怀孕了，怎么办？她把自己关在房里，整整琢磨了一天一夜，手里始终攥着那个扎心窝子的薄纸片。她不相信，爱情比纸还薄？有一刻，她决定马上出门，搭乘夜班火车直奔千里之外的那个阴郁的南方城市，可人都到火车站了，却站在拥挤的售票口，大脑一片空白，她不知道就算去了那边，自己又能做些什么，是像个怨妇那样苦苦哀求？还是撕破脸来据理力争？她唯一能想象出的，大概只有男方父母总是叽里咕噜说着她永远也听不懂的方言，他们一家三口形成一个语言堡垒，将她隔离，她注定无法攻破和融入，更别说还有那个纠缠不清的娇滴滴的江南女子。最终，她改变了主意，拎着行李悄悄走进火车站附近的一家私人诊所，她已经伤透了心，她能做的仅仅是，再伤一次自己的身体……打那之后，她把全部的精力和时间都放在报社的工作上，几乎对所有向她投射来的陌生异性的目光都保持着必要的警惕和冷漠。时间不饶人，三十岁眨眼就在匆匆忙忙中溜过去了。这期间，她不轻易跟男人谈情说爱，她对恋爱结婚生子存着本能的恐惧。多年来，她的心里一直压着一块石头，让她总是在午夜大汗淋漓地从噩梦中醒来。她很少跟别人谈及此事，她埋葬了爱情的同时也埋葬了过去，她只是把自己弄得像个工作狂。渐渐地，黄莺在记者堆里有了些名气，很多棘手的采访报道非她莫属，报社上下对她刮目相看，而她眼睛里能容得下的男人不多，顾责大概算是其中为数不多的一位。正是在那几年的工作交往中，她间接地体验到了一个男人的生活，眼看着顾责恋爱结婚最后又离婚，她时不时地就想为他设身处地考虑，也尽可能多地提供力所能及的帮助。特别是在这一年当中，她经常想着顾责的事，想着他那个进城不久的小妹妹。

这年秋天，黄莺终于忍不住驱车专程往顾责的老家跑了一趟。那时候地里的玉米长势喜人，白菜虽说还长在地里，绿油油的，可菜芯子已经包得很拢了，丰收已是定局。渠坝两旁的钻天的叶子开始微微泛黄，秋风从原野飒飒地掠过来，林间发出很响很响的哗啦声。黄莺本意是来说服顾责的，好让他尽快返城，去重新谋个什么差事，可顾责对她的提议始终避而不谈。他倒是非常热情地带着她到地里转了一大圈。他现在可以熟练地驾驭那辆时风牌农用车了，打火、发动、加油、提速，突突突，一路狂奔。

那天，黄莺惊心动魄地坐在时风农用车的车厢里，任由顾责拉着她这个省城来的资深女记者体验了一下农村生活。他们在坑坑洼洼的乡村小路上一通颠簸，车尾扬起很浓很浓的尘土，还有从发动机里喷出的黑黢黢的柴油烟，这一切都让黄莺感到陌生而又恐惧。黄莺便有些不合时宜地想起他俩一起共事的岁月，那时候她完全不曾想过，有朝一日，顾责会变成现在的模样，怎么说呢，简直就是个地地道道的农民，面朝黄土背朝天，皮肤黝黑，春种秋收，忙忙碌碌，深居乡下不知魏晋。这不能不让她心生感慨，甚至对人生有了质疑。

当然，最让黄莺感到不可思议的是，在顾家几辈人耕种过的黄土地上，她看到了顾责这一年辛辛苦苦种下的庄稼，齐人高的玉米在秋阳里摇摇晃晃，每根秸秆上都挂着两三只鼓鼓囊囊的玉米棒子，这让玉米秆看上去更像一个个身怀六甲即将分娩的孕妇，它们腆着臃肿的肚腹，傲然挺立在秋天的骄阳下。那些庄稼无法诉说出来的憧憬与喜悦，好像全都写在顾责那张瘦削黝黑的笑脸上。

顾责指着眼前的玉米地一个劲儿对她说，今年运气还不坏，夏天雨水勤，入秋后多数都是大晴天，玉米长得够肥的！庄稼这东西虽说真是难伺候，可有一条是不会变的，那就是你出多少汗操多少心，最后都是值得的，而且，它们还会加倍地回报你……我想，这就是我喜欢这种生活的原因。

黄莺始终没怎么插话，她不禁长时间凝视这张熟悉却又非常陌生的男性的脸：顾责皮肤晒得黑黝黝的，嘴唇干巴巴地起了白皮，胡子拉碴的下巴显得十分消瘦，就连脖颈也是泥土色的，永远也洗不干净的样子。至于过去总是梳理得有模有样的知识分子惯有的三七开分头，早已经变得既无发缝也没有光泽，一副不修边幅的杂草丛生样，感觉更像20世纪80年代街头上那种乱糟糟的原生态风格，还有过去他那双玩笔杆子的手，变得粗糙皴裂、脏兮兮的，让人很难把他跟报社工作人员联系起来。

顾责，你真打算一直这么待下去?

当他带领她绕着那几亩玉米地兴致盎然地走了一大圈后，黄莺早已经被秋老虎晒得头脑发胀，浑身冒汗，腿脚绵软，几乎快瘫倒了。她尽量用双手搭着凉棚遮挡在眉眼之上，同时，眯觑着眼看着一旁的顾责。

“我是说，你想一直这样在老家种地，以后不想再回城里去了？”

这个被她一路上深思熟虑过的问题才是关键，她想要得到正面回答，或者，她不太愿意相信，这个男人下半辈子会选择如此枯燥又艰辛的生活方式。她可是打小生活在城里，读完大学就进报社参加工作了，根本没有这方面的经验，但她能感觉到，这里的一切似乎都很艰难。

顾责明显沉默了一会儿，他的眼睛始终看向那些趾高气扬的庄稼，在这里它们才是主角。当他俩一前一后走到绿得有些发黑的白菜地边上，他才慢慢收回目光与她对视。

她发现他的眼圈红红的，像喝醉酒的人，额头有豆粒大小的汗滴慢慢往下滑，滑到眼角附近的像极了泪珠。她还记得当年第一次见到这个男人的情形，她应该比他早到报社两年，所以，对于后来者总是有种前辈式的观望态度，不过，在别人都不怎么待见他的杂乱无章的编辑室里，她还是从一大堆稿件和报纸中抬起头，很友好地跟他点头微笑，后来甚至主动带他一起出去跑新闻搞选题做策划。她一直觉得，这个男人身上有种耿直的东西，也许就是他出身乡下的缘故吧，骨子里朴实而执拗，反正在她看来，这种气质比较符合一名新闻工作者的素质，较真，认死理，不肯轻易低头，所以，她私下里也就跟他走得很近，可谓臭味相投吧。

有那么一阵子，她甚至很看好他，觉得将来他定会大有作为，因为他对事物很敏感，有自己的独到见解，能够把书本上的理论与工作融会贯通，而且，从不轻易地随波逐流和趋炎附势。好的新闻工作者一定不会人云亦云，他们要求自己独立地思考和判断，那个时候的他在她眼里算得上出类拔萃。然而，随着他跟那个叫佟欣的女人结婚，这种感觉便每况愈下，她发现他变了，一副小富即安的样子，好像生活的全部目的就是为了结婚。一旦娶了老婆，他就不再那么敏锐和勤奋，有时甚至得过且过，像所有混日子的中年男人那样，懒洋洋地混日子，不求上进，甚至有点儿玩物丧志——她知道他整天喜欢侍弄那些小宠物，她也曾劝过他，可他总拿那句“你怎么跟我老婆一样”来堵她的嘴。到后来他发展到闹离婚，整个人变得很消沉，直至那次因为酒后打人而被刑拘，获释后丢了工作不说，还患上了可怕的抑郁症。可以说有关他的一切她都目睹了，作为一个同事，她深深地为他感到惋惜，她确实很想帮他走出这段困境；或者，作为一个尚未出嫁的年纪已经不算小的女人，她内心深处对他尚留存着一丝也许只有她更清楚的奇妙情感，她再也不能坐视不管，她之所以大老远地驱车找到他，就是想跟他长谈一次。

我在老家这一年里，每天除了起早贪黑跟着大伙学种地，其实最大的收获不光是眼前这些玉米和白菜，你可能不会相信，我很久都没失眠过了，我几乎每晚都睡得像条死狗，一两个月连梦也不怎么做一个……对了，我好像只梦到过一次我母亲，她拄着一根杨木拐棍，颤颤巍巍进了堂屋，她不跟我说一句话，只是摸摸我的额头，跟我小时候的情形一样，然后她就一颠一颠地去了院里，我紧跟在她身后，像个离不开娘的孩子。她带着我把家里所有的房子，包括过去的一间小仓房都看了一遍，然后她才很放心地把我领到这片地里。当时还是开春，地里光秃秃的，老人家就指着平展展的黄土地说，儿子，老顾家的田里可不能没有粮食种，地里有了庄稼，日子就有了奔头，这个家才能兴旺，才能一代代传下去……我终于明白了，她是要在梦里带我回家，给我交代她的遗愿。我弟弟出了那事，这个家眼看就要倒了，这种时候我不能再袖手旁观，过去那些年，家里的任何事我一直是不闻不问，靠他们几个打理，现在我得让自己顶上去，像个真正的男人那样！在我们这里，一代代人里都得有个顶门理事的，爷爷走了，老爹得顶上去，老爹走了，儿子得顶上去，前些年一直都是我弟弟扑在前头帮我顶……我想，我再也不能往后退缩了，我已无路可退。

黄莺静静地听着，这些话对于她来说也是头一次听到。

顾责稍做停顿，随手捡起一块鹅卵大小的土块，右手握紧用力一搓，土块粉碎了，细细的土屑就从他的指缝间淌了下来，风一吹，很像一道微缩的小瀑布。

黄莺，现在我最想跟你说的是，我也许根本离不开老家，也离不开这块生我养我的土地。其实，我的根一直就深深扎在这里，从来都没有离开过，这或许就是一个人的命数吧。在这里我跟正常人没什么两样，我再也不用吃那些乱七八糟的破药了，什么抗抑郁的，什么有助睡眠的，什么调节神经的……统统都见鬼去吧，我需要做的只是面朝黄土背朝天，每天美美地出一身臭汗，晚上躺下什么也不用想，仅此而已，一切就这么简单。现在回过头，再去看以往走过的那段歪歪扭扭的路，连我自己都觉得很荒唐，那些年我拼命念书、复读、考大学、进城工作，然后再找对象结婚。婚后的生活不外乎每天起床、坐车、到报社上班、去外面采访、吃午饭、再回办公室写稿、晚上回家吃饭、睡觉，一天八小时，周一、周二、周三……没完没了，没完没了，老是这么一种节奏，想想都让人窒息，我实在是厌倦了那样的日子……最要命的是，到头来，我好像还是一无所有的样子，就像是一夜之间又被打回了原形。可现在我心里倒是再清楚不过，这才是最适合我的生活，因为生活本来并没有好坏之分，一切都因人而异，城里的生活确实很舒适很方便，这一点我从不否认，但好像那些并不是我想要的。黄莺你也看到了，这乡下的一切都很艰难，每样事情都得靠你的双手去做，可我却能吃得饱睡得香！以前有人跟我说，能靠嘴吃饭的，不要靠手，能靠手吃饭的，不要靠腿，这个最简单的道理，我现在算是懂了。我郁闷纠结的时候，就喜欢胡乱躺在地里，傻呆呆地望着天空，有时看着一小片阴云，从天的这边慢慢移到另一边，看着看着，心里不知不觉就变得敞亮了，好像那些云彩就是挡在我心口上的一件东西，老天不声不响地替你挪开了。这种时候我一轱辘从地上爬起来，感觉浑身都轻松了，整个人也振作起来，最重要的是，以前经常感觉到的那种不幸，忽然无影无踪了。我终于明白，这世上最广阔最仁慈的避难所就在大自然，跟我们个人所谓的小痛小苦和苟且相比，乡下这大片大片的树林、大大小小的河沟、望不到尽头的田地，真的太伟大了，它们不经意间就把人的那些不如意全都抚平了。

黄莺始终注视着那张因为不停谈话而变得有些激动的脸，共事多年，她还从来没有这么长时间打量过对方。

没有人天生就知道幸福的秘密：你要求人家的，人家也许会给你；你一直苦苦寻找的，最终可能一无所获；你敲响了别人的门，人家不一定笑脸相迎……这些事情我以前从没好好想过，我想的更多的是不幸，个人的不幸，或者是自己幻想中的很矫情的不幸。当初，佟欣跟我闹离婚那阵，我心里其实挺恨她的，我单纯地以为，她是要故意毁了我的幸福生活。可后来慢慢地我想通了，我俩在一起不会有幸福的，至少我不能给她想要的那种幸福。说到底，她所需要的本来就不是像我这样的一个男人，我俩在一起纯属阴差阳错，她有自己的更高的生活目标和追求，她不愿意随波逐流，更不愿看我玩物丧志、无所事事的样子。我俩分开对彼此都有好处，至少，她现在可以自由地去追求幸福了，而我也重新找回了自己生活的意义。套用马斯洛的观点，咱们每个人除了基本的需要，还得有发展的需要和自我价值的实现。也许在旁人看来，我这是在大踏步地倒退，可我真的不这么看，恰好相反，经过了一些事后，我似乎找到了弗洛伊德所说的那个“自我”，就是联合了“本我”和“超我”的力量，然后来决定自己的行动。

听到这里，黄莺忍不住插了一句话：忘了是哪个外国人说过，有些人生来是为了生活的，而有些人生来是为了去爱的。那么，顾责你说说看，你又是为了什么呢？

呵呵，你这个问题倒把我问住了，不过，我可以换种方式来回答你。黄莺你看，人们在城里拼命工作赚钱，是为了追求那种舒适享乐的生活，当大伙把全部的精力和时间都一门心思用去赚钱了，最终幸福却被渐渐遗忘了，赚钱倒变成唯一的也是最终的目的。我现在越来越觉得，其实幸福并不是生活的全部，生活本身就带着不可预知的变数，甚至还有煎熬和痛苦。费孝通先生在《乡土中国》里说：生死无常，人寿有限，从个人来说世界不过是个逆旅，人寄寓于此的这一阵子，久暂相差不远。

而今，咱们城里的电视、报纸、网络整天都在谈论幸福，难道那些人真的懂得幸福的真谛？我看未必，幸福只是一种感觉，一种理想，一种人类可能永远为之奋斗，却又永远也得不到的东西，因为永远都得不到，才叫人心驰神往，才不断想方设法去追逐。我的生活在别人看来多少有点儿不幸，甚至还很悲催吧，可我自己却不那么认为，真的，一点也不！因为我终于弄清楚了自己想要什么，换句话说，我不再需要什么了。说起来真是惭愧，过去在老家，我始终是那么痛恨劳动，只要有机会，我总是以各种借口逃避干活。我小时候之所以学习成绩还不错，其实很大程度都是为了逃避下地劳动。可现在，劳作对我来说，倒是成了家常便饭，如果哪一天不出上一身臭汗，浑身都觉得不自在。所以，到现在我才算活明白了，我就是我，不可能活成另外一种人，活成别人的样子，活成城里的某个优越的白领，我的根就深深植在这块土地里。表面上看我到城里打拼去了，其实我只是城里的一个漂泊者、一个过客，甚至仅仅是一个病人，对，就是病人！现在，我不过是又回到了自己本来应该待着的那个地方，而我的病也就不治自愈了。

两个人的谈话暂时告一段落，因为顾责似乎意识到，黄莺快被日头晒晕过去了。

那天傍晚，顾责下厨，给黄莺做了顿饭。被醋熘的那颗大白菜，就是他们从地里捎回来的，她看见他用手里的铁锹，咔嚓一下，将大白菜从地垄上铲下来，那是一颗鲜活的生命，是经由他的双手和劳动生长起来的。她从来没有吃得那么香，还一个劲说她好久没有吃过这么饱了，米饭也比平时多吃了半碗。饭后，她像模像样地系上围裙，帮着他一起洗刷碗碟。两个人配合非常默契，尤其是在这种普通的北方农家小院里，若是让旁人看到了，准会以为他俩是情投意合的两口子，正在一门心思过自己的小日子呢。

到了夜深人静的时候，黄莺和顾责就睡在同一张床上，就像一起生活了多年的夫妻，只是中间相对隔得开些。他俩又东拉西扯地聊了好一阵子，这时的谈话多少有些不着边际。

不知为什么，他又兴致很浓地跟她讲起了那个非常著名的《西西弗的神话》：诸神处罚西西弗把一块巨石不停地推上山顶，而石头由于自身的重量又滚下山去。诸神认为，再也没有比进行这种无效无望的劳动更为严厉的惩罚了……荷马也说，西西弗是最终要死的人中，最聪明最谨慎的人……荷马告诉我们，西西弗曾经扼住了死神的喉咙……还有人说西西弗在临死前冒失地要考验妻子对他的爱情……西西弗是个荒谬的英雄，他之所以是荒谬的英雄，因为他的激情和他所受的磨难……一个紧张的身体千百次重复一个动作，推动巨石，滚动它并将它推至山顶……几秒钟内石头又向下面的世界滚去，而他则必须重新将它推向山顶……世界只有一个，幸福与荒谬是同一大地上的两个产儿……西西弗的全部无声快乐就在于此……

恍惚间，西西弗用力推动的那块巨石，就在他们眼前不停翻滚，上上下下，周而复始，永无止境。

黄莺自始至终有种感觉，她觉得顾责的声音既苍老又年轻，既遥远又真实，他们之间像是隔着五里云雾，她听得见他的声音，却无法看清他的脸。再后来她分明听到，睡在床那头的男人已经响起了沉重而均匀的鼾声，而她却难以入睡，瞌睡从来不以谁的意志为转移，在乡下的这个秋夜，她严重失眠了。她很想轻轻推醒他，再跟他说说话，不管说什么都行，哪怕只是聊聊加缪和萨特，聊聊存在主义哲学呢，可当她在黑暗中伸手的时候，不知为什么，又无声地缩了回来。一切是那么沉静，那么自然，静得让人不忍心动一下。

于是，她侧过脸望着窗外，乡间的夜空幽蓝而深邃，星河在远处耀耀闪闪，好像亘古以来从未改变……

等回到报社上班后，黄莺抽出空来，把之前从顾乐那里带回来的手写稿输进自己的电脑里。这次在乡下见到顾责，她还特意问起过此事。顾责当时这样解释，说其实老早以前，他就想写点东西了。后来给那家文学刊物做校对工作，说心里话，他多少有些瞧不上那些无病呻吟的作品，当时他心情又非常郁闷，总想找到一种倾诉的方法，不知不觉便有了这些不成样子的涂鸦。顾责还说，索性做个纪念，稿子就留在你那里吧，反正这些东西已经离我的生活很远了。

当黄莺逐字逐句录入电脑，又经反复校对润色打印出来后，她确实深深地被这个看似荒诞的爱情故事所吸引。毋庸置疑，每个人都生活在现实中，时时刻刻都经历着，你既是现实的旁观者，又是现实的制造者，就像顾责文章里虚构的那个可怜的药物依赖者，药物绑架了他，他也离不开药物，他生活在药物笼罩的阴霾和混乱中。有朝一日，当他鼓足勇气冲破药物制造的谎言和废墟，才有可能重获新生，找到爱情和幸福。

冥冥中她觉得，这是一篇很有意思很有想法的作品。后来，她又电话联系到一个在外省做文学编辑的大学闺蜜，将这篇作品用电子邮件推荐给对方。

不久，一篇署名顾责的文学作品被正式发表了。

这确实让她深感欣慰，这大概是她唯一能帮顾责做的事情了。

顾乐带着双胞胎侄子重返银川后，一直住在老方当初留给她的那套三居室内，当然还有那条看起来老气横秋的沙皮狗。

也许是人还年轻的缘故，顾乐没有像自己的大哥那样，被生活的暗礁突然搁浅，也没有念念不忘那些痛苦的记忆，她反倒把很多事情看得很开。她不想没完没了地抱怨命运不公，更不想扔下一对年幼的孩子坐视不管，特别是在二哥出事后，那种不可推卸的责任自然而然地落在她的肩上。她很清楚两个哥哥眼下都在不同程度地受苦，她必须要让自己打起精神，不能有一丝的懈怠。有时，她也会觉得老方就是为她做出牺牲的，当她把自己毫无保留地托付给他后，他确实竭尽全力想要让她幸福。可最终事与愿违，老天不作美，他成了她的牺牲者，假如老方还活着，她相信，他一定能够让自己过上幸福的好日子。这样一想，她不但没有怨恨身边的任何一个人，反而把那些痛苦的往事和泪水都深深地埋在心里，然后慢慢地转化成一种信念和力量，她就是要让自己替死去的人好好活下去。

一旦在城里落了脚，顾乐先在生活区内开了一家小美容店，算是重操旧业，她手艺好，心也细，加上嘴又甜，人也勤快，代理护肤品很有自己的一套，生意渐渐好了起来。她还雇了一个小姑娘做帮手。两个年幼的侄子当然不能不念书，顾乐托人找关系，四处想法子，最后还是黄莺亲自出面协调，总算是把大龙小龙送进了城边的一所不起眼的公办小学。孩子有书念，顾乐的心也就安了，尽管城里挣钱不容易，可她知道天无绝人之路，靠自己的双手总能应付下去。反正，她已经把前面的路都想好了，这辈子就是要守在城里，不然对不起母亲，对不起大哥二哥，更对不起老方。

黄莺有一天顺路来店里看顾乐，两个女人见面非常高兴，杂七杂八说了一堆闲话，而她们聊得最多的，竟然都是佟欣。

在这之前的一个周末，顾乐偶然在街上遇到了佟欣，作为前嫂子，佟欣非要请她在街边的小茶楼里聊一会儿。顾乐从佟欣的谈话里能听出来，那种日复一日繁重的教书工作，注定不会有啥新奇之处，即便是换了一个全新的教学环境，认识了一堆新的领导和同事，掌握几个班陌生学生的学习现状，这些对佟欣来说都不太困难。跟以前的那所小学相比，新的学校规定更多，要求也更高，民办学校是要讲效益的，效益就是每年的升学率，就是多出优等生，就是毕业班有多少尖子生最终顺利考进了市里的名牌中学。所以，作为从外校引进的优秀师资力量，佟欣的繁忙程度是可想而知的。

佟欣告诉顾乐，她的新教研主任在欢迎会上说，佟老师带的学生曾一路过五关斩六将，获得过市级汉听大赛的优异成绩，她的加入是本校语文教研组的莫大光荣，希望佟老师在新的岗位上再接再厉，为学校的语文教学贡献自己的热情和力量。高帽子既然给戴上了，接下来理所当然要压担子。果然，三个毕业班的语文课毫无悬念地落在佟欣肩上，而且，还要她兼一个班的班主任。多带几个班的语文课，佟欣倒没有任何问题，可班主任这活她实在是不想再接了，要操的心太多，说是六年级的小学生，个个都人高马大，多数都提前进入了青春期，人大心大，想法复杂。她平时不光要督促孩子们的学习，最重要的还有心理、生理方面的问题，她又是初来乍到，对这些学生一无所知，一切又得从头做起，她实在是不想背这个思想包袱。可问题是，现在的这位女主任面相老成，不苟言笑，瘦板板的老修女一样的身体里，存贮了这种年纪教育者的通病——不容商量、固执己见且自以为是。女主任有理有据地对佟欣说，佟老师，学校之所以这样安排，是慎重考虑过的，一来以前这个班的班主任因为胆囊要做碎石手术刚请了假。二来像你这么有才干的年轻教师，都要安排带班的，你虽是新来，可据我们了解，你原先一直是做班主任的，而且刚刚带过一届毕业班，经验肯定很丰富。再者听说你现在还是单身，一人吃饱全家不饿，没有后顾之忧，当班主任最合适不过。看来人家把底细摸得一清二楚，我那前嫂子呀，也只能听天由命了。哪知，第一次月考成绩出来，她带的三个班平均分产不理想，尤其是由她当班主任的这一班学生，简直让她汗颜，仅差零点五分就要拖全年级的后腿了。她说她现在终于知道，什么叫分分分，学生的命根子了，过去她在公办学校是没有什么月考的，充其量偶尔小测验一下，然后就等期中和期末考，可现在情况大不相同了，民办学校月月都要考试，而且试题都是由各科老师们背靠背出，成绩出来还要排班级年级名次，他们班几乎垫了底，她的压力可想而知。

顾乐把这些情况一五一十地跟黄莺啰唆了一通，才说，我那个前嫂子离开我哥后，好像过得也不咋样，她对我说她整天焦头烂额的，经常失眠不说，还大把大把掉头发，我觉得她比以前老了好多，真的，也许是心太累吧。

说到这里，顾乐自然而然地把话题引到了黄莺身上。

我原先以为呀，黄莺姐会跟我哥走到一起呢，我一直悄悄等着喝你俩的喜酒，没想到后来……

顾乐忽然有些难过，话就没有再说下去。

那天，黄莺始终像一个忠实的听众，直到临分别前，才从随身的背包里取出两本崭新的刊物，还有一个装了稿费的牛皮纸小信封，她叮嘱顾乐道，日后再回老家时，记着一定帮我转交给他。

附录：顾责的《病人》全文

从来没有一个人像他那样，吃起药来简直跟吃饭似的。

最初，他也丝毫没意识到，自己的肠胃和身体对药物竟有如此特殊的消解功能。每每生病以后，他总是不太乐意按照医嘱办事，而是随心所欲，我行我素。比如，大夫让他按一日三次、每次三片的剂量服用，他不，老嫌麻烦，一次就把一天的药统统吃下去，竟也没有太多不适的反应，反而病好得奇快。这样一来二去，像是尝到了胡乱吃药的甜头，也就养成了一种不良的习惯，凡是该吃药的时候，他都如法炮制，屡试不爽。

直到那次，他劳累过度感冒发烧，身心疲惫，整个人都处在即将崩溃的边缘。

上床前，他已吃了大量的感康、病毒唑、阿司匹林、板蓝根冲剂，还有整板的阿莫西林。在他看来，病来的时候就像一股顽劣的敌人冲上来侵略你的领土，最好的办法就是当头给它们一棒，而且，要集中一切火力，打得越惨越好，绝不留情。

他想好好地睡上一觉，却怎么也无法入眠，每次刚一合眼，烦心的人和事就跳到眼前折磨他，最后他只好借助安眠药片。结果，在黑暗中又昏昏沉沉地吃错了药，误将一大把过期的吗丁啉跟安眠药混在一起吃了下去，他的身体出现了有史以来最严重的不良反应。先是胃灼伤、腹绞痛，然后是持续不退的高烧和皮肤疱疹，最后是上吐下泻。胃里喷出的酸液差点腐蚀坏了他的嗓子，发出的声音老气横秋。半夜三更，他独自瘫软在马桶上，汗珠子噼里啪啦直淌，浑身没有一丝的力气，身体完全垮了，倒在卫生间冰凉的地板上，他以为自己快不行了。

当时，他们正在闹离婚，妻子跟他分房睡已有两个多月时间了。

结婚几年，他们一直没有孩子，去医院做过生殖方面的检查，包括化验他的精液、询问妻子的排卵情况以及夫妻生活的种种细节，但始终没有查出任何有价值的东西。妻子理所当然地把所有症结都归咎到他头上，认为都是他平时胡乱吃药的缘故。

你那样胡乱吃药还想要孩子，我看早晚会要了你的小命！

他却不以为然，因为化验结果说明他很正常，生孩子是迟早的事。大夫说只要调节好生活节奏，注意饮食和睡眠，当然最最重要的一条是，必须要有高质量的夫妻生活。

为了这一条，他也曾背着妻子，偷偷去成人保健品药店买了些男性用药，希望能在夜晚派上用场。可是，妻子比女侦查员还要警惕，当晚就发现他不太正常，后来在床头柜的最底下一层抽屉里，果然搜到了那些乱七八糟的保健药品。她怒气冲冲地掀开他的被子，将那一大堆包装花哨的东西，劈头盖脸砸在他光溜溜的身体上。

你有病！真的有病！不吃药你就活不成！他看见妻子披头散发满脸阴沉，好像中国古典小说里的母夜叉。我一天也跟你过不下去了，我要离婚！

怎么说呢，他对药物的情感多少有些像酒鬼尝到了五粮液、烟鬼抽上了软中华。全国实行医改后，药店走上了超市的经营模式，琳琅满目的柜台，层出不穷的药品，还有笑容可掬的导购小姐。只要人一进去，立刻就被漂亮的女导购团团包围。先生要买药吗？请问您哪里不舒服？我们店里药品齐全，应有尽有，包您满意……那些穿戴都跟护士差不多的小姑娘，一个个都伶牙俐齿的，恨不得让顾客将店里的药统统搬回家才好。他经常光顾街边那些大小药店，徜徉在花色繁杂的药品之间，尤其是看到五花八门的男女保健品，他的内心就有种难以抑制的冲动。

有关离婚的问题，他确实抗争过，也冷战过，甚至拿出一大堆药物要挟妻子。

要是你敢跟我离，我就把这些药统统吃下去。

百炼成钢。妻子鄙夷不屑地瞧着他，铁石心肠一般。

吃吧，要是不够的话，你还可以把我买的那些妇炎灵、乌鸡白凤丸也一起吃下去。

他果真就吃，一瓶一瓶的，像贪得无厌的孩子们抢吃糖果那样。妻子被他吓着了，以为他会药物中毒，半夜三更拨打了120急救电话，非要强行送他到医院洗胃。可途中他就吐了个天翻地覆，等到医院又跟没事人似的。

不过，正是那夜折腾到天快亮的时候，他忽然像是悟到了什么。

他喃喃地说：天要下雨娘要嫁人，想离就离吧。

也许是那些药物起了意想不到的作用，让人在情感问题上变得理智，不再愿意死钻牛角尖了。想一想，一个男人连死都不怕，难道还怕跟自己的老婆离婚吗？

就这样，他又变成了单身。一个人过日子无拘无束，想吃多少就吃多少，什么时候想吃就什么时候吃。反正一人吃饱全家不饿，再也不必考虑别人的感受，尤其是吃药这件事。

现在的日子简直过得优哉游哉。

他对过去那段婚姻生活没有丝毫眷恋，好像终于把一件自己极不喜欢的旧外套脱了，随手丢进了垃圾箱，再也不想回头多看它一眼。年迈的父母对此忧心忡忡，几次三番劝他还是先搬回去住，这样彼此也好有个照应。

他心知肚明，父母一准是在为他今后的吃饭问题做打算，甚至，还想用温暖的家庭生活来软化他的心肠，好一步步逼他重新回到婚姻生活中。

一个人决不能在同一个地方摔倒两次！他跟妻子共同生活了那么多年，从一对陌生男女牵手变为同床异梦的夫妇，甜言蜜语、耳鬓厮磨、海誓山盟好像都有过，可到头他们不但没有生下一男半女，甚至还弄得情尽义绝、分道扬镳、老死不相往来。这难道就是婚姻生活的必然结果？假如真是那样，男女之间的情感也太脆弱太不牢靠了。他觉得世上没有什么东西比所谓的爱情更荒诞可笑的了。

离异后凡是休假日，他都会蒙头大睡，晌午才迟迟爬起来，连口都不用急着漱一漱。这在过去肯定行不通，因为妻子总抱怨他有口臭，那时他烟抽得很凶，尤其是躲在家里赶稿子的时候。通常在起床后，他先咕咚咕咚灌下一大杯凉开水，外加一大把维生素 A、B、C、E 和胡萝卜素之类的药片。这几乎可以算是一顿营养丰盛的早餐了。

妻子搬走以后，他就把抽屉里的药物重新整理，分门别类，然后依次放在餐桌、茶几、床头柜和卫生间的镜柜等平时能够得着的地方，以便他随时服用。

房间里没有女人，就像身在他乡的小旅馆里，一觉醒来，四周空荡荡的，眼前的家具和电器上面，都笼罩着一层近乎霉菌般的细微灰尘。

原先女人总会在耳边没完没了地说话，家长里短、油盐酱醋、时尚流行、商场打折，以及同事间的纷纷扰扰。如今耳根终于落得清静，过去的一切都变成梦境中的声音，偶尔会呓语般地穿过耳膜，感觉也是模模糊糊的。

大学毕业后，他先后换过两三家单位，每次都是因为复杂的人际关系让他陷入尴尬和胶着中，最后他都以“此处不留爷，自有留爷处”的心态黯然离开。如此辗转几回，后来他就应聘到这家不太起眼的人文类杂志社。

编辑这种工作似乎更适合他这种人，平时不用天天坐班，每周二和周五才到单位一趟，无非是编编稿子，做做校对，开开编前会。偶尔，以记者的身份进行一次人物专访，或者，整理一下某个不痛不痒的所谓学术会议的发言纪要。

有一天晚上，刚冲完澡，他在卫生间的镜子前很不经意地打量了一下自己。很多时候，人总是盯着别人而忽略自己。这一看不要紧，他忽然觉得自己的肚子好像大得有些出奇。

开始，他有些不相信自己的眼睛，镜子被朦朦胧胧的雾气所笼罩，他伸出手掌来来回回抹了几下，镜子里的那个男人的模样变得清晰起来。肚皮朝着镜子的方向高高隆起，就像扣着一个锃亮的钢筋锅。私密处的那个玩意由于洗澡浸泡时间过长神秘地收缩了，此刻恰好又被大肚子挡着，简直跟不存在似的。想要在镜子里看清楚些，非得将整个下身和屁股努力往前挺起才勉强可以。

真是太奇怪了，他边在镜子里做着很古怪的动作边胡乱想。他完全不晓得自己是什么时间开始发福的，更不知道这事是应该庆幸还是警惕。

他茫然地用两只被浴水泡得苍白的手掌一下一下摁着肚子。或者，不时地从腰髋两边向肚子中间用力挤揉，肚皮随之皱褶起来，臃肿肥厚的皮囊几乎淹没了肚脐眼儿。他有些郁闷地垂下头，竟发现了一处更为不可思议的变化。

他的腿毛原先是很茂密的，记得当初妻子头一回在床上目睹它们时嘴里发出了极大的惊叹，简直跟见到了狼孩似的。他当时激情荡漾地趴在妻子身上，一面动作一面打趣说，这叫好男一身毛、好女一身膘。可现在它们却变得稀稀疏疏，好像奄奄一息的草坪长时间没有浇水，反而让两条原本不太粗的腿杆儿显得那么苍白而细瘦，看起来极其别扭，好像根本不是他身体的一部分。

体毛悄然消退，肚皮异常隆起，无论如何都有些不同寻常。况且，距离四十岁还有两三个年头呢，而身体发福似乎来得快了些。如果说男人有点儿肚子还算不得是件坏事的话，那么那些神不知鬼不觉褪去的体毛又说明了什么呢？难道真的是自己长期吃药吃得有些过火的缘故？他不得不迫使自己这样去思考。可转念一想，如果真是那些药物导致的不良后果，他的头发为什么没有出现秃顶或脱发的迹象。

很快，他又意识到另一个比较严肃的问题，自从他们闹分居到正式离婚，再到过上单身生活，他好像已经很久很久没有做过那种事了。更可怕的是，直到今晚，他居然从来没有那方面的需求，可以说想都没有想过。日子过得浑浑噩噩，除了正常工作、睡觉和吃药，他几乎对任何事情都不感兴趣，男女之事于他来说好像早已伴随着分居和最终的离婚永远结束了。

接下来，他打消了洗完澡就立刻上床睡觉的念头，而是端端正正地穿好了衣裤鞋袜，还对着镜子把头发梳理整齐。随后，打开电视，正襟危坐在沙发上，手持遥控器不停更换频道。他的脑子里却装满疑团，也许身体真的出了很大问题。

想来想去，他觉得一个人的力量毕竟有限，事情确实很伤脑筋，最好把这一特殊情况跟其他人讨论一番。

但是，找谁说去呢？过去的同事几乎没有任何联系了；大学同学更是各奔东西，大伙似乎都想赶在不惑之年到来前，要将诸如娶妻、成家、生子、购房和买车等一系列问题统统解决掉，还要尽可能打拼出一番轰轰烈烈可歌可泣的事业来。唯独他，天生一副没心没肺的样子，对未来不抱任何幻想，说白了根本没有什么事业心。至于杂志社的编辑们，平常都各自憋在家里看稿，集中在一起的时间很有限，统共没几个人的小单位，能够跟他说知心话的人好像还没有出世呢。再说，这种事情不是可以对任何人随口就讲的，毕竟涉及个人隐私，得须慎重。

最后，经过徘徊和深思熟虑，他终于拿定主意给前妻打电话。

离婚不过短短数月，前妻的声音已变得很陌生了，好在她显得很平静，没有表现出一惊一乍的样子。你最近还好吧？他觉得自己应该直接切入主题，可开头一句就问得不痛不痒，缺乏有效性。怎么忽然想起来给我打电话了？前妻的问话同样带着客套和敷衍的味道。哦，是不是让我去拿那些衣物？你不打电话，我差点儿就忘了。

他这才想起来，确实有这么件事，她最后一次离开房子的时候，将一大袋子旧衣物落下了，说好日后抽空来取的。他觉得这个理由不错，至少可以让彼此再见一面。方便的话你来一趟吧，要不我现在给你送过去？他尽量让自己说得真诚些。前妻忙说不用了，因为她就在附近跟朋友吃饭，一会儿可以顺便过去。

挂了电话，他多少有些魂不守舍。他原来以为离了婚彼此再也不需要见面了，没想到随便一个理由，他们就轻易达成共识了。不是一家人，不进一家门。或许，这话多少是有些道理的。

后来，他又心血来潮地钻进卫生间，拿起妻子以前用剩下的好迪摩丝。摩丝好像还是刚结婚那阵子买的，那时妻子烫了很流行的大波浪卷，洗完头总要抹点儿摩丝定定型的。他每次跟她亲热，只要闻到摩丝的气味，都会变得很兴奋。后来妻子大概嫌麻烦，还是恢复了原先的直发，摩丝就一直搁在镜柜上，罐身上也沾满了灰尘，今晚他破天荒地把它拿起来。

他使劲摇晃了一会儿，用拇指摁下喷射开关，汹涌的白色泡沫刺啦一下喷涌出来，雪球般堆积在手掌心里。那一刻，他觉得体内似乎有什么东西也急于往外喷射。他把鼻孔凑上去嗅了嗅，似乎香得有些离谱，到底是什么香气，竟能够持续这么长时间，比两个人的婚姻还长久？他费解地皱了皱眉头，才将白色泡沫均匀地涂抹到湿漉漉的头发上，再重新拿起黑色的梳子，将头发侍弄得服服帖帖，一根不落全都背在脑后。这样看上去的确很有型。

前妻果然来了。却打电话让他把东西送下楼去，说时候不早了，她不想上来了。

他迟疑了一下，快步跑到阳台的窗前朝下观望，外面漆黑，并没有看见她的身影，也许她就在楼道口站着吧。还是你自己上来取吧，家里实在太乱了，我不清楚你的东西放在哪里。她有点儿不置可否，微弱的气息在话筒里很不情愿地游走着，或多或少显得有些疲倦。

没过多久，就听到上楼的脚步声了。这脚步声他听得出来，不紧不慢，鞋跟笃笃，是她的，即使在梦中也能分辨出来。他提前把门锁拧开，让门那样虚掩着。然后将电视的音量设为静音，又开了客厅那盏落地台灯。他喜欢这种灯光，不明不暗，照到人脸上很舒服。

开灯时，他顺手拿起角几上的电动剃须刀，在下巴处细细摩挲起来。这东西是婚后有一年妻子送给他的生日礼物，一直都很耐用。通常，他是不会在晚间刮胡子的，这大概还是头一回，连他自己也觉得有些可笑，为什么要刮？刮了又能怎样？不就是前妻要来吗，犯得着这样郑重其事？

门被轻轻敲响了，几乎可以肯定，她是用一根手指敲的，感觉就像很陌生很陌生的一个人造访时才有的谨小慎微。

他连忙关闭剃须刀电源，说门开着呢。可对方并未立刻进来，他只好走到门口，当嘴里说出进来吧的时候，内心忽然有种很奇特的漾动，就在前十几秒内，他还是相当镇定的样子。

很明显，前妻并没有进来逗留一会儿的念头。他轻拉开房门，她就一动不动地站在蹭脚垫上，双臂在胸前交叉环抱，像一尊雕塑，给他一种拒人于千里之外的印象。他们的目光稍微对视了一下，彼此马上都不约而同地看向别处。

你去拿给我吧，我放在卧室衣柜的最底下一层，应该是个红颜色的大包装袋。她淡淡地说。这种感觉实在很荒唐，她的模样完全像个邻居家的女人，可她分明又对他家中的一切了如指掌，甚至对他还有些指手画脚的。尽管他们已经分开一阵子了，可一旦相互面对时，这种不爽的感觉还是会油然而生。说到底婚姻就是双方没完没了地互相指使，最终考验的就是彼此能够适应这种生活多久。

他只好转身瓮声瓮气地走进卧室，在用力拉柜门的时候，忽然一失手，几根手指猛地戳到墙壁上，指甲缝里顿时塞满了白石灰，手指骨节痉挛，疼得他嗷嗷叫唤了起来。柜门像被什么东西给塞住了，怎么也拽不开。该死的！他不由得嘟哝起来，妈的，破柜子！他边嚷着边抬起脚，没好气地踹了一脚柜门，“咚”的一声，异常响亮。

也许，前妻实在不堪忍受他那骂骂咧咧不耐烦的声响，便径直走进卧室里来了。你干什么事都没耐心，毛手毛脚的，她像在自言自语，又像老师在批评不听话的学生。也老大不小的人，又不是孩子。她灵巧地绕开他，像避开一堆碍事的杂物，或者根本就懒得理睬他。她仅仅用一只手就从另一侧轻而易举地拉开了衣柜门。

他始终用左手抓着右手的三根发痛的手指头，有些碍手碍脚地站在前妻身后，看她伸手拉开柜门、弯下腰身，然后探身在柜子里摸索着翻寻起来。

此刻，她的后腰便恰到好处地露出了那么一大截，粉白粉白的皮肤，光洁无瑕，如削了皮的藕段似的细腻无比；下身穿的又是低腰的牛仔裤，臀部被包裹得圆圆满满，越发衬托出纤细的腰肢；而那裸露出的两弯弧线更是沟壕分明，隐约可见更深处绷得很紧的短裤的一抹紫色蕾丝边。

他的呼吸一下子凝重起来，一种前所未有的野蛮冲动如山洪即将暴发。又仿佛是一簇野火熊熊燃烧，顷刻燎原，并势不可当地冲撞着他的全部神经和整个躯体。他觉得自己完全像个懵懂少年，口干舌燥，耳烧面烫，因为不经意看到了自己不该看的刺激画面，而受到了巨大的蛊惑和引诱。

那一瞬间，他听见自己的喉咙咯咯地响动了两下，随后，他猛地张开双臂，从身后紧紧地将前妻抱住，同时，把刚刚刮得干干净净的下巴很无耻地蹭到她的脖颈上。他一面用手贪婪地揉摩着她姣好的胸脯，一面忙不迭地胡乱亲吻起来……

前妻似乎已怒不可遏，她的身体始终僵硬地扭动，奋力挣扎。继而，嘴里发出歇斯底里的尖叫。

喂，你是不是疯了，你个坏蛋，流氓，快放开我啊！

你再不松手，我可真叫人啦，救命呀……

这种时候，任何呼喊都已于事无补。他费了九牛二虎的气力，终于将她压倒在他俩曾经一起滚过好几年的双人床上。弹簧吱吱扭扭叫起来，床要散架了似的颠颤。

可问题是，关键时刻他的肚子太大了，简直是个累赘，完全超乎自己的想象，好像打刚才洗完澡到这会儿的工夫，肚子又陡然增大了一圈。这些障碍让他根本无法达到从前那种随心所欲的状态。

当他趴在前妻身体上时，几乎压得她快喘不上气来。起初，她还在手忙脚乱地拼命挣扎，可是当她感觉到对方的重量今非昔比时，也不由得怔住了

她试探性地用两只手去接触他的肚子，才发现了怪异所在。

喂，怎么回事，你的肚子……咋这么大？

她冷不丁地发问，叫他所有的欲望彻底灰飞烟灭了。他沮丧地喘息着，亢奋的身体忽然松懈下来。唯独那如面袋一样沉甸甸的肚子，还重重地压在前妻依然苗条的身段上。

我可能出啥毛病了……他汗流浃背地将自己的肚子从前妻身上慢吞吞地挪开，然后，也像前妻那样平展展地躺在床上。

两个人并排躺着的古怪模样，正被映照在屋顶吊灯的玻璃圆盘上，就跟通常在哈哈镜里所见到的情形无二。

谁也说不清楚他到底得了什么病。所有瞧过他肚子的大夫，又都轻描淡写地称之为男人的发福。这没什么大不了的，平时注意控制饮食，别吃太肥太腻和太甜的东西，晚饭越清淡越好，切忌暴饮暴食，一定要多吃水果，当然还得适当地运动运动。这些是大夫们给他开的千篇一律的药方。

唯独他自己知道，事情根本没有他们想象得那么简单，因为就在他东奔西走求医问药的那些日子里，肚子又悄无声息地往外扩张了许多。原来的裤子没有一条能提到腰杆上的，而所有衬衫、夹克、还有西服都

系不住扣子，拉不上拉链。

平时，编辑部七八个人都挤在同一间房子里办公，几乎所有的桌子和空地上都堆满了一大摞一大摞的稿件，还有定期从全国各地雪片一般寄来的交流刊物。现在，只要他大腹便便地一走进原本就混乱拥挤的办公室里，那些堆得小山似的稿件样刊便倒了大霉，多米诺骨牌似的东倒西歪，惹得别人一阵唏嘘和白眼。

一次开编前会时，主编讲着讲着，目光苍蝇一般忽然死死盯在他的肚子上，半晌，慢条斯理地对大伙说：人家都是结了婚以后慢慢发福，他倒好，离了婚反而一下子反弹起来！大伙听了都哈哈大笑。

也有编辑喜欢打趣他，还用手揉摸他的肚皮，一本正经地问：喂，哥们几个月了？预产期哪天？他简直厌烦透了，不等对方再闲扯什么，便翻着眼睛摇摇晃晃走出会议室。身后又是一阵窃窃私语和没完没了的坏笑。

时间一长，他不再相信大夫的话，更不相信那些脑电波、X光和CT片什么的，但对于药物的依赖却有增无减。他执着地一趟一趟往各家药店里跑，又拎着大袋大袋的药物钻回房间。

在此期间，前妻先后来找过他几回，头两次他还开门让她进来，后来就懒得再开门，主要是懒得听她无休无止的说教。

你快走吧，我的事不用你操心！他隔着房门凄凉地跟她搭话。

喂，这样下去，你迟早会毁了自己的！

她几乎把鲜红的嘴唇贴在门上，苦口婆心地冲房里喊叫。

这种时候，他忽然泪流满面，不清楚是因为前妻的那句话让他感动，还是他们曾经有过的一场注定不会天长地久的婚姻。她以前是那么决绝地要离他而去，现在他变得像个丑陋的巨腹怪物时，她反倒跑回来一次次缠着他，像个救世主。可他真的不需要安慰，更不需要她的一丝怜悯。他相信世上总有一些药物会帮助自己解决当前的困境的。

于是，诸如海藻养生丸、排毒清脂胶囊、大麦减肥茶，等等，凡是跟瘦身减肥有关的药物，他都不厌其烦地往肚子里送。礼拜天逛书店时，他发现了一本中医养生的热销书，书上教人们每天至少要泡五斤绿豆专门用来喝汤，还要坚持生吃长茄子和苦瓜片，他觉得这个方子对自己的病也许有效。结果，长茄子、苦瓜片外加绿豆汤吃了还没到一个礼拜，新的问题就出现了，他得了非常严重的腹泻，一天中的多半时间都是在马桶上度过的，差一点儿没把肠肠肚肚都拉出来，整个人彻底虚脱了，可肚子却依旧有增无减，他只好作罢。

他还养成了每天早晨喝苦咖啡的习惯，因为报纸上说咖啡因具有抑制体重和减肥的神奇功效。他就用小铝壶咕嘟咕嘟煮开了，不加伴侣，也不添糖，就那样苦兮兮地一杯接一杯喝下去。大肚子带来最多的烦恼是让他行动越来越迟缓，没事老爱犯困，哈欠连天，咖啡至少能够让他出门的时候保持足够的清醒。

早晨，编辑部临时来电话通知要在市里开一个出版座谈会。他挤公交车往过赶，因为起得太晚了，脸也没来得及洗，没有吃任何代替早餐的药片，当然也没顾上煮咖啡。一个枯瘦的老太太看他肚子那么大，满头虚汗哗哗乱流，就主动把位置让给他。结果坐下没多久，他便摇摇晃晃迷糊着了，汽车一直开到了终点站，他也没有醒来。会议本来安排他要发言的，等他姗姗赶来会议早已经结束，迟得太离谱了，主编非常生气，拉下一张老长的脸，好长时间一句话也不跟他说。

这样没多久，他的体重就超过了一百公斤，这几乎是他婚前的一倍。腿上的汗毛完全消失了，细瘦寒碜的腿骨简直已经不能承担超常的负荷。不出门待在家还好，只要去一趟单位，他准累得气喘吁吁精疲力竭。晚上回来躺在床上，两条腿酸痛酸痛的，关节缝里总冒凉风。

白天，他连着去了好几家药店咨询。人家告诉他这种关节痛一般在孕妇身上比较多见，尤其是怀胎到八九个月的时候，由于胎儿迅速成长，羊水也在不断增多，所有重量都压迫在两条腿上，时间长了就会导致这种关节酸痛，不过等产后这种症状很快会消失的。他听完后既感到茫然，又十分气愤。他觉得这些家伙简直是指鹿为马、屁话连篇，这些跟他又有什么关系呢。

不过，在转身离开药店时，他无意间一抬眼瞥见橱窗里摆放着那种银灰色的双拐，仿佛看见了救命稻草，便毫不犹豫地花一百八十块钱买了一副。此后但凡出门，他都像瘸子那样架着它们，一跳一跳地慢慢移动。

自从架上双拐之后，他觉得自己像是凭空长出两条新腿，走起路来不再那么沉重和费力了，尽管模样有些难看。与此同时，别人似乎也对他更加礼让和尊重起来。上车总有人惦记着为他让座，下车时也能得到陌生人真诚而有力的搀扶，还能经常享受免票、插队等特殊优待。可以说，一双拐杖完全把人们的注意力从他的大肚子上给引开了。这真是不幸中的万幸！

一开始，他觉得这多少有些难为情，抹不开面子，毕竟自己年纪轻轻，腿脚齐全。可时间一长，他也就逐渐习惯了这种状况，习惯了别人给予他的种种关照。假如生活非要塞给你一双拐杖的话，那么你只好坦然接受这个现实。

在一个周末的黄昏，他从稿件堆里慢吞吞一颠一跛走到外面的时候，老远就见靠近绿篱的路边躺着个黑乎乎的东西，等再靠近一些才看清是条黑色的小狗。显然，它被汽车或摩托车轧过不久，很悲惨地瘫趴在地上，浸透了血的一条后腿拖拉得老长老长，再也收不回来的样子，唯独那里的皮毛看上去湿亮湿亮的，仿佛刚从娘胎里出来的一般。

这种事屡有发生，那些不长眼睛的撞了狗通常会扬长而去。如今多一事不如省一事，谁也不想停下自寻麻烦。狗的一只眼湿漉漉地望着他，气若游丝地嘤呜着。它努力向后弯曲脖颈，同时伸出粉红色的舌头，扭曲着去舔舐自己的伤口，却已力不从心，几乎舔不了两下，便又绝望地躺下去喘气了。倒霉的家伙！双拐仅仅在狗跟前停留了几秒，他甚至没再多看它一眼就离开了。

前妻居然鬼使神差地出现在家里。他整个人跟那双拐像孪生兄弟般呆杵在门口，半晌一动未动。蹭脚垫旁边摞着几大包垃圾，透过一只塑料袋他隐约瞧见里面有大大小小的药盒药瓶之类。前妻胸前系着她从前总戴着的那条花布围裙，鬼才知道是从哪里翻腾出来的；她头上还很随便地套了一只黄色的塑料袋，乍一看跟海绵宝宝似的。

愣着干啥，还不进来！前妻露出新娘般妩媚的笑脸。我整整收拾了一下午，这个家被你造得不成样子，简直像个狗窝。

前妻一副家庭主妇大刀阔斧大干的神情。他听见自己瓮声瓮气地咕哝道：谁叫你来的？你到底想干啥？前妻没有理他，或者这根本不能成为一个问题，她径直走进厨房忙乎去了。很快，他就听到油锅发出哔哔吱吱的叫声。他顿时恍惚起来，这个家自两人离婚后，几乎再也没有正儿八经开伙做饭了，此刻缭绕不绝的烧菜气息，闻起来像极了某种苦涩的中草药味。

他俩面对面坐着。饭菜看上去有些铺张，红红绿绿一桌子，还有他过去最爱喝的醪糟蛋花汤。前妻不停地给他夹菜，劝他多吃这个多吃那个，简直让他受宠若惊。他像个初来乍到的客人，始终一言不发，每吃一口菜都有些战战兢兢，跟咽毒药似的。

吃啊，吃啊，怎么不吃，是不是不合口味？前妻始终殷勤有加。这些可都是你以前最喜欢的呀！

他很茫然，不知道今天她到底是哪根筋搭错了，葫芦里在卖什么药？他一遍遍在心里告诫自己，这个女人跟他毫不相干，这个房间也不再是她的家了，他可不希望有个陌生女人跑来干涉自己的私生活。但同时，在潜意识里，在内心最深处，有种莫名的绝望正在蠕动，她越是这样莫名其妙地优待他，那种绝望感就越发强烈。他不知道自己怎么变成这样的，曾经那颗敏感脆弱的心变得像个堡垒，任凭女人怎么温柔贤惠，就是无法教他动心动情。

一个人的情感一旦逆转起来，即便对自己，似乎也具有某种可怕的破坏力。此刻，这种幽暗的力量来得异常迅猛，就像数量庞大的药物在体内起着难以预料的副作用。法律上，她已经不属于他，而他也完全适应了一个鳏夫的生活，可以说，除了对药物的激情有增无减，他对包括这个前妻在内的所有事物都心灰意冷了。一旦面对干净整洁的房间、色香味美的饭菜、失而复得的家庭生活，以及前妻所刻意营造的一连串温馨甜蜜的爱意，这个男人突然觉得自己正在变硬缩小，越来越小，越来越硬，最终像一枚黑色的石子沉入渊底。

唯独牙齿们装模作样机械地咀嚼着，也许是漂浮在蛋花汤里的几颗鲜红夺目的枸杞，又让他兀自想起下班后路遇的那条正在流血的狗，以及那绝望的狗眼闪烁着的即将熄灭的一丝微光。他还记得，年少时家里有条黄褐色的小狼狗有一天狗莫名其妙地死了，据说是吃了有毒的东西，他放学回家抱着已经变硬的狗，哭得死去活来。他感到不可思议，下午他居然没有蹲下去多打量黑狗一下，或者，为那可怜的小生命做点什么，自己竟那样冷酷决绝地弃它而去了。或许，是身体的变异和残疾，让一个人的情感彻底变得麻木不仁了！现在他真的感到恐惧，前所未有的恐惧洗劫着他的每根神经，他甚至觉得自己不太像一个人，那种最基本的羞耻感猛地将他攫住了。他不得不放下手中的碗筷，双手掩面呜呜而泣，那哭声简直像条老狗。

前妻始终默默地注视着他。他的表情犹如惊慌失措的食草动物，仿佛年少时遭遇了狡猾的猎人一次次袭击，他的眉眼之间流露出闪烁不定的狐疑，他的脸色灰暗，嘴唇铁青，一副营养不良的模样，还有那大腹便便的身体几乎快毁了这个男人。他当着她的面抽泣时，她才泪光闪闪地走到他身边来，用手轻轻抚摸着他的头，像抚慰一个迷失的孩子，继而，将自己的身体暖暖地贴上去。

都怪我不好，我以后再也不离开你了……她泪眼婆娑地喃喃着。

起初，他本能地抵抗，不想接受，现在他对她的一切都感到十分陌生，他几乎完全不了解她，彼此间的冷淡、敌意、疏远和决裂，似乎永远也不可能逆转了。但他平生头一回清醒地意识到自己像中了什么毒，那些稀奇古怪的药物如鬼魂附体一般死死纠缠着他，让他过早地丧失了爱的勇气和权利，他已奄奄一息，无法苏醒。他浑身上下几乎没有一丝温暖的地方，像个虚浮的影子，小风一吹便会消散。

此时此刻，他那忧郁的额头和潮湿的面颊深埋在前妻胸口，一股玫瑰般久违了的芳香气息，霎时教他变得软弱无力，几乎就要窒息了。他觉得那两只饱满的乳房就像两朵初升的太阳，暖烘烘地炙烤着他，也炙烤着房间中的一切。他莫名地记起以前在一本书里读到的一段话：

……他又一次看到这大地的面貌，重新领略流水、阳光的爱抚，重新触摸那火热的石头、宽阔的大海的时候，他就再也不愿回到阴森森的地狱中去了。

房间里，潜伏已久的阴霾的药味快教太阳光驱散了。

这几乎是全新的时刻。

写于2017—2019年

2020年岁末修订

何为文学的现实主义

当“现实主义”经常被人们挂在嘴边的时候，我觉得作为作家首先要解决什么是文学的现实问题，何为文学的现实主义？即怎样的现实材料才可以进入作家的视野和作品，这个问题对于一个小说家来说意义重大。人们通常会认为现实就是眼下，就是琐碎的生活全部，就是吃喝拉撒和生老病死，但这可能只说对了一半。现实在文学中又并非只是眼下，它很大程度上来自更久远的历史，和更加虚无缥缈的未来。在某种意义上，现实更是来自人们内心世界的风暴，来自一个个不愿意被所谓的现实轻易打败的灵魂。

在我看来，现实主义文学是用来诠释生活和记录历史的，是用来褒奖良善、惩处黑恶的，说到底现实主义文学的本质正是反讽和批判。文学就是人学，灵魂依旧是文学的核心，一个人魂不守舍，便形同于行尸走肉，一部文学作品，设若没有厚度没有温度没有血液，甚至没有灵魂，那么，它只能沦为写手的游戏和文字垃圾。四十多年以来，我们的文学实际上也在不断改革，曾一度乐此不疲的各种文学实验如今都已落下帷幕。当我们回过头审视来时路时，不难发现，文学创作也需要一些必要的“拨乱反正”，某些观念似乎偏离了我们的文学传统，某些技术过于让人眼花缭乱，也许强调现实主义文学创作，本质上就是在为当代文学溯源和正声。

从普遍意义上说，宁夏作家作品的现实感不是很强，与这个日新月异的大时代相比，我们的作品多少显得有些陈旧和滞后。现在回过头再看张贤亮先生的作品《灵与肉》《绿化树》《男人的一半是女人》等，我们不得不叹服这位已故文学大家，对现实主义的深刻理解和突破性创作，他既写出了故事的深度和厚度，更重要的是他也写出了人物的灵魂，他笔下的许灵均、章永璘和马缨花让人过目不忘。

2018 年，适逢马克思诞辰 200 周年，在纪念这位伟大的思想家，重读其诸多经典篇章时，不难发现，马克思实际上也是一个非常了不起的现实主义作家，他在自己所处的国度和时代，异常清醒地认识到资本主义社会的本质、资本和剥削带来的罪恶，以及劳苦大众的普遍挣扎和心声，所以，他才能用超凡的胆略和令人震惊的想象力，为当时的灰暗世界虚构了一种全新的社会制度——即社会主义社会和共产主义社会。

世人皆知的《共产党宣言》：“一个幽灵，共产主义的幽灵，在欧洲游荡……”现在重读这些文字，依旧具有石破天惊的感叹。我这里所强调的“虚构”，其实就是对现实主义的深刻理解与大胆创造，我认为一个作家只有像马克思那样，站在一个时代的制高点上，对我们的历史有充分的认知，对现实生活有足够的洞悉，对百姓生活感同身受，并善于对未来的社会走向和世态人心做出审视和判断，唯独这样，写出的作品才更具现实意义，才更具干预现实生活的可能，我们的现实主义文学也才更具生命力。

回顾改革开放以来，我们所经历的一次次文学变革，那些至今依旧散发魅力并仍具有穿越未来能量的作品，比如《芙蓉镇》《平凡的世界》《白鹿原》《秦腔》等，它们无不秉持着现实主义文学理念，始终把塑造人物视为首要，也就是说，真正的现实主义文学要塑造典型人物，正如恩格斯所阐述的典型环境中的典型人物。在我看来，我们的作家或许写出了具有现实意味的好小说，但距离真正的现实主义文学还有一定距离，这个距离就是，时间再过四五十年乃至更久远，到那时我们的文字依然保有其生命力，我们笔下的人物形象、生活细节和社会背景，能够成为研究我们那个时代的必要证据，就像现在的读者依旧从《基督山伯爵》中能感受到拿破仑遭遇的滑铁卢之败，从《悲惨世界》中感受到法国大革命的血雨腥风，从古典小说《红楼梦》中一睹两百多年以前的社会风貌和风土人情。